Sofia Slater
Die Einladung

SOFIA SLATER

DIE EINLADUNG

Thriller

Aus dem Englischen
von Sabine Hübner

GOLDMANN

Die Originalausgabe erschien 2022 unter dem Titel
»Auld Acquaintance«
by Swift Press, London.

Der Verlag behält sich die Verwertung der urheberrechtlich
geschützten Inhalte dieses Werkes für Zwecke des Text- und
Data-Minings nach § 44 b UrhG ausdrücklich vor.
Jegliche unbefugte Nutzung ist hiermit ausgeschlossen.

Penguin Random House Verlagsgruppe FSC® N001967
Deutsche Erstveröffentlichung Oktober 2023
Copyright © der Originalausgabe
2022 by Sofia Slater
Copyright © der deutschsprachigen Ausgabe 2023
by Wilhelm Goldmann Verlag, München,
in der Penguin Random House Verlagsgruppe GmbH,
Neumarkter Str. 28, 81673 München
Umschlaggestaltung: UNO Werbeagentur, München
Umschlagmotiv: Trevillion/ Nic Skerten; FinePic®, München
Redaktion: Susanne Bartel
AB · Herstellung: ik
Satz: Uhl + Massopust, Aalen
Druck und Bindung: GGP Media GmbH, Pößneck
Printed in Germany
ISBN 978-3-442-49470-5

www.goldmann-verlag.de

Für Theo Saplund

Sollt' alte Freundschaft denn vergessen sein,
Erinn'rung uns entgleiten?
Sollt' alte Freundschaft denn vergessen sein,
die lieben alten Zeiten?
Auf die alten Zeiten, mein Freund,
auf die alten Zeiten,
lass uns den Becher der Freundschaft leeren
auf die alten Zeiten.

30. Dezember

Kapitel 1

Aus dem Wagenfenster hing ein Arm. Als hätte der Fahrer während einer sommerlichen Spritztour die Scheibe heruntergekurbelt, um den Fahrtwind zu spüren. Aber der Krankenwagen kam direkt hinter meinem Taxi, als wir das Fahrzeug passierten. Ich reckte neugierig den Hals. Bereute es aber sofort. An dem zersprungenen Sicherheitsglas klebte überall Blut wie über geraspeltes Eis gegossener Sirup.

Der Anblick ging mir nicht mehr aus dem Kopf, aber schließlich gab es auch kaum eine andere Ablenkung, nachdem ich an Bord der Fähre gegangen war. Himmel und Meer reflektierten ein tristes Licht vom Farbton der grauen Schiffslackierung. Der Horizont wurde nur von den kleinen Zacken der Küstenlinie unterbrochen. Ohne das Grün des Sommers und die dramatisch hellen Sonnenstrahlen erinnerte nichts mehr an die Bilder, die mich Wochen zuvor bei der aufgeregten Suche nach Fotos der Äußeren Hebriden so begeistert hatten. Ich beobachtete einen der Fährmänner, dessen gelbe Signaljacke sich grell von der grauen Umgebung abhob. Er schrubbte mit einem Besen die Schiffsaußenwand. Vielleicht war das unbedingt nötig, um alles in Schuss zu halten, oder er langweilte sich genauso sehr wie ich. Mir war nämlich stinklangweilig.

Ich dachte immer noch an den Unfall. Das Einzige, was mir auf meiner frühmorgendlichen Fahrt vom Hotel zum Fährhafen ins Auge gestochen war, während sich die winterlichen

Hügel und verstreut liegenden Häuser langsam aus der Dämmerung schälten, war der Unfallort gewesen. Ich hatte mich an den Becher mit scheußlichem Maschinenkaffee geklammert, den ich von dem verschlafenen Mädchen an der Rezeption geschnorrt hatte, und mich gefragt: *Wie kann man so unglücklich in einem schmalen Straßengraben landen?* Es war eine merkwürdige Stelle für so einen Unfall, und angesichts dessen und des verstörenden Gedankens, es könnte Verletzte oder gar Tote gegeben haben, schien die vor mir liegende sechsstündige Reise unter keinem guten Stern zu stehen.

Ich musste versuchen, dieses Gefühl abzuschütteln. Sechs Stunden sind eine lange Zeit, um in düsterer Stimmung auf den grauen Horizont zu starren, außerdem musste ich dieses Wochenende *unbedingt* genießen. Die Party sollte mein persönlicher Wendepunkt sein, der Start in ein besseres Jahr. Neues Jahr, neues Ich. Nicks Einladung im November war seit einer Ewigkeit das erste erfreuliche Ereignis gewesen. *Darf ich dich in Versuchung führen?*, lautete die überraschende Betreffzeile der E-Mail, überraschend auch deshalb, weil sie von einem Menschen stammte, mit dem ich monatelang nicht gesprochen hatte. Den ich vermisste.

Hi, Millie,

hab mich lange nicht gemeldet. Ich weiß, das kommt jetzt völlig unerwartet und ist vielleicht sowieso nicht dein Ding, aber … ich will mit ein paar Freunden zu dieser Silvesterfeier, und einer ist abgesprungen. *Sollt' alte Freundschaft denn vergessen sein / Erinn'rung uns entgleiten?* In deinem Fall: nein! Mit niemandem würde ich lieber einen Becher der Freundschaft leeren als mit dir, also bitte komm, falls du dir die Reise zumuten willst.

Nick x

Und unter seinem Namen die Einladung: Schottenkaro in Neonfarben, ein paar Hirschsilhouetten und die Worte »Feiern wie 1899«.

Du bist ganz herzlich zu einer exklusiven Hogmanay-Feier auf der Isle of Osay in Fairweather House eingeladen. Du kümmerst dich um die Anreise, wir uns um den Rest: Whisky, Feuer, schottisch-herrschaftliche Vibes.

Als ich die Nachricht von Nick las, lief mir ein warmer Schauer über den Rücken. Ich betrachtete Bilder der Insel, die üppig mit violetter Sommerheide überzogen war, und Fotos vom Haus, einem hohen, neugotisch-viktorianischen Gebäude. Es lag offensichtlich ziemlich einsam: der Ruhesitz irgendeines alten Gutsherrn, ein winziges Fleckchen irgendwo auf den Hebriden.

Es war ein Albtraum, dorthin zu kommen. Die Überfahrt dauerte ewig, und die Fähre ging nur werktags und legte schon im Morgengrauen ab. Um den Hafen zu erreichen, musste man erst einmal durchs ganze Land fahren. Außerdem wirkte das Haus, als wäre es in seinem Innern im Winter bitterkalt. Trotzdem gab es da eigentlich nichts groß zu überlegen – mir reichte, dass Nick an mich gedacht hatte, obwohl unsere Zeit als Arbeitskollegen schon Monate zurücklag. Selbst wenn dort überhaupt nichts los sein würde, würde es bestimmt lustig werden. Auf jeden Fall war es um Welten besser als mein ursprünglicher Silvesterplan: mich mit den Überresten des Adventssüßkrams und der Weihnachtsplätzchen vollzustopfen und um zehn Uhr abends einzuschlafen. Ich hatte ihm geantwortet, ich würde mich freuen, trotz der langen Anreise.

Und jetzt war ich hier, am dreißigsten Dezember, und fröstelte beim Auf und Ab der Wellen. Ich war brutal früh aufgebrochen, mit zu wenig Koffein im Blut, das Wetter war beschissen, und außerdem hatte ich gerade einen Unfall gesehen; was alles nicht sonderlich erhebend war. Aber, so ermahnte ich mich, auch kein böses Omen. Einfach nur Pech. Ich ging auf die Toilette, tupfte mir mit einem feuchten Papierhandtuch das Gesicht ab und hielt meinem Spiegelbild eine Standpauke.

Als ich an Deck kam, legte die Fähre gerade an einer größeren Insel an, der erste von zwei Stopps auf dem Weg nach Osay. Ein paar Passagiere stiegen aus, und eine kleine Schar Männer und Frauen in dicken Jacken versammelte sich auf dem Kai, um Versorgungsgüter entgegenzunehmen. Wir waren nun schon einige Stunden unterwegs. Als ich mich umwandte, war das Festland nicht mal mehr ein Kohlestrich am Horizont.

Während wir langsam zur nächsten Insel tuckerten, zückte ich Fernglas und Notizbuch. Vielleicht sah ich auf der Reise ja ein paar Vögel. Allerdings spürte ich, als ich das Fernglas einstellte, den beißenden Seewind an den Händen und war nicht sicher, wie lange ich die Kälte aushalten würde. Doch ich wurde sofort belohnt. Eine Nonnengans flog übers Wasser Richtung Küste. Ihr elegantes schwarz-weißes Gesicht zeichnete sich zart glänzend vom grauen Himmel ab. Die Nonnengans war zwar kein seltener Vogel, doch wenn man nicht oft im Norden unterwegs war, bekam man sie nur selten zu sehen, und mich begeisterte ihr Anblick immer noch. Ich folgte ihrem

Flug, gebannt von der Schönheit der gekräuselten Flügelspitzen, doch plötzlich tauchte etwas Gelbgoldenes vor dem Fernglas auf, und ich verlor den Vogel aus dem Blick.

Als ich das Glas verärgert senkte, sah ich, was es war: die lange blonde Mähne einer Frau in meinem Alter – vielleicht ein Jährchen mehr auf die dreißig zu –, die sich für ein Selfie an der Reling verrenkte. Irgendwie kam sie mir bekannt vor.

Sie zog einen Flunsch, probierte verschiedene Perspektiven aus und rief: »Ravi, Schatz, ich brauch dich hier mal!«

Ein Mann, der an der Wand zum Passagierraum lehnte – seine schwarz glänzende Haartolle wirkte genauso ätzend perfekt wie ihre lässig zerzauste Lockenmähne –, sah von seinem Handy auf und ging übers Deck zu ihr.

»Kriegst du die Insel mit aufs Bild? Das Wetter gibt absolut nichts her.«

Ich wandte mich ab und verdrehte die Augen. Allerdings nicht ganz so unbemerkt wie gedacht. Ein Typ im roten Anorak stand am Geländer gegenüber, lächelte mich schief an und wies mit einer Kopfbewegung auf das gut frisierte Paar.

Ich merkte, dass ich errötete, und entfernte mich übers Deck. Dabei hielt ich schützend das Fernglas vors Gesicht in der Hoffnung, der kalte Wind würde meine roten Wangen hinreichend erklären, falls der Mann mir nachschaute.

Ich stellte das Fernglas erneut scharf und dachte an die Worte meines Dads. »Atme einfach weiter, ganz ruhig und gleichmäßig. Wenn du nicht entspannt bist, kommen die Vögel nicht.« Er war gestorben, als ich dreizehn war, aber ich griff bis heute auf das zurück, was er mir beigebracht hatte, wenn wir gemeinsam Vögel beobachteten. Wie friedlich war das immer gewesen, wenn wir durch die Wälder oder am Meer entlangstreiften, nur er und ich, kameradschaftlich schweigend. Unsere Ferngläser pendelten uns dann vor der Brust, und manchmal streckte einer von uns die Hand aus, tippte dem andern auf die Schulter und zeigte auf etwas, das sich am Horizont bewegte.

Nach seinem Tod, als ich mit meiner Mutter lebte, war ich allein in den Wäldern unterwegs. Ich suchte den Himmel ab und tat so, als stünde mein Vater gleich hinter dem nächsten Baum. Ich hatte das Alleinsein damals gründlich satt.

Jetzt auf der Fähre sichtete ich keine interessanten Vögel mehr – nur hie und da eine Seemöwe oder eine Meerschwalbe –, und als wir vom nächsten Halt ablegten, war es schon zu dunkel, um weiterzusuchen. Eiskalt war es auch. Ich verschwand unter Deck und versuchte, meine steif gewordenen Finger warm zu reiben.

Drinnen tippten die beiden Gutfrisierten auf den Displays ihrer Handys herum, und der Mann an der Reling, der mich angelächelt hatte, lehnte mit geschlossenen Augen, die Hände in den Anoraktaschen vergraben, an der Wand. Jetzt kam der letzte Halt, nämlich Osay, also waren all diese Leute hier auch zu der Party eingeladen, und jetzt war es mir noch peinlicher als schon zuvor, beim Augenverdrehen ertappt worden zu sein. Eigentlich hätte auch Nick auf der Fähre sein müssen, fiel mir ein, aber vielleicht war er schon früher gefahren. Ich konnte mich nicht erinnern, je auch nur einen der anderen mit ihm zusammen gesehen zu haben. Die Blondine versuchte ich allerdings immer noch unterzubringen. Sie kam mir *definitiv* bekannt vor. Aber vielleicht war es nur ihre Aufmachung – ihre blonden Locken, die Gebetsketten aus Perlen und der Kristallanhänger erinnerten mich an meine Mutter, die ebenfalls zu einer ganz speziellen kalifornischen Ästhetik neigte, in die sie nicht hineingeboren worden war.

Obwohl ich wusste, dass wir alle dasselbe Ziel hatten, war ich zu schüchtern, um ein Gespräch zu beginnen. Und so saß ich verzagt am Ende einer Bank und pustete meine Finger warm. Auf der anderen Seite der Kabine hob jetzt der Mann im roten Anorak den Blick und schenkte mir erneut ein schiefes Lächeln.

»Hey.«

»Hi.« Ich brachte nur ein raues Flüstern zustande. Verlegen räusperte ich mich und merkte, dass ich seit meinem Gemurmel frühmorgens an der Hotelrezeption (»Ich checke aus. Kaffee?«) den ganzen Tag mit niemandem mehr gesprochen hatte. Wobei das in letzter Zeit keine Seltenheit war. Ich machte einen neuen Versuch. »Äh ... hallo.«

»Schottisch-herrschaftliche Vibes?«

»War das so leicht zu erraten?«

»Ist ja kaum noch jemand an Bord. Ich bin James.«

James war ungefähr eins achtzig groß und knapp über dreißig. Er war nicht sonderlich attraktiv, gerade im Vergleich mit den beiden anderen, hatte aber ein Gesicht, das ich gerne länger angeschaut hätte. Er wirkte fröhlich und robust, so als hielte er sich oft an der frischen Luft auf, aber vielleicht kam dieser Eindruck auch nur vom Anorak.

»Millie. Freut mich, dich kennenzulernen.« Ich wollte seine ausgestreckte Hand nehmen und wurde erneut verlegen, als ich meine von der Kälte roten Finger nicht bewegen konnte.

Er nahm sie und begann, sie zwischen seinen Händen zu reiben. »Da muss man echt aufpassen. Mit Erfrierungen ist nicht zu spaßen. Du beobachtest Vögel?«

Die Berührung fühlte sich wie etwas ganz Besonderes an. Verblüfft überlegte ich, wann ich das letzte Mal jemanden berührt hatte, zog meine Hand aber nicht zurück. »Ähm ... ja«, stammelte ich.

»Hab das Fernglas gesehen und gedacht, entweder Vogelbeobachterin oder Voyeurin. Aber da es für Voyeure auf dem Meer nicht viel zu sehen gibt ...« Er lächelte mich an, wurde jedoch sofort wieder ernst, als er mein Gesicht sah. »Das war ein Scherz.«

»Nein, es ist nur ...« Ich nickte in Richtung seiner Hände, die immer noch meine Hand umschlossen hielten.

»Oh! Sorry. Ich hätte fragen sollen.« Er ließ meine Hand los. »Ich arbeite im Krankenhaus. Da schaut man einfach hin, wo's wehtut, und handelt. Da gibt es nicht viele Grenzen.«

»Schon okay, meine Finger sind schon wärmer.« Ich bewegte sie zum Beweis. »Dann bist du Arzt?«

»Nein, eine Nummer kleiner. Apotheker.« Er lachte gutmütig, aber auch ein bisschen gequält, so als wäre ihm diese Frage ein paarmal zu oft gestellt worden und würde ihm immer noch einen Stich versetzen. »Ich hab auch mal gerne Vögel beobachtet, genau wie du.«

Ich nahm die Vogelbeobachtung eher entspannt. Ich war noch nie seltenen Exemplaren hinterhergejagt – beobachtete einfach nur das, was in meiner Umgebung umherflog. Aber natürlich hatte ich eine Wunschliste. Und das machte mich dann wohl doch zur passionierten Vogelbeobachterin, weshalb ich ihn nicht korrigierte. »Echt?«

»So richtig fanatisch war ich nie, aber ich treibe viel Sport im Freien, und da sieht man automatisch eine Menge.«

Also war er tatsächlich viel in der Natur; ich hatte es mir

nicht eingebildet. Jetzt bemerkte ich, dass seine Haut vom Wetter gezeichnet war, im positiven Sinn: Haselnussbraune Augen blitzten aus dieser tiefen Bräune, die den ganzen Winter über hält. Ich wollte ihn gerade nach seiner interessantesten Sichtung fragen, als eine andere Stimme ertönte.

»Ihr zwei wollt auch zu der Party?«, rief der Gestylte quer durch die Kabine. Er saß zurückgelehnt auf der Bank und hatte sich einen Fuß, der in einem Loafer steckte, so übers andere Knie gelegt, dass man den nackten Knöchel sah. Seine zurechtgemachte Partnerin war immer noch mit ihrem Handy beschäftigt, blickte aber kurz auf, als James antwortete.

»Genau. Ihr auch?«

»Klar. Wird bestimmt super. Aber mein Gott, die hätten einem ruhig sagen können, wie schweinekalt es hier ist.« Er zog demonstrativ die Ärmelbündchen seiner Wachsjacke nach unten.

Tja, im Dezember in Schottland sind Socken nicht verkehrt. Ich hätte nie gedacht, dass man das jemandem sagen muss.

»Ich bin Ravi, und das ist Bella.«

Die Blondine blickte von ihrem Handy auf, während wir uns vorstellten.

»Weiß von euch jemand etwas über die Besitzer von dem Haus, in dem wir untergebracht sind? Ich will gerade was posten, kenne aber die Namen nicht.«

»Sorry, ich bin nur die Begleitung.« An ihrem Blick merkte ich, dass ich ein bisschen zu glücklich geklungen hatte, aber ich konnte nicht anders, wenn ich an Nicks Nachricht dachte.

»Ich auch«, sagte James.

»Egal, ich kann ja erst mal aus persönlicher Sicht schreiben, ohne irgendjemanden zu erwähnen oder zu markieren«, meinte sie. Dann, nach kurzem Nachdenken: »Aber wir müssen das in Erfahrung bringen, sobald wir dort sind, Rav.« Sie wandte sich wieder ihrem Handy zu.

Klar. Jetzt wusste ich, wer sie war: Bella B., eine bekannte Influencerin, die ein paarmal auch in meinen Feeds aufgetaucht war. Wenn man sie persönlich erlebte, strahlte sie eine viel fokussiertere Energie aus – vermutlich hatte ich sie deshalb nicht gleich erkannt. In ihren Posts ging es ausschließlich um Beach-Frisuren und transparente Kleidung, Salbeibündel und Sunset-Yoga am Meer. Auch wenn sie eine lässig weite Pufferjacke mit Batikprint trug, fummelte sie an ihrem Handy herum wie eine gestresste Büroangestellte.

»Tu, was du nicht lassen kannst, Babe. Ich bin jedenfalls zum Feiern gekommen«, erwiderte Ravi.

Der Lautsprecher knackte, und eine barsche, kaum verständliche Ansage ertönte.

»Anscheinend ist es so weit«, sagte James.

Die Fähre stieß irgendwo an und kam zum Stillstand. Ich hielt die gewölbten Hände ans Kabinenfenster und starrte in die Nacht hinaus. Eine Lampe warf ihr gelbliches Licht auf einen Landungssteg, der sich im Dunkel verlor. Sie schwang im bestimmt eiskalten Nachtwind hin und her – es sah aus, als wäre der Steg seekrank –, und plötzlich sträubte sich etwas in mir, die Fähre zu verlassen und den Steg zu betreten; vor allem, weil ich nicht sah, wohin er führte. Doch dann entdeckte ich es – ein einzelnes erleuchtetes Fenster oberhalb der blinden Schwärze. Kein flamboyantes Leuchtfeuer, aber doch ein freundlicher Gruß des uns erwartenden Hauses. Wir waren angekommen.

Kapitel 2

Ich hatte an der Anlegestelle ein Empfangskomitee erwartet, einen Wegweiser oder wenigstens ein paar Lampen neben dem ansteigenden Pfad. Idealerweise Nick. Aber stattdessen war da nur eine einsame Funzel, deren gelbes Licht sich auf die halb verrotteten Planken ergoss. Und jetzt entfernten sich auch noch die Lichter des ablegenden Schiffs.

»Wir sehen uns am zweiten Januar!«, rief uns einer von der Besatzung zu. »Gutes Neues!« Dann wandte er sich ab, um ein Tau aufzuwickeln, und die Fähre verschwand langsam im Nebel. Jetzt gab es nur noch uns vier, den Wind und den Landungssteg.

»Ich wette, weil es hier sonst kein Licht gibt, kann man an klaren Tagen toll die Sterne beobachten«, meinte Bella. »Perfekt für ein Mondbad.«

Ein Mondbad schien mir bei diesen Temperaturen – oder eigentlich bei jeder Temperatur – zwar alles andere als verlockend, aber ich fand es gut, dass sie das Ganze so positiv sah.

»Lasst uns zum Haus raufgehen«, drängte Ravi. »Das ist hier ja so kalt wie an der verdammten Ostsee.«

Doch leider war das gar nicht so einfach. Zum einen wegen des Gepäcks: Bella und Ravi hatten je einen so riesigen Hartschalenkoffer dabei, als wollten sie auswandern. James bot galant an, einen davon bergauf zu ziehen, aber er hinkte ein bisschen und war nicht der Schnellste, was mich angesichts seiner athletischen Statur überraschte. Dauernd wurden die Kofferrollen von Gras und Steinen blockiert. Wir stolperten über Grasbüschel und kamen, obwohl wir unsere Smartphones als Taschenlampen benutzten, immer wieder vom Pfad ab. Dazu kamen der Nebel, der in dünnen Fetzen über die Küstenfelsen trieb und uns die Sicht nahm, und der unerbittlich eisige Wind. Meine Hände waren schon wieder ganz steif gefroren, und meine Ohren schmerzten. Ravi hatte recht: Es war so kalt wie an der verdammten Ostsee.

Als wir endlich das Haus erreichten, schien alles *ein kleines bisschen* weniger trostlos. Über der Tür hing eine Lampe, und hinter der Hausecke lagen ein paar Nebengebäude, deren Türen gleichfalls von runden Lampen beleuchtet wurden. Bis hier oben schaffte es auch der feuchtkalte Nebel kaum noch, sodass es mir schon etwas besser ging. Ich blickte zum Landungssteg hinab. Wie dunkel das Haus von dort unten gewirkt hatte, mit dem einen erleuchteten Fenster im Obergeschoss. Doch als ich zu der schaukelnden Lampe am Steg hinabsah und wieder zurück zum Haus, wurde mir klar, dass sämtliche Fenster in die dem Landungssteg abgewandte Richtung zeigten. *Wie seltsam,* dachte ich. *Wer auch immer das Haus erbaut hat – es wäre doch eigentlich anzunehmen, dass er den Blick aufs Meer genießen wollte.* Ich versuchte, mein Unbehagen abzuschütteln. Seitdem das mit meinem Job schiefgegangen war, hatte sich meine Stimmung immer mehr verschlechtert, und ich wollte mir dieses Wochenende nicht selber verderben.

»Okay, mal im Ernst, wo stecken die anderen bloß?«

Ich blickte rasch wieder zum Hauseingang, wo Ravi bestimmt schon zum dritten Mal auf die Klingel drückte.

»Wahrscheinlich sind sie schon am Feiern«, meinte James. »Ich geh mal auf der Rückseite nachschauen.«

»Super.« Ravi sank auf seinen Koffer. Bella saß bereits auf ihrem, klickte gerade auf ein Foto und probierte verschiedene Filter aus. Sie hob nicht mal den Kopf.

Ich merkte, wie Ärger in mir aufstieg. Wie hatten es die beiden nur geschafft, sich hier von wildfremden Menschen bedienen zu lassen? Da ich keine Lust hatte, ewig bei ihnen zu warten, während James nach jemandem suchte, der uns ins Haus ließ, lief ich die gewundene Steintreppe hinter ihm hinab und rief: »Warte, ich komme mit!«

»Oh, gut.« Er lächelte mich an. »Ich wollte es vorhin nicht sagen, aber ich fürchte mich im Dunkeln.«

»Keine Bange. Ich beschütze dich.«

Obwohl wir beide scherzten, war die Dunkelheit wirklich ein bisschen beängstigend. Bis auf die beleuchteten Eingänge herrschte pechschwarze Finsternis. Angesichts der hellen Türen in der dunklen Nacht fühlte ich mich an ein Bühnenbild erinnert: Lauter Öffnungen, aus denen jeden Moment jemand heraustreten konnte. Das Gras dämpfte unsere Schritte, und in der Ferne rauschte eintönig die Brandung gegen die Felsen. Kurz hörten wir Flügelschläge über unseren Köpfen – eine Eule, die in einem der Nebengebäude geschlafen hatte? Dann war die undurchdringliche Stille wieder fast mit Händen zu greifen. Ich begann, dagegen anzuplaudern.

»Und was hat *dich* an Silvester hierher verschlagen?«

»Na ja, könnte doch eine legendäre Party werden, oder nicht? Man hat nicht oft die Chance, es mal so stilvoll und fernab jeder Zivilisation richtig krachen zu lassen.«

»Stimmt. Keine Nachbarn, die die Polizei rufen. Apropos, hast du heute Morgen auf dem Weg zur Fähre den Unfall gesehen?«

»O Gott, ja, mit dem Paar?«

Ich hatte gar nicht bemerkt, dass zwei Personen im Wagen gesessen hatten, aber es musste sich um denselben Unfall handeln. Auf dem kurzen Stück zwischen Hotel und Hafen konnte wohl kaum noch jemand verunglückt sein.

James ging weiter und wies mit einer Kopfbewegung hinter sich zur Eingangstür, wo Ravi und Bella warteten: »Fast schade, dass es nicht die beiden erwischt hat, wie?«

Ich schnaubte zustimmend, obwohl ich seine Bemerkung ziemlich heftig fand. Klar hatten mich die zwei schon genervt, bevor sie den Mund aufmachten, und ich fühlte mich wirklich nicht zu ihrer Verteidigung berufen, was jedoch nicht hieß, dass ich ihnen den Tod wünschte. Aber wenn sie vielleicht für den Rest des Aufenthalts mit einer Lebensmittelvergiftung flachliegen würden ...

»Triffst du hier jemanden?«, fragte ich.

»Äh ... ja, ich hab eine Einladung von ... Aha! Endlich.«

Nachdem wir schon fast das ganze Gebäude umrundet hatten, sahen wir im Erdgeschoss ein erleuchtetes Fenster und darin den Kopf einer alten Frau. Das warme Licht der Lampe verlieh ihrem feinen weißen Haar einen silbernen Schimmer. Ihr Gesichtsausdruck war hart und verkniffen, der Mund ein roter Strich. Sie presste die Lippen zusammen, während sie sich unaufhörlich vor und zurück bewegte, vor und zurück. Ich sah nicht, was sie tat, aber hier draußen im Dunkeln, wo letzte Nebelfetzen immer noch ihre kalten Finger auf meine Schultern legten, kam mir plötzlich das Schlimmste in den Sinn. Dieser brutale rote Mund und die energischen Bewegungen – es schien fast, als ob sie etwas zersägte.

Wir näherten uns dem Fenster, aber die Frau blickte erst auf, als James an die Scheibe klopfte. Dann stieß sie einen Schrei aus.

Ich keuchte und fuhr panisch herum, weil ich dachte, etwas käme aus dem Dunkel auf uns zu. Aber kurz darauf wurde mir klar: *Wir* hatten sie erschreckt.

Natürlich, dachte ich. *Das muss die Küche sein, und sie kümmert sich um das Abendessen.* Ich konnte mir lebhaft vorstellen, wie es von drinnen wirkte, wenn plötzlich zwei Gesichter aus dem Nichts an der Scheibe auftauchten, während man Geschirr spülte. Als ich wieder zum Fenster blickte, presste sich die Frau eine Hand auf die Brust und schien schwer zu atmen, was ich durch die Glasscheibe aber nicht hören konnte. In dem Lichtschein, der durch das Fenster fiel, sah ich jetzt, wie James entschuldigend gestikulierte und Richtung Haupteingang deutete.

»Kommen Sie nach vorn«, formten ihre Lippen, und sie setzte sich in Bewegung.

Wir taten es ihr gleich und brachen, kaum waren wir außer Sicht, in Gelächter aus.

»Arme alte Omi.«

»Hat fast einen Herzinfarkt gekriegt.«

Genau dies sagte die Frau auch vorwurfsvoll zu Ravi, als wir um die Ecke bogen. Ihr ängstlicher, anklagender Tonfall passte nicht zu dem Messergriff, der aus ihrer Schürzentasche ragte. Vielleicht hatte sie das Messer eingesteckt, um sich notfalls verteidigen zu können.

»Ich verstehe nicht ganz«, entgegnete Ravi.

»Tut mir wahnsinnig leid, ich wollte Sie nicht erschrecken!«, rief James, während er die Treppe hinaufstieg.

»Sie hätten klingeln können!«

»So zum Beispiel?«, sagte Bella, drückte mit ihrem manikürten Finger auf den Klingelknopf und wartete demonstrativ, bis drinnen der lange Ton verhallte.

»Tja«, die Frau rümpfte die Nase, »muss ich wohl überhört haben.« Aber sie trat ein Stück zur Seite und ließ uns vorbei.

In der großen Eingangshalle starrte sie uns an, immer noch etwas feindselig, und wir starrten zurück. Aus der Nähe betrachtet bildete ihr Mund keine so harte Linie, wie ich ursprünglich gedacht hatte. Die Lippen waren sanft geschwungen und altersbedingt leicht eingestülpt – die Frau mochte um die siebzig sein. Doch ihr Lippenstift wirkte dramatisch – knallrot, nachlässig aufgetragen. Dazu leuchtend blauer Lidschatten. Der gleiche Mix aus Schlampigkeit und Dramatik spiegelte sich in ihrer Kleidung unter der fleckigen Schürze wider: ein stellenweise abgewetztes fuchsiarotes Samtkleid, unter dem der Unterrock hervorblitzte.

Auch die Eingangshalle selbst hatte schon bessere Zeiten gesehen. Ich hatte sie mir oft vorgestellt, wenn ich an das Wiedersehen mit Nick dachte und mir ausmalte, was ich sagen würde, wie wir miteinander tanzen und vielleicht ein bisschen mehr tun würden. In meiner Fantasie waren die Räumlichkeiten dann immer glanzvoll und festlich gewesen: Kronleuchter, Kellner mit Tabletts voller Champagnergläser, Frauen in paillettenbesetzten Kleidern, Musik, Konfetti. Aber *das* hier …? Nein, wirklich nicht.

Die Halle war tatsächlich von beeindruckender Größe, aber ansonsten entsprach sie in nichts meiner Vorstellung. Der Raum war so hoch, dass er sich im Dunkeln verlor, und die kalten Bodenfliesen, die im Rautenmuster verlegt waren und dringend einmal hätten geschrubbt werden müssen, erstreckten sich gleichfalls bis in düstere Ecken. Eine geschwungene Treppe, das hölzerne Pendant zur Steintreppe draußen, führte ins obere Stockwerk. Den Treppenabsatz säumten Porträts vornehmer Herren in Kilts. In einem riesigen Kamin flackerte ein so winziges Feuer, dass die verschnörkelten Ornamente des geschnitzten Kaminsimses kaum zu erkennen waren.

Als ich den Blick erneut nach oben wandte, entdeckte ich tatsächlich einen Kronleuchter, doch keineswegs den gleißenden Kristalllüster meiner Tagträume. Nur ein paar gelblich flackernde Birnchen warfen ihr trübes Licht auf Spinnweben, die sich zwischen ineinander verschränkten Hörnern gebildet hatten: Der Leuchter bestand aus uralten schrundigen, fleckigen Hirschgeweihen.

Und Nick ließ sich auch nicht blicken. Tatsächlich war außer uns niemand da. In diesem riesigen düsteren Gebäude voller Spinnweben schienen sich nur diese alte Frau und wir vier von der Fähre aufzuhalten. Doch dann rief ich mir in Erinnerung, dass wir ja erst den dreißigsten Dezember hatten. Ich war früher angereist. Bestimmt war dann morgen, am Tag der Silvesterparty, alles wie verwandelt.

Die Frau hatte sich etwas von ihrem Schrecken erholt und stellte sich vor. »Ich bin Marjorie Flyte, die Besitzerin von Fairweather House. Sie sind wohl alle wegen der Festivitäten hier?«

»Wenn man es so nennen will«, flüsterte Ravi Bella ins Ohr, die Mrs Flyte affektiert anlächelte.

»Wir erwarten noch mehr Gäste. Sind Sie als Einzige mit der Fähre gekommen?«, fragte sie, wieder in dem etwas mürrischen Ton wie zuvor an der Haustür. »Na ja, vielleicht mieten die anderen ein Boot und kommen morgen früh rüber. Das machen manche so.«

Ich war erleichtert, dass wir nicht die einzigen Gäste waren. So, nur zu fünft, hätte man die Party glatt vergessen können. Aber ein bisschen enttäuscht war ich auch – ich hatte so gehofft, Nick schon heute zu treffen. Wobei ein gemeinsamer Klippenspaziergang morgen am frühen Nachmittag auch nicht zu verachten wäre.

»Normalerweise würde ich Ihnen jetzt gleich Ihre Zimmer zeigen, aber die Fähre hatte ein wenig Verspätung, und ich kümmere mich gerade um das Abendessen. Wäre es sehr schlimm, wenn Sie noch etwas in der Bibliothek warten würden? Lassen Sie Ihr Gepäck einfach hier stehen, das tragen wir später nach oben.« Sie wies auf eine Tür auf einer Seite der Eingangshalle. »Die anderen, die schon hier sind, sind bereits dort. Ich rufe Sie dann zum Essen.«

Die anderen! Mir wurde flau im Magen. Vielleicht war Nick also *doch* schon da. Wir zogen die Jacken aus, stellten das Gepäck ab und betraten hintereinander die Bibliothek. Ich versuchte, ganz gelassen zu wirken.

Doch mit dem, was mich erwartete, hatte ich nicht gerechnet. Die Person, die mit einer Zeitschrift dort auf dem schäbigen Sofa mit Tartanstoff saß, war nicht etwa Nick. Mein Herz, das erwartungsvoll gepocht hatte, begann nun vor Schreck zu hämmern. Ich wich einen Schritt zurück, als wollte ich davonlaufen, obwohl ich wusste, dass das unmöglich war. Unschuldig in die Sofakissen geschmiegt und sanft vom Kaminfeuer beleuchtet, saß dort eine Person, der ich keinesfalls hatte begegnen wollen. Eine Person, die ich ein Jahr lang gemieden hatte. In der Hoffnung, sie nie wiederzusehen.

Penny Maybury.

Kapitel 3

»Na, *Ihnen* scheint die Überfahrt ja nicht gut bekommen zu sein.«

Die Bemerkung kam nicht von Penny. Sie starrte mich schweigend vom Sofa her an, genauso steif und ausdruckslos wie ich sie. Ich wandte mich nach dem Sprecher um, einem Schwarzen in fortgeschrittenem Alter, der am Kaminsims lehnte. Das warme Licht des Feuers flackerte über sein kurzes silbergraues Haar, den gut geschnittenen Anzug, das makellose Hemd, die helle Seidenkrawatte. Mit hochgezogener Augenbraue nahm er mich scharf ins Visier.

»Winston. Winston Harriot«, sagte er, wies erst auf seine maßgeschneiderte Erscheinung und dann mit fächerartig gespreizten Fingern erwartungsvoll auf mich. Doch bevor ich antworten konnte, verwandelte sich der interessierte Ausdruck der hochgezogenen Augenbraue in Überraschung, und er blickte Ravi an, der hinter mir den Raum betrat.

»Ravi Gopal? Ich hatte nicht damit gerechnet, Sie hier zu sehen! Eigentlich hatte ich ja mit niemandem gerechnet, aber jetzt ist doch wenigstens mal ein bekanntes Gesicht unter all den Fremden.«

Es war schwierig, in dem unsteten Feuerschein Ravis Miene zu erkennen, aber ich bildete mir ein, dass über seine attraktiven Züge ein Ausdruck des Widerwillens huschte. Dennoch ging er scheinbar erfreut mit ausgestreckten Armen auf Winston zu, sodass mir nichts anderes übrig blieb, als Penny zu begrüßen.

Zum letzten Mal waren wir uns vor fast einem Jahr begegnet, aber sie wirkte unverändert. Wobei, nicht ganz. Sie war dünner geworden. Doch ihre blauen Augen, ihr sanft gelocktes rotes Haar, das Mondgesicht und der Schlabberlook waren wie immer.

»Hallo, Millie.« Sie rückte ein Stück beiseite, um mir auf dem Sofa Platz zu machen, und zog ihre Jacke enger um sich, als ich mich setzte.

»Hi.« Ich sah zu den anderen hinüber in der Hoffnung, dass sich gleich jemand zu uns gesellen und mir das Tête-à-Tête mit ihr ersparen würde, aber Ravi machte die anderen jetzt mit Winston bekannt, und es gab ein großes Hallo. »Dann hat Nick dich also auch eingeladen?«

»Nicht Nick, aber wir haben eine gemeinsame Freundin. Ich denke, sie und ihr Mann werden morgen kommen.«

»Hast du Nick … äh, in letzter Zeit gesehen?«

»Nein.«

»Aha.« Stille trat ein. Ich suchte angestrengt nach einem Gesprächsthema, aber dann war es Penny, die das Schweigen brach.

»Gut siehst du aus.«

»Findet *er* aber nicht.« Ich nickte in Richtung Winston Harriot. »Die kurze Nacht hat meinem Teint nicht gutgetan, und dann diese Kälte. Aber sonst ist bei mir alles okay. Na ja, einen neuen Job hab ich noch nicht gefunden, trotzdem hab ich immer was zu tun. Und du?«

»Immer was zu tun, das trifft es gut.« Sie lächelte angespannt.

Ich zermarterte mir das Hirn, aber jede höfliche Frage schien mit Bedeutung aufgeladen. *Wie läuft's so bei dir?* Fatal. *Wie ist es dir inzwischen ergangen?* Unmöglich.

Hätte ich gewusst, dass sie hier sein würde, hätte ich mich vielleicht irgendwie vorbereitet, mir überlegt, wie sich alles wieder ins Lot bringen ließe.

Hättest du nicht, sagte eine Stimme in meinem Kopf. *Du wärst einfach nicht gekommen.*

Aber jetzt saßen wir beide hier. Wieso gelang es mir nicht, die alte Unbefangenheit an den Tag zu legen? Schließlich waren wir einmal Freundinnen gewesen.

»Dieses Haus ist …« Ich wies auf den Raum, wollte »schön« oder »beeindruckend« sagen, aber als ich mich umschaute, merkte ich, dass das überhaupt nicht stimmte. Der Raum, der sich seine Bezeichnung »Bibliothek« nur durch ein paar luftig bestückte verglaste Bücherschränke erworben hatte, wirkte ebenso runtergekommen wie die Eingangshalle. Die antiken Möbel waren stattlich, aber ziemlich abgenutzt. Einer Chaiselongue fehlte ein Fuß, den jemand kurzerhand durch einen Bücherstapel ersetzt hatte. Überall in dem großen Raum verstreut standen Sofas und Lehnsessel, und an den Wänden hingen Porträts längst verstorbener Gutsherren. Bis wohin sich das Zimmer ins Dunkel erstreckte, ließ sich nicht erkennen, aber hier, nahe der Tür, war es dank des Kaminfeuers und der paar matten Lämpchen doch so hell, dass ich sah, wie sich am Übergang von der Wand zur Decke die Velourstapete ablöste.

Und noch etwas anderes konnte ich im Licht des Kaminfeuers erkennen – eine große, blanke, schräg über dem Kaminsims fixierte Axt, die ziemlich scharf wirkte, was mich angesichts des Allgemeinzustands des Hauses nun doch überraschte. Vermutlich eine Prunkwaffe aus den Highlands, die zusammen mit den Porträts der Herren in Kilts in diesem Raum gelandet war. Die Axt passte sehr gut hierher, denn alles hier fühlte sich irgendwie falsch an, als wäre man von lauter Requisiten umgeben. Nur der Schmutz und der Verfall wirkten hundertprozentig authentisch.

Plötzlich ertönte draußen vor der Bibliothek ein ohrenbetäubender Lärm, der mich zusammenzucken ließ, mir aber auch ersparte, meinen Satz beenden zu müssen. Ich saß da wie erstarrt, bis unsere Gastgeberin in einem Tempo in der Tür erschien, das nicht auf einen Notfall schließen ließ. Sie schwankte ein wenig, und ich bekam wieder Gewissensbisse; sie war wohl immer noch ziemlich durch den Wind, weil James und ich sie so erschreckt hatten. Vielleicht war ihr gerade ein Tablett aus den zitternden Händen gefallen. An den Türrahmen gelehnt, verkündete sie: »Es ist angerichtet.«

Wir gingen im Gänsemarsch zurück durch die Eingangshalle – wo ich einen großen Messinggong bemerkte – und versammelten uns in dem Raum gegenüber der Bibliothek um einen langen Tisch. Für unsere kleine Gruppe war er viel zu groß. Wir saßen einen Meter auseinander, wie verfeindete Parteien, die über einen Waffenstillstand verhandeln wollen. Die Unterhaltung wirkte gestelzt, jede Bemerkung war etwas zu laut, damit sie über die Weiten des weiß gedeckten Tischs auch auf der anderen Seite zu hören war. Mrs Flyte, die an der Stirnseite Platz genommen hatte, schickte eine Terrine auf den Weg reihum.

»Was gibt's denn Gutes?«, erkundigte sich James, während er eine tiefbraune Flüssigkeit in seinen Suppenteller schöpfte.

»Ochsenschwanzsuppe.« Mrs Flyte griff nach ihrem Weinglas.

»Sorry, aber ich bin Vegetarierin?« Bellas Satz endete als ungläubige Frage.

»Na, dann müssen Sie eben auf die Suppe verzichten«, erwiderte Mrs Flyte und betonte die letzten drei Wörter, als wollte sie unbedingt den Eindruck vermeiden, Silben zu verschleifen.

Ravi und Bella tauschten einen Blick, ebenso ich und James.

»Und auf den Hauptgang«, fügte Mrs Flyte hinzu und leerte ihr Glas.

»Mrs Flyte«, sagte Winston, »jetzt erzählen Sie doch mal, wie Sie Herrin dieses … reizenden Anwesens geworden sind.«

»Ich habe immer in London gelebt. Ich liebe den Großstadttrubel, Partys, das Nachtleben …« Sie schien sich einen Moment lang in Erinnerungen zu verlieren, doch gleich darauf räusperte sie sich und versuchte es mit einem munter-energischen Tonfall, der ihr nicht wirklich gelang, weil sie schon zu viel intus hatte. »Aber Dinge ändern sich nun mal, und als ich die Chance bekam, dieses Haus billig zu übernehmen, dachte ich: Tolle Lage, da lässt sich was draus machen. Seitdem führe ich es als Bed and Breakfast.« Sie schenkte sich nach und hob ihr Glas. »Prost allerseits!«

»O Gott«, murmelte James und beugte sich zu mir, damit er nicht so laut sprechen musste. »Die ist ja sturzbesoffen.«

Ich prustete unwillkürlich los und erntete vom anderen Ende des Tischs einen fragenden Blick.

Während unsere Gastgeberin die Suppenteller einsammelte und ich in die Runde sah, fiel mir auf, wie wenig hier einer zum anderen passte. Die bedenklich schwankende Mrs Flyte hatte offenbar die Aufgabe, die Art von Party zu organisieren, die sie selbst strikt gemieden hätte. Winston Harriot mit seiner hochnäsigen Miene und dem Maßanzug schien für so ein Event etwas zu alt zu sein, obwohl die Wampe, die sein

Jackett nicht ganz verbergen konnte, einen Hang zum Savoir-vivre verriet. Ravi und Bella passten schon eher hierher. Bellas Online-Profil glich einer ebenso beneidenswerten wie strapaziösen Mischung aus muskelbetonten Posen vor exotischer Kulisse, kunstvoll dekorierten Brunchtischen und Grüppchen lachender junger Frauen in Clubs, in denen niemand aufs Klo geht und kotzt. Der Unterhaltung zwischen Ravi und Winston entnahm ich, dass Ersterer im Finanzsektor arbeitete und deshalb wohl dem Motto »Work hard, play hard« folgte. Sein Job passte irgendwie nicht zur digitalen Künstler-Persönlichkeit von Bella, aber er sah nun mal verdammt gut aus. Die drei waren sich offenbar schon mal begegnet, zumindest Winston und Ravi. Wieder kam mir Ravis Miene in den Sinn, als er Winston erblickt hatte – irgendwie merkwürdig.

Und dann war da noch James, der rechts neben mir saß. Er kannte niemanden hier, also kamen wohl auch seine Freunde erst morgen mit dem gecharterten Boot. Gehörten sie zu Nicks Gruppe? Da musste jemand offenbar sehr viel Geld haben, um sich die teure Überfahrt vom Festland hierher leisten zu können. Schon die Fähre war nicht gerade billig gewesen. Nick konnte ich ausschließen, was das betraf. Ich hatte zur selben Zeit wie Penny mit ihm bei Flights of Fancy gearbeitet, und Jobs bei Umweltschutzorganisationen werfen nicht gerade die fette Kohle ab.

»Wer hat dich eigentlich eingeladen, James?«

»Ach, ein Bekannter, den ich durch meine Arbeit kennengelernt habe«, erwiderte er lächelnd, führte dies aber nicht weiter aus, senkte den Blick auf die Tischplatte und spielte mit seinem Messer. Vielleicht war er hungrig, jedenfalls hatte er ganz offensichtlich keine Lust zu reden.

Weshalb mir wieder nur Penny links von mir blieb. Ich wandte mich ihr zu.

Sie hatte die starre Miene aufgesetzt, die ich schon von gemeinsamen Team-Meetings kannte: Mit ihren Locken und den runden kobaltblauen Augen, die niemals zwinkerten, erinnerte sie an eine Puppe. Jetzt war ihr starrer Blick ein wenig zu intensiv auf Ravi gerichtet. Entweder war sie innerlich meilenweit vom Hier und Jetzt entfernt, oder ihre Gedanken konzentrierten sich darauf, was für ein toller Typ er war. Als Mrs Flyte einen Teller vor sie hinstellte, kam sie wieder zu sich.

»Eins von meinen altbewährten Gerichten: Kohlrouladen. Ich habe jahrelang das Catering für exklusive Events übernommen – auch für Dinnerpartys im gehobenen Stil«, beantwortete sie James' höfliche Frage, was sie in ihrer Londoner Zeit beruflich gemacht habe.

»Das erklärt die köstliche Küche«, murmelte Penny und wickelte den Kohl von der Roulade, die auf ihrem Teller lag. Eine rosarote, mit Gemüsebröckchen gespickte Fleischfüllung kam zum Vorschein.

Als ich schnaubte, lächelte Penny mich an, und plötzlich spürte ich wieder etwas von dem guten alten Gefühl zwischen uns, wie damals, als wir Freundinnen gewesen waren. Bevor … Aber daran wollte ich jetzt nicht denken.

»Kennst du all die Leute hier? Sind das Freunde von Nick?«

»Ich bin gestern mit der Fähre gekommen, mit Winston. Er ist so eine Art Anwalt«, erwiderte Penny und ließ ihren Blick nachdenklich über die Runde schweifen, so wie ich kurz zuvor. »Ich glaube, er kennt das Pärchen. Sie müssen zusammen eingeladen worden sein.«

»Aber von wem? Auf der Einladung stand nicht, wer der

Gastgeber ist, und es sieht nicht so aus, als wäre so eine Silvesterparty ihr Ding.« Ich nickte zu Mrs Flyte hinüber, die gerade zügig ihr Glas leerte, für das sie die zweite Flasche angebrochen hatte. Oder sagen wir, die zweite Flasche, die ich zu Gesicht bekam. Der Rest von uns musste sich eine teilen, ihre eigene Flasche hatte Mrs Flyte direkt neben ihrem Ellbogen platziert.

»Jemand hat das Haus gemietet. Außerdem sagte sie, wenn hier ein Event stattfindet, kommen manchmal Leute im eigenen Boot von der Nachbarinsel herüber, also wird sie die Party morgen wohl nicht alleine stemmen müssen.«

»Puh. Es ist irgendwie …«

»Deprimierend?«

»So unverblümt wollte ich es nicht sagen, aber … Na ja, ich hatte gedacht, es wäre ein bisschen …«

»Und jetzt hast du Angst, Nick könnte dir einen Streich gespielt haben?«

Diese Sorge hatte ich gar nicht gehabt, aber jetzt, wo Penny es aussprach, beschlich mich ein unguter Zweifel.

Tatsächlich war Nick immer der Büroclown gewesen. Und wenn nun seine Einladung gar nicht die von mir erhoffte Bedeutung hatte, sondern nur ein Köder gewesen war, um mich herzulocken und mir diesen grässlichen Fraß zuzumuten? Aber nein, seine Scherze waren eher Bubenstreiche gewesen – einmal hatte er das Desktopbild auf meinem Computer durch ein ekelhaftes Foto ersetzt, ein andermal Penny mit den Zipfeln ihrer Jacke am Stuhl festgebunden. Das hier wäre dann doch eine Nummer zu groß für ihn gewesen – und selbst wenn er dahintersteckte, was war daran witzig?

Also schüttelte ich diese Sorge ab. Fast.

»Jedenfalls bin ich froh, dass du hier bist«, sagte Penny. »Ich hatte bisher keinen Gesprächspartner außer Winston, der mir nur andauernd erzählt, wie mutig er es von mir findet, dass ich auf diesen fahlen, ausgebleichten Look stehe.« Sie ahmte seine vornehme Aussprache ziemlich gut nach und brachte mich zum Lachen. Hoffentlich sah Winston nicht gerade zu uns herüber. »Funktioniert nur, wenn man wahnsinnig *dünn* ist.«

Wieder lächelten wir uns an, und in der Wärme dieses Moments kam ich in Versuchung, an die Vergangenheit zu rühren. »Tut mir leid, dass ich nicht mehr angerufen habe, seit ...«

»Was soll das heißen – kein Internet?!«, hörte ich in der Sekunde Bellas panischen Aufschrei. Sie presste die Handflächen auf den Tisch, als wollte sie sich gleich quer über den Tisch auf Mrs Flyte stürzen, falls deren Erwiderung ihr nicht gefiel.

»Nun ja, genau das. Kein Internet. Mir war das nie wichtig. Es gibt hier Telefon und die Fähre, das reicht doch.« Damit trug Mrs Flyte unsere kaum angerührten Teller wieder ab – Bella hatte sich wie Penny damit beholfen, die Krautblätter von der Fleischfüllung zu schälen.

Jetzt stellte Mrs Flyte jedem von uns einen Dessertteller aus Riffelglas hin, darauf etwas Weißes, gekrönt mit etwas leuchtend Rotem, wie Blut auf Schnee. Als ich vorsichtig kostete, spürte ich die Meringue süß zwischen meinen Zähnen zerbröseln. Das vor uns war ein Gemisch aus Erdbeeren, Meringue und Schlagsahne. Und es schmeckte gut. Ich schickte ein Dankgebet gen Himmel.

»Aber wir brauchen das doch beruflich!« Das war Ravi, der zwar beschwichtigend die Hand auf Bellas Arm gelegt hatte, aber ebenso bestürzt wirkte wie sie. »Es gibt noch nicht mal Handyempfang. Drei Tage offline, das geht einfach nicht!«

»Es ist Silvester. Notfalls können Sie ja das Telefon benutzen.«

»Und wenn wir es beide gleichzeitig brauchen?«

»Können Sie sich anstellen.«

Penny grinste mich an, und ich grinste zurück. Auf eine perverse Weise war es befriedigend, Ravi und Bella so verzweifelt zu sehen, nur weil es hier kein Internet gab. Aber auch tief in mir drin schwelte ein gewisses Unbehagen. Die Insel war ohnehin schon sehr abgelegen. Und jetzt noch zusätzlich durch das nichtexistente Internet isoliert zu sein …

Aber die Welt hatte uns noch nicht vergessen, denn genau in diesem Moment schrillte das Festnetztelefon.

Mrs Flyte warf Bella und Ravi einen vielsagenden Blick zu, stand auf und wankte Richtung Küche. Wir blieben mit uns und unseren rot-weißen Desserts allein.

»Habt ihr das gewusst?«, erkundigte sich Bella vorwurfsvoll.

»Das ist mir neu«, meinte James und hob mit gespieltem Bedauern die Hände. »Und auch für mich nicht gerade eine gute Nachricht.«

»Ich wusste Bescheid«, sagte Winston, »aber glücklicherweise gehöre ich noch einer Generation an, die jahrelang hervorragend ohne Internet gelebt hat. Die Außenwelt eine Weile zu vergessen klingt für mich eher nach Entspannung.«

Jetzt blickte Bella erwartungsvoll erst Penny an, dann mich.

»Ich hatte keine Ahnung«, sagte ich. »Aber ich wurde auch nur indirekt eingeladen, Ich weiß nicht einmal genau, wer der Gastgeber ist. Ihr vielleicht?« Ich wandte mich an Penny und Winston, die beide den Kopf schüttelten. »Komisch, wir haben auf der Fähre doch alle gesagt, dass …«

Ich hielt inne, weil Mrs Flyte zurückkehrte. Sie kam ins

Zimmer, jetzt festen Schritts, und presste sich wieder ihre Hand auf die Brust. Sie sprach nicht sofort, aber etwas an ihrem Gesichtsausdruck brachte uns alle zum Schweigen. Es ertönte nur noch ein letztes leises *Ping,* als jemand seinen Löffel auf dem Dessertteller ablegte.

»Hat jemand von Ihnen einen Unfall gesehen, auf dem Weg zur Fähre?«, fragte sie.

James und ich blickten uns an und nickten langsam.

»Ach, es ist furchtbar«, seufzte sie, plötzlich völlig nüchtern, und sank auf ihren Stuhl. »Das Paar im Wagen ist ums Leben gekommen. ... Die Polizei hat angerufen, weil ...« Sie erschauderte, die Hand immer noch auf ihrem Herzen. »Die beiden waren auf dem Weg hierher.«

Kapitel 4

Zuerst schien keiner von uns zu wissen, was er sagen sollte. Natürlich war das schrecklich, aber *für wen*? Solange wir nicht wussten, wer im Wagen gesessen hatte, konnten unsere überraschten, bestürzten Ausrufe natürlich nur allgemeiner Natur sein; die Todesfälle bedeuteten für niemanden hier konkretes Leid. Die Katastrophe thronte mitten auf dem Esstisch, herrenlos.

Ich dachte nur die ganze Zeit: *Nicht Nick, nicht Nick, nicht Nick!,* und sah an den Gesichtern der anderen, mit ihrer Mischung aus Entschlossenheit und Angst, dass auch sie an ihre Freunde dachten und hofften, dass nicht sie die Opfer waren.

Schließlich ergriff Winston das Wort und richtete es an die eine Person, von der wir sicher sein konnten, dass sie einen Verlust erlitten hatte, auch wenn er nur geringfügig war. »Das wirft jetzt auf traurige Weise Ihre ganzen Planungen über den Haufen, nicht wahr, Mrs Flyte?«

»Ach, nein.« Sie wischte diese unbedeutende Sorge mit einer Handbewegung beiseite, fuhr dann aber im Widerspruch zu dieser Geste fort: »Obwohl, letztlich ist es schon ein Jammer; ich habe bereits für morgen im Großen Saal aufgedeckt.«

Da niemand wagte, die entscheidende Frage zu stellen, zwang ich mich zu sprechen. »Hat Ihnen die Polizei gesagt, was passiert ist?«

»Die sind sich nicht sicher. Denken, dass der Ehemann vielleicht am Steuer eingeschlafen ist. Die Fähre geht ja so früh am Morgen.«

Ehemann. Ich war erleichtert. Dann konnte es nicht Nick sein. Es sei denn ... Aber nein, seine Nachricht hatte sich nicht so gelesen, als wäre er verheiratet, außerdem hatte ich ihm ziemlich oft im Netz hinterherspioniert, seit wir keine Kollegen mehr waren. Falls er mit jemandem zusammenlebte, falls er *geheiratet hätte*, wäre ich doch bestimmt über irgendeinen Hinweis gestolpert.

Es war Penny, die schließlich die Frage stellte, auf die wir uns alle eine Antwort wünschten.

»Wer ... wer war es?«

»Ein Ehepaar«, antwortete Mrs Flyte. Und dann sprach sie die Namen aus, die ich am wenigsten erwartet hatte: »Drew und Lorna Strang.«

Penny schlug sich die Hand vor den Mund, konnte ihren Schrei aber nicht ganz ersticken. »Tut mir leid ... Ich muss ...« Sie stand auf, schlang sich die Arme um den Leib und eilte aus dem Raum.

»Hat sie die beiden gekannt?«, fragte Winston und sah sich mit hochgezogener Augenbraue am Tisch um. Alle anderen, sichtlich erleichtert, dass niemand von ihren Bekannten ums Leben gekommen war, zuckten die Achseln und zogen mitfühlende Grimassen.

Ich räusperte mich angestrengt; mein Hals war vom Schock wie zugeschnürt. »Es waren Kollegen. Auch von mir. Aber Penny und sie standen sich ... nahe.«

»Natürlich«, meinte Mrs Flyte. »Ich hatte gar nicht darüber nachgedacht, aber natürlich kennen Sie sich alle irgendwie, nicht wahr? Oh, das ist schrecklich. Das Wochenende verläuft überhaupt nicht nach Plan. Erst die Verwechslung bei Mr Harriots Buchung, dann meine Küchenhilfen von der großen Nachbarinsel, die nicht auftauchen, und jetzt das. Ich habe keine Ahnung, ob die Feier unter diesen Umständen überhaupt stattfinden kann.«

»Sagen Sie so etwas nicht!«, rief Ravi. »Das ist unsere Silvesterparty. Wir können nicht zulassen, dass jetzt alles an einem Unfall scheitert.«

»Also, Ravi, ich weiß nicht so recht«, meinte Bella. »Das kommt nicht gut, oder? Trinken und tanzen, wenn gerade jemand gestorben ist.«

»Es tut mir so leid«, sagte James leise zu mir, während die anderen darüber diskutierten, wie bald man nach einer Tragödie wie dieser hochprozentigen Alkohol trinken dürfe. »Muss furchtbar für dich sein, weil du sie doch kanntest.«

»Es ist mehr der Schock. Ich hatte seit fast einem Jahr keinen Kontakt mehr zu ihnen.« Ich hielt inne und überlegte, wann Penny und Nick zuletzt miteinander gesprochen haben mochten. »Wir waren nicht direkt befreundet. Aber es ist schon unheimlich, wenn so etwas das eigene Leben tangiert, nicht?«

»Allerdings.«

Wir schwiegen. Am anderen Ende des Tisches stritten Ravi und Bella immer noch. Sie sprach dauernd von dem Eindruck, den eine Feier machen würde, während er auf der Silvesterparty beharrte, da er fand, er habe ein Recht darauf. Winston beobachtete die beiden mit stillem Lächeln, und wenn die Diskussion zu erlahmen drohte, fachte er sie mit einer sanften Bemerkung wieder an. Mrs Flytes Hand lag immer noch auf ihrem Herzen, während sie ihre zweite Weinflasche hastig bis auf den letzten Tropfen leerte.

»Marjorie, lassen Sie mich abräumen«, sagte James. »Mir war nicht klar, dass Sie alles allein stemmen müssen.«

»Wirklich?« Sie lächelte ihn unsicher an, als er aufstand und begann, die rot verschmierten Dessertteller einzusammeln. »Meistens kommen wie gesagt ein paar Mädchen von der Nachbarinsel rüber. Ich hatte eigentlich heute Nachmittag mit ihnen gerechnet. Keine Ahnung, was passiert ist. Ich brauche ihre Hilfe in der Küche, allein schon, um alle zu verköstigen, bis die Fähre wiederkommt. Auch wenn die Party sicher nicht wie geplant stattfinden kann.«

»Hier auf dieser Insel läuft nichts wie geplant, habe ich recht?« Das war Winston, und Mrs Flyte sah ihn eingeschüchtert und schuldbewusst an.

»Sie haben vorhin etwas von einem Missverständnis bei Winstons Buchung erwähnt«, kam ich auf ihre Bemerkung zurück.

»Ja, Mr Harriot wollte das Haus über Neujahr ganz für sich allein haben. Aber als dann die größere Feier geplant war, dachte ich, dem Zahlungseingang nach … Ich muss wohl irgendwie durcheinandergekommen sein, aber ich dachte, alles habe seine Richtigkeit, und er gehöre dazu. Wie dumm von mir. Leider habe ich es mir von ihm nicht bestätigen lassen.«

»Als ich Miss Maybury auf derselben Fähre traf, war mir klar, dass mir keine beschaulichen, einsamen Tage beschieden sein sollten.«

»Silvester ganz allein? Klingt ziemlich deprimierend«, meinte Ravi.

»Und doch ist es für diejenigen unter uns«, erwiderte Winston, »die mit genügend inneren Ressourcen ausgestattet sind, das genaue Gegenteil.« An mich gewandt fuhr er in weniger scharfem Ton fort: »Ich habe den größten Teil des Jahres mit allerlei Vergnügungen zugebracht, die mich viel Geld gekostet haben, wie mein Finanzmanager hier bestätigen kann.« Er schlug Ravi so heftig auf den Rücken, dass dieser vor Schmerz zusammenzuckte. »An Silvester und Neujahr bevorzuge ich es, mich an irgendeinem friedlichen Ort zu erholen, weit weg von den lärmenden, banalen Feiern, mit denen der Rest der Welt beschäftigt ist. Ich denke dann in aller Stille über das kommende Jahr nach – ohne Konversation, aber vielleicht mit ein wenig Musik. Apropos, Mrs Flyte, ich wäre dankbar, wenn Sie mir einen Whisky bringen könnten, damit ich mich in die Bibliothek zurückziehen kann, um Ihren Plattenspieler zu benutzen.«

Unter seinem strengen Blick erhob sich Mrs Flyte zitternd und kramte in einem Eckschrank, in dessen dunklen Tiefen Flaschen klirrten.

»Herrje, der Whisky, den die Mädchen mitbringen sollten, ist nun leider nicht da. Aber Cream Sherry hätte ich. Oder Sherry Brandy? Und die Flasche mit Pfefferminzlikör, die noch nicht einmal angebrochen ist.«

Winston stöhnte. »Dann eben Sherry, wenn's denn sein muss.«

Mrs Flytes geschäftiges Herumhantieren signalisierte das Ende des Abendessens. Winston wünschte eindeutig keine Gesellschaft in der Bibliothek, Penny hatte sich, in Tränen aufgelöst, zurückgezogen, und James war bewundernswerterweise in der Küche zugange. Allerdings ging meine Bewunderung nicht so weit, dass ich den Wunsch verspürt hätte, ihm Gesellschaft zu leisten. Ich wollte früh ins Bett, wurde dann aber leider gezwungen, mich noch nützlich zu machen.

»Könntest du mir vielleicht helfen?«, fragte Bella, die sich gerade, als ich mit meiner Tasche in mein Zimmer wollte, mit ihren beiden Koffern die Treppe hinaufquälte.

»Klar.« Ich hob einen glänzend weißen Hartschalenkoffer mit hellbraunem Ledergriff an. Er war so schwer, dass ich ihn nur Stufe für Stufe hochwuchten konnte. Auch Bella mühte sich mit dem anderen Koffer ab. Die fürchterlich lange, geschwungene Treppe führte uns in einen genauso langen Flur. Das würde kein Spaziergang werden.

»Du und Ravi, ihr kennt Winston also schon?«

»Ravi kennt ihn. Ich nehme an, von der Arbeit. Ich bin ihm nie zuvor begegnet.«

»Dann habt ihr vielleicht gemeinsame Freunde? Penny und ich sind ja irgendwie mit derselben Gruppe da. Kennst du vielleicht auch Nick? Nick Dawes?«

»Nein.« Sie keuchte vor Anstrengung. »Ich mach das nur wegen des Events. Ich bin hier, um mein Profil mit Content zu füllen, nicht wegen der Gesellschaft.«

Ich war genauso außer Atem wie sie und ärgerte mich ebenso über ihren Koffer wie sie sich über meine Fragen. Aber für mich fühlte sich das Ganze hier mit jeder Stunde immer merkwürdiger an. Ich verspürte eine wachsende innere Unruhe und wollte das alles verstehen.

»Mir war nicht klar, dass das eine so bedeutende Veranstaltung ist.«

»Doch, irgend so ein Promotion-Event. Jemand, der das Haus mitverwaltet, hat mich kontaktiert und angefragt, ob ich an der Party teilnehmen und ein paar Beiträge posten würde. Und Ravi ist mitgekommen, weil, na ja, Ravi eben.«

Obwohl ich keinem von beiden je zuvor persönlich begegnet war, glaubte ich doch genau zu wissen, was sie meinte.

Endlich erreichten wir den oberen Treppenabsatz. Ein Flur erstreckte sich im Dämmerlicht in beide Richtungen, nur matt erhellt durch trübe Birnen in Kerzenhalter-Attrappen. Jedes der weit voneinander entfernten Lämpchen beleuchtete ein paar Details: Eichentäfelung, Porträts, ausgestopfte Wildtiere. An den Bilderrahmen hing schlapp Lametta – ob es von vergangenem Weihnachten oder noch länger zurückliegenden Feiertagen stammte, ließ sich nur vermuten.

Bella blieb vor einem großen Spiegel gegenüber der Treppe stehen, um sich zu betrachten. Der Spiegel war beschlagen und rostbraun angelaufen und stand mit seinem zu wuchtigen, massiven Rahmen ziemlich wacklig auf einem kleinen Tisch. Der Winkel, in dem er an der Wand lehnte, machte mich nervös. Bella korrigierte mit dem Finger ihren Lippenstift und blickte sich tief in die Augen, während sie sich über die Schulter mit mir unterhielt.

»Wenn sich morgen nicht gewaltig was ändert, erwähne ich niemandem gegenüber, dass ich hier war. Ich glaube, Rav und ich haben unser Zimmer links um die Ecke«, fuhr sie fort und klapperte mit dem Schlüssel, den sie sich von Mrs Flyte geschnappt hatte. Ein Anhänger hing dran. Offensichtlich erwartete sie, dass ich ihr mit dem weißen Koffer folgte. Aber ich hatte für meine Begriffe schon mehr als genug getan und hielt bereits meinen eigenen Schlüssel in der Hand.

»Dann gute Nacht. Ich bin nach dem heutigen Tag echt müde, und die Sache mit dem Unfall hat mich ziemlich mitgenommen. Ich habe die Strangs nämlich auch gekannt.«

»Ach so. Klar.« Bella, die sich offenbar auf ein Mindestmaß an Höflichkeit besann, verzog mitfühlend das Gesicht. »Das ist schon krass. Aber versuche doch mal, es als natürlichen Kreislauf zu sehen. Das alte Jahr verliert seine Energie, damit das neue Jahr geboren werden kann, oder so ähnlich.«

»Okay. Energie. Da ist was dran. Ich werde mir Mühe geben, es so zu sehen, versprochen. Gute Nacht.« Und damit drehte ich mich um und ging den Flurabschnitt in die entgegengesetzte Richtung entlang, inständig hoffend, dass mein Zimmer nicht doch direkt neben dem der beiden lag und ich Bella nochmals im Korridor begegnen musste.

Zum Glück war das nicht der Fall. Auf dem ovalen Messinganhänger an meinem Schlüsselring stand: »Pfirsichzimmer«, und als ich die Tür öffnete, sah ich sofort, warum. Der ganze Raum – Wände, Teppich, Bettüberwurf, Vorhänge – war in orange-pinken Farbtönen gehalten, von Apricot über Muschelfleischrot und Bräunungssprayorange bis hin zu Lachsrot. Es war der reinste Horror, aber irgendwie auch lustig, und plötzlich konnte ich nicht mehr, am Ende dieses stressigen, verhängnisvollen Tages. Ich rutschte mit dem Rücken an der Tür entlang zu Boden, ließ mich auf den korallenroten Teppich sinken und lachte auf diese hysterische Art, die manchmal ein Ersatz für Weinen ist.

Denn eigentlich war mir nach Weinen zumute. Alles hier war auf so unspektakuläre Weise schrecklich – das schäbige Ambiente, das grässliche Essen, die anderen Gäste. Mit der erträumten Flucht aus dem Alltag hatte das hier nicht das Geringste zu tun, es war einfach nur ein weiteres schäbiges Kapitel in meinem armseligen kleinen Leben, vor dem ich das ganze Jahr davongelaufen war. Ein bisschen Glamour an Silvester, das hatte ich mir gewünscht. Und einen Kuss um Mitternacht, vielleicht sogar ein bisschen mehr. Doch jetzt spürte ich nur Enttäuschung über die düstere, runtergekommene

Atmosphäre und darüber, dass Nick nicht hier war. Außerdem gab es zwei Tote, Menschen, mit denen ich jahrelang zusammengearbeitet hatte, die sich mit Herzblut und Energie für die gleichen Themen engagiert hatten, die auch mir so viel bedeuteten.

Seitdem ihre Vogelschutzstiftung Flights of Fancy zu Beginn des Jahres dichtgemacht hatte, war ich Drew und Lorna nicht mehr begegnet. Vielleicht hatten sie sich ja im Laufe der Monate verändert, aber so, wie ich mich an sie erinnerte, wären sie genau die Richtigen gewesen, um diese traurige Veranstaltung hier in Schwung zu bringen. Die beiden waren wirklich glamourös gewesen, vor allem für eine Umweltstiftung. Die Büros solcher Organisationen mit all ihren Gutmenschen und unfassbar loyalen Mitarbeitern sind ja meist kein Ort für Glamour. Aber Lorna, die wunderbare Lorna mit ihrer glänzenden Mähne und ihrem auffälligen Schmuck, und Drew mit den soignierten grauen Schläfen und seinem jungenhaften Lächeln – die beiden waren aus dem Rahmen gefallen. Und das nicht nur als attraktives Paar. Auch ihr Idealismus hatte seinesgleichen gesucht. Sie besaßen die Art von Charisma, mit dem sie einen ganzen Saal in den Bann schlagen oder einen wider besseres Wissen überzeugen konnten. Vermutlich hatten sie deswegen so viele Geldgeber gehabt.

Aber damit war es jetzt vorbei. Jetzt lagen ihre Leichen wahrscheinlich schon auf dem Seziertisch. Ich sah den schlaff aus dem Wagenfenster hängenden Arm vor mir und zuckte zusammen, als ich daran dachte, wie ich im Vorbeifahren gegafft hatte. Unter meinen zusammengepressten Lidern quollen ein paar Tränen hervor. Ich lachte nicht mehr. Obwohl ich Lorna und Drew im letzten Jahr ebenso gemieden hatte wie Penny, wünschte ich mir in diesem Moment, ich könnte durch meine Tränen alles, was passiert war, ungeschehen machen. Es lagen unschöne Dinge hinter uns, aber ich hätte die beiden so gern wieder lebendig gesehen, auch wenn das bedeutet hätte, dass zu dieser Gruppe, in der ich mich sowieso schon unbehaglich fühlte, noch eine heikle Komponente hinzugekommen wäre. Wenigstens hätten die beiden gewusst, wie man eine festliche, gesellige Atmosphäre schafft.

Tripp ... tripp ... tripp ...

Ein trippelndes Geräusch erschreckte mich zu Tode. *Nur Mäuse hinter der Sockelleiste*, beruhigte ich mich. Aber mein Herz schlug wie verrückt, während ich hastig in den Pyjama schlüpfte, mir am Waschbecken – das kleine Bad war in leuchtendem Melonenorange gehalten – rasch die Zähne putzte und dann schnell unter die glatte pfirsichfarbene Bettdecke kroch. Jetzt kamen noch mehr Geräusche hinzu – ein Wuseln und Knarren, ein ungemütlicher Wind, der durch die Dachtraufen ins Zimmer pfiff. Ich versuchte, gleichmäßig zu atmen und die Geräusche im Dunkeln auszublenden, konnte aber lange nicht einschlafen. *Morgen*, war mein letzter Gedanke, bevor ich endlich in einen unruhigen Schlummer sank, *morgen muss es besser werden*. Ich war schon halb weggedämmert, als ich irgendwo im Flur eine Tür knallen hörte.

Silvester

Kapitel 5

Ich erwachte zu Möwengeschrei. Die Sonne, die ins Zimmer schien, machte die scheußliche fleischrosafarbene Einrichtung etwas erträglicher. Ich konnte mir vorstellen, dass dieses Gebäude unter idealen Bedingungen mit seiner morbiden Exzentrik und dem Abglanz einstiger Pracht durchaus imposant wirken mochte. Schottisch-herrschaftliche Vibes. Ich versuchte, die gestrigen Sorgen wie einen bösen Traum abzuschütteln. Natürlich war das alles traurig und eine Tragödie, was mit Drew und Lorna passiert war. Dennoch beschloss ich, möglichst positiv in den Tag zu starten. Das Wiedersehen mit Penny und der Unfall der Strangs, alles am selben Tag – trotz meines guten Vorsatzes machte mir der fürchterliche Zufall zu schaffen. Ich wurde in eine Vergangenheit zurückversetzt, mit der ich nichts mehr zu tun haben wollte. Andererseits ergab es natürlich Sinn, dass Nick die drei eingeladen hatte. Und Autounfälle passierten nun mal.

Ich wollte das Fenster aufreißen und meine Lungen mit frischer Meeresluft füllen, aber es bewegte sich keinen Zentimeter. Ich sah nur, dass draußen wunderbares Wetter herrschte. Das funkelnd vom Wasser reflektierte Sonnenlicht ließ alles leuchten, was die Winterlandschaft an Farben zu bieten hatte. Aber lange würde das schöne Wetter wohl nicht mehr halten. Das harte Gras, das die Insel bedeckte, zitterte im Wind, und in einiger Entfernung, wo die Klippen ins Meer fielen, sah ich mit raschen Flügelschlägen Vögel fliegen;

sie blieben in Küstennähe, um möglichst wenig dem Wind ausgesetzt zu sein.

Doch auch von dem Gedanken, dass womöglich das Wetter umschlagen würde, wollte ich mir die gute Laune, mit der ich aufgewacht war, nicht verderben lassen. Erinnerungen an gestern – an den Autounfall, das grässliche Dinner, die schreckliche Nachricht vom Tod der Strangs – drohten mein Gehirn zu fluten, aber ich schob sie immer wieder beiseite. Früher hatten die Strangs zu meinem Bekanntenkreis gehört, jetzt nicht mehr, auch wenn es mir natürlich leidtat, dass sie ums Leben gekommen waren. So wie Ravi wollte auch ich verhindern, dass dieser unglückliche Zufall die Silvesterparty verdarb, auf die ich mich wochenlang so gefreut hatte. Mehr als nur gefreut: Ich hatte ihr entgegengefiebert. Ich hoffte immer noch, der heutige Tag könnte zum Wendepunkt werden. Das Ende eines fürchterlichen Jahres und der Anfang eines hoffentlich besseren. Ein »natürlicher Kreislauf«, wie Bella sich ausgedrückt hatte, dem wir alle unterworfen waren. Das alte Jahr verlor seine Energie, oder so ähnlich.

Und es gab ja auch Positives. In wenigen Stunden würde Nick eintreffen. Obwohl hier alles aus dem Ruder zu laufen schien, konnte die Sache doch etwas Gutes haben. Menschen wurden vom Unglück zusammengeschweißt. Das Gefühl geteilten Leids führte oft zu Vertrautheit. Ich stellte mir vor, wie ich weinen würde, attraktiver als je zuvor, ohne rote Nase und verquollene Augen. Nick würde mich ernst anblicken, mein mitfühlendes Herz bewundern und mir tröstend den Arm um die Schultern legen ... *Sei nicht so gefühllos*, ermahnte ich mich und schüttelte diesen Tagtraum ab. *Der Unfall ist und bleibt eine Tragödie.* Dennoch gab ich mir beim Schminken besonders viel Mühe und blickte mehrfach in den Spiegel, um mich zu vergewissern, dass ich in dem grob gestrickten Pulli aus schottischer Wolle, den ich passenderweise eingepackt hatte, nicht zu unförmig wirkte.

Ich blieb eine Weile auf dem Treppenabsatz stehen, neugierig, was das Tageslicht alles enthüllen würde, inspizierte die welken Blumen auf den Beistelltischchen und das fleckige Fell der Tierköpfe. Dann schlenderte ich den Flur entlang, bis dieser einen Knick machte, und erkundete anschließend auch seinen anderen Teil. Anscheinend besaß das Haus einen asymmetrischen u-förmigen Grundriss. Der Architekt musste ein besonderes Faible für Neugotik gehabt haben: Es kam mir vor, als würde jedes Fenster in eine andere Richtung weisen, und durch Giebel und Ornamente wirkten die sich überschneidenden Perspektiven noch chaotischer.

Unter dem Eckfenster stand ein wuchtiger, mit zerschlissenem rotem Brokat bezogener Sessel, der einen unwillkürlich an Königsmörder aus ferner Vergangenheit denken ließ. Allerdings wirkte er, wie so viele Dinge in diesem Haus, irgendwie übertrieben und dadurch schon wieder lächerlich. Ich kniete mich auf das durchgesessene Polster, ließ meinen Blick über die mit Grasbüscheln bedeckte Insel schweifen und überlegte, ob das Fenster wohl in dieselbe Richtung wie das in meinem Zimmer zeigte. Aber die ununterscheidbaren Hügel und Landschaftslinien verwirrten mich. Zudem waren kurz zuvor, als ich mich angezogen hatte, nur vereinzelt transparente Wölkchen am Himmel zu sehen gewesen. Jetzt aber zogen dicke Wolken auf, sogen die blaugrünen Farbnuancen aus den fernen Wellen und ließen das Meer als bleierne Fläche erscheinen.

Als ich die anderen Türen mit ihren Messingschildern passierte, bekam ich weiche Knie. Hinter einer davon musste Penny mit demselben Schock fertigwerden wie ich. Und für sie dürfte es noch schlimmer sein, weil sie den Strangs nahegestanden hatte. Schon war ich versucht, bei ihr anzuklopfen und ihr mein Mitgefühl auszusprechen. Aber angesichts dessen, was zwischen uns passiert war, war ich vermutlich die Letzte, von der sie getröstet werden wollte. Und ich wusste auch nicht, in welchem Zimmer sie untergebracht war. Unterwegs Richtung Treppe wich ich Tierköpfen, die in den Flur ragten, und wackligen Tischchen mit Nippes aus.

Auch wenn mein Zimmer bei Tageslicht nicht mehr ganz so hässlich wirkte, galt dies nicht für den Rest des Hauses. Am Abend hatten Dunkelheit und trübe Beleuchtung alles weichgezeichnet, jetzt sah man deutlich, wo überall die Farbe abblätterte, jeden Riss in der Wandtäfelung, jede Spinnwebe, jeden Sprung in den Bodenfliesen. Beim Blick durch die Bibliothekstür bemerkte ich auf dem Sofatisch zwei benutzte Gläser, vermutlich noch von gestern Abend. *Komisch*, dachte ich, *hat Winston nicht allein getrunken?*

Ich fuhr zusammen, als plötzlich Mrs Flyte mit einem Tablett an mir vorbeihuschte, um die Gläser einzusammeln. »Vor den Festlichkeiten ist noch allerhand zu tun«, klagte sie.

»Die Untertreibung des Jahrhunderts«, murmelte ich. Als sie fragend aufsah, lächelte ich sie an und sagte etwas lauter: »Na ja, das Haus ist auch so schon sehr eindrucksvoll.«

»Der nette junge Mann hilft mir beim Frühstückmachen – wenn Sie bitte in die Küche durchgehen.«

Es musste sich wohl um James handeln, denn Ravi hatte sich am Vorabend bei unserer Gastgeberin nicht gerade beliebt gemacht. Als ich um die Ecke in die Küche bog – in die viel

Tageslicht fiel und die offenbar als einziger Raum des Hauses in den letzten Jahrzehnten renoviert worden war –, bestätigte sich meine Vermutung.

James stand am Herd und bereitete, vor sich hin summend, in einer großen Pfanne Rührei zu, das gerade zu lockeren gelben Klümpchen stockte. Er lächelte mich an und wies mit dem Kopf nach hinten. »Gerade rechtzeitig, um den Toast zu buttern.«

Ich lächelte zurück und ging zum Toaster, neben dem schon ein Teller bereitstand. Gerade sprangen zwei Scheiben aus dem Schlitz. Ich füllte nach und begann, den fertigen Toast mit Butter zu bestreichen. Ich war froh, dass James mir diese Aufgabe zugewiesen hatte und nicht eine kompliziertere, ich war nämlich keine große Köchin. Toast zu buttern, schaffte ich gerade so.

In meinem Rücken summte James immer noch vor sich hin, während der Toaststapel vor mir immer höher wurde. Köstlicher Duft erfüllte den Raum. Wir waren allein in der Küche, und es fühlte sich gut an, gemeinsam das Frühstück zuzubereiten, ohne dabei reden zu müssen. Entspannt. Plötzlich wollte ich gar nicht mehr, dass Nick kam und dem hier ein Ende bereitete ... was auch immer es war.

Aber was für ein bescheuerter Gedanke. Nick und ich waren jahrelang Kollegen gewesen, und in all dieser Zeit hatte ich für ihn geschwärmt. Mehr als einmal hatte ich mich vor Lachen fast an meinem Kaffee verschluckt, wenn er nachmachte, wie sich die mausgraue Penny ihren x-ten Schlabberpulli kaufte oder der aggressiv-charismatische Drew einen Raum beherrschte. Ich hatte zigmal mit ihm zu Mittag gegessen, kannte den Namen seiner Schwester und seiner Lieblingsband, und diese

Party war meine Chance, endlich herauszufinden, ob er für mich ähnliche Gefühle hegte. Kein Fremder sollte dazwischenfunken, auch wenn dieser Fremde strahlende haselnussbraune Augen hatte und köstlich fluffiges Rührei machen konnte.

James drehte sich um, weil er den Pfanneninhalt auf die bereitstehenden Teller verteilen wollte. Ich durchquerte gerade mit meinem goldenen Toaststapel die Küche, als plötzlich ein metallisches Scheppern ertönte, James ins Stolpern geriet und die Hälfte des Rühreis auf dem Tisch landete.

Ich eilte zu ihm. »Was ist passiert?«

»Ach, nichts. Mit dem Ding ist es bloß manchmal etwas schwierig, die Entfernung richtig einzuschätzen. Ob jemand merkt, dass diese Portion Rührei einen kleinen Unfall hatte?« Mit skeptischem Blick schaufelte er das Rührei vom Tisch in die heiße Pfanne zurück, und ich bemerkte erst jetzt, was mir gestern bei der stürmischen Überfahrt und im Dunkeln auf der Insel nicht aufgefallen war. Das »Ding«, das scheppernd den Tisch gerammt hatte, war sein rechter Unterschenkel. Das Hosenbein unterhalb des Knies war fast nur mit Luft gefüllt, James trug eine Metallprothese.

»Das hatte ich gar nicht bemerkt«, sagte ich, stellte den Toastteller ab und half James, den Tisch abzuwischen.

»Na, darauf kann ich mir ja echt was einbilden«, erwiderte er. »Motorradunfall mit achtzehn. Stört mich eigentlich nicht mehr, aber trotzdem hab ich mit dem Metallding nicht das gleiche Gefühl wie, sagen wir mal, mit einem Fuß.«

Er sprach ganz sachlich, während er Rührei auf meinem Teller anrichtete, dennoch war ich unsicher, wie ich auf die Enthüllung reagieren sollte – oder ob ich besser geschwiegen hätte. Aber kaum hatte ich mich zur Flucht nach vorn entschlossen und war dabei, das leckere Rührei zu loben, platzte Mrs Flyte herein, mit einem Tablett, auf dem schmutzige Gläser aneinanderklirrten.

»Es ist wirklich schwer, das Haus sauber zu halten, wenn ich alles allein machen muss und jeder seine Sachen herumstehen lässt.«

Fast hätte ich gesagt, das sehe man dem Haus an, doch ich schwieg, schob Rührei auf meinen Toast und nahm einen Bissen.

Als Nächste kamen gähnend Ravi und Bella in die Küche geschlendert. Sie waren noch im Pyjama, auf attraktive Weise zerzaust und trotz der frühen Morgenstunde deprimierend fit. Nur Penny und Winston ließen sich noch nicht blicken.

»Oh, super, Frühstück!«, rief Ravi und stürzte sich auf das Rührei.

»Weißbrot?«, maulte Bella. »Gibt's vielleicht auch was aus Sauerteig? Glutenfrei?«

Mrs Flyte schnaubte. »Hier auf der Insel gibt es nicht so viel Auswahl«, sagte sie. »Lebensmittel kommen nur einmal wöchentlich per Schiff.«

Bella zuckte die Achseln und begann sichtlich resigniert, ihren Teller zu füllen. Beim ersten Bissen riss sie entsetzt die Augen auf. Ich wartete schon genervt auf einen ihrer pingeligen Kommentare, doch dann merkte ich, dass sich ihre Reaktion gar nicht aufs Essen bezog.

»Was zum Teufel ist *das* denn? Ich *kann* auf keinen Fall im selben Raum sein wie ein Objekt mit derart negativer Energie!«

Als mein Blick ihrem ausgestreckten Finger folgte, sah ich den Schirmständer an der Hintertür: Aus dem Wust von Wanderstöcken und Regenschirmen ragte wie beiläufig ein Gewehr.

»Wenn Sie nicht zur nächsten Insel schwimmen wollen, wird Ihnen für die nächsten zwei Tage gar nichts anderes übrig bleiben«, meinte Mrs Flyte und räumte beleidigt die Gläser in die Spülmaschine. »Außerdem gibt es keinen Grund, sich groß darüber aufzuregen. Ich verscheuche nur Vögel damit.«

Jetzt war *ich* entsetzt. Falls man es nicht ohnehin schon gemerkt hat, will ich es hier noch mal in aller Deutlichkeit sagen: Ich liebe Vögel. Und zwar so sehr, dass ich mein ganzes Berufsleben ihrem Schutz gewidmet habe – wobei es mit dem Berufsleben seit dem Ende von Flights of Fancy nicht mehr weit her war. Die Vorstellung, dass diese reizbare alte Frau auf der Schwelle ihrer Hintertür stand und Vögel abknallte, die auf diese Inseln kamen – einheimische britische Arten, aber auch Zugvögel aus der Arktis, Grünschenkel, Regenbrachvögel, Papageientaucher, Raubmöwen –, erfüllte mich mit Wut. Ich hatte den Mund voll und schluckte erst mal, doch bevor ich mich räuspern und meine Verachtung in Worte fassen konnte, murrte Mrs Flyte: »Ich *muss* diese Mädchen an die Strippe kriegen. Absolut keine Ahnung, warum die nicht aufgetaucht sind. Und dann die anderen Gäste. Der Himmel verheißt nichts Gutes. Wenn sie nicht demnächst eintreffen, war's das ...« Damit eilte sie aus der Küche.

Mir blieb nichts weiter übrig, als meinen Ärger in mich hineinzufressen. Frustriert marschierte ich zur Spülmaschine und ließ meinen leeren Teller laut in das Gestell fallen, doch die anderen bemerkten es gar nicht und aßen ungerührt weiter.

»Seltsam«, meinte Bella, und James blickte sie besorgt an.

»Oh, sorry. Nicht das Frühstück. Das ist sogar lecker, danke. Aber welches Bed and Breakfast lässt denn Gäste ihr eigenes Frühstück zubereiten und in der Küche essen? Und warum ist außer uns niemand da? Das Ganze sollte doch, na ja, ein *Event* sein.«

»Du bist doch nur sauer, weil du nicht nachsehen kannst, wie viele Likes dir dein letzter Post gebracht hat«, meinte Ravi spöttisch. Bella starrte ihn giftig an. Sie lehnten nebeneinander an der Anrichte. »Na, komm schon, gib's zu«, sagte er lachend und versetzte ihr einen leichten Stoß mit der Hüfte. Mit einem kläglichen Lächeln lenkte sie ein.

»Okay, gut, das ist einer der Gründe. Aber hättest du nicht auch etwas anderes erwartet? Ein bisschen mehr ...« Sie machte eine vielsagende Handbewegung, die das Haus mit seiner tristen Atmosphäre umfasste.

»Ich verstehe, was du meinst«, erwiderte ich. »Die Einladung wirkte irgendwie ganz anders.«

»Vielleicht auch nicht«, meinte James grinsend. »In der Einladung stand etwas von schottisch-herrschaftlichen Vibes. Wenn ich an Adlige im einundzwanzigsten Jahrhundert denke, stelle ich mir ihr Leben ungefähr so vor.«

»Was haben denn deine Freunde gesagt?«, fragte ich James. »Kennen sie die Veranstalter?«

»Nun ja, für mich ist das hier eher ein ... Arbeitsurlaub.« Er zwinkerte, als sollte mir das etwas sagen.

Ich war ratlos, aber Ravi gluckste mit vollem Mund und nickte James anerkennend zu. »Das heißt ...?«

»Jetzt kapiere ich überhaupt nichts mehr.« Mrs Flyte kam erneut in die Küche geeilt, diesmal völlig aufgelöst. »Ich hatte gerade die Mädchen am Telefon, und sie behaupten, ich hätte angerufen und abgesagt. Aber das stimmt nicht. Das ergibt doch alles keinen Sinn!«

Ravi und Bella pressten sich unbehaglich aneinander. Ihre Seidenpyjamas im Partnerlook knisterten leise. Aus irgendeinem Grund sah ich James an.

»Sie haben wirklich nicht angerufen?«, fragte er.

»Natürlich nicht!«, fauchte Mrs Flyte, öffnete einen Schrank voller Whiskyflaschen und schenkte sich einen großzügigen Schluck ein.

Bisschen früh dafür, dachte ich. *Und hat sie nicht gestern Abend behauptet, es sei kein Whisky mehr im Haus?* Doch bevor mir eine Erklärung dafür einfiel, hatte sie ihr Glas geleert und goss nach.

»Wahrscheinlich denken Sie, ich sei uralt und verkalkt – aber ich schlucke nur Pillen fürs Herz, nicht fürs Gedächtnis. Warum sollte ich meinen Küchenhilfen absagen, wenn das Haus voll ist? Zumindest erwarte ich, dass es noch fast voll wird.«

Vorhin, bevor die anderen kamen, als ich in James' angenehmer Gesellschaft entspannt die Toastscheiben gebuttert hatte, war da ein Moment gewesen, in dem das Wochenende doch ganz gut zu werden versprach. Vielleicht sogar richtig schön. Doch Mrs Flytes Ärger und Verwirrung riefen mir schlagartig wieder ins Bewusstsein, dass irgendetwas hier nicht stimmte. Das düstere, heruntergekommene Haus, die Küchenhilfen, die auf mysteriöse Weise abbestellt worden waren, die Tatsache, dass jeder von uns für sein Kommen einen anderen Grund angab: Etwas war hier faul. Mächtig faul.

Plötzlich bekam ich es wieder mit der Angst zu tun. Schon bei meiner Ankunft hatte ich diese nervöse Unruhe gespürt.

Zu den anderen hatte ich bisher nichts gesagt, aber jetzt musste ich der Sache auf den Grund gehen. Ich musste herausfinden, was hier lief, bevor alles noch schlimmer wurde. Mir schwirrten tausend Fragen durch den Kopf, und ich öffnete den Mund, um die erste davon zu stellen.

Aber es war zu spät, denn in diesem Moment flog die Küchentür auf. Winston kam herein. Er trug einen extravaganten langen Kamelhaarmantel und einen feschen schwarz-beige karierten Schal. Mir blieb meine Frage im Hals stecken, nicht etwa wegen Winstons Eleganz – sondern wegen seiner entsetzten Miene. Seine Lippen bewegten sich, aber er brachte kein Wort heraus. James zog einen Stuhl für ihn heran, der mit kreischendem Geräusch über die Fliesen glitt. Winston sank darauf zusammen und barg das Gesicht in den Händen. Mrs Flyte eilte mit der Whiskyflasche und ihrem Glas durch die Küche zu ihm und stupste ihn damit gegen die Schulter. Er sah auf und nahm ihr das Glas aus der Hand; als er trank, lief ein sichtbarer Schauer durch seinen Körper. Wir starrten ihn an, aber niemand wagte zu fragen, was passiert war. Die Sekunden verrannen.

Endlich begann er zu sprechen. »Ich habe einen Spaziergang auf den Klippen gemacht. Sie muss vor mir aufgebrochen sein. Ich habe sie gesehen, aber ich ... ich war zu weit weg. Die junge Frau. Penny. Sie ist von den Klippen gesprungen!«

Kapitel 6

Jetzt werde ich ihr nie mehr sagen können, wie leid mir alles tut, war mein erster Gedanke. Oder vielleicht auch: *Jetzt brauche ich ihr nicht mehr zu sagen, wie leid es mir tut.*

Mir war schlecht, ich fühlte mich wie gelähmt und stand wie angewurzelt da, während alle so hektisch um mich herumwuselten, dass ich nichts mitbekam. Als wäre ich das scharfe, weil reglose Zentrum eines ansonsten verwackelten Zeitrafferfotos. Als ich irgendwann in die normale Zeit zurückkippte, führte James mich zu einem Stuhl und stellte mir ein Glas Whisky hin.

»Ich konnte sie nicht aufhalten«, sagte Winston, während er den Schal von seinem Hals löste. Er schwenkte sein leeres Glas, und als Mrs Flyte damit davonwankte, um ihm nachzuschenken – sie sah selber ganz bleich aus und war wacklig auf den Beinen –, verfolgte er sie mit einem gierigen Blick, dem man anmerkte, dass der erste Schock schon abgeflaut war. Ich dagegen brauchte noch eine Weile. Mir dröhnten immer noch mein hämmernder Herzschlag und die Stimmen der anderen in den Ohren.

»Was haben Sie getan, um sie zu stoppen?«, fragte James.

»Ich habe gerufen, aber … So eine dumme junge Frau.« Winston kniff sich in den Nasenrücken und leerte das Glas, das Mrs Flyte ihm gebracht hatte, in einem Zug.

»Wann war das?« James' Stimme klang jetzt verzweifelt. »Sie müssen uns hinführen! Vielleicht können wir sie noch retten.«

»Bestimmt nicht«, sagte Mrs Flyte. »Keine Chance, wenn sie da runtergesprungen ist. Noch dazu bei so stürmischer See. Die Arme! Dass es so weit kommen musste ...«

»Verstehen Sie nicht, dass wir es wenigstens versuchen müssen?«, drängte James.

Während er, Winston und Mrs Flyte darüber stritten, ob ein Rettungsversuch noch sinnvoll war oder nicht, merkte ich, dass Bella und Ravi sich, genau wie ich, die ganze Zeit zurückgehalten hatten. Sie hatten nur leise miteinander geredet. Zumindest Bella wirkte extrem angespannt, sie hatte sich die Arme um den Leib geschlungen, und ihre Finger krallten sich in den dunklen Seidenstoff ihres Pyjamas. Ravi streichelte unentwegt ihre Schultern und flüsterte auf sie ein.

Als ich mich räusperte, wurde es still im Raum. »Ich war Pennys Freundin«, sagte ich. »Und ich finde, wir müssen nachschauen. Nur für alle Fälle. Wir hätten längst aufbrechen sollen. Selbst wenn wir sicher wüssten, dass sie ... Selbst wenn wir *ganz sicher* wären«, fuhr ich lauter fort, um Mrs Flyte, die schon den Mund öffnete, nicht zu Wort kommen zu lassen. »Wir müssen einfach nachschauen. Wenn wir die Polizei rufen, werden die Beamten genau wissen wollen, was passiert ist.«

Mrs Flyte blieb im Haus, während wir anderen uns bei auffrischendem Wind zu den Klippen kämpften. Gelegentlich kam noch die Sonne hervor, aber die Wolken wurden immer dichter. Die See wirkte kabbeliger, und von der kalten Salzluft taten mir die Ohren so weh, dass ich vor Schmerzen kaum noch etwas hörte.

Vielleicht lag es aber auch am Schock. Ich stapfte hinter Winston her, ohne von der hügeligen Umgebung etwas wahrzunehmen. Meine Gedanken drehten sich einzig und allein um Penny.

Sie war höchstwahrscheinlich tot. Aus eigenem Entschluss. Hätte jemand sie davor bewahren können? Wenn überhaupt, dann ich. Wir alle hatten gestern Abend bei der Nachricht vom Tod der Strangs ihre Verzweiflung miterlebt, aber ich allein wusste, warum sie der Unfall so traf. Nur ich wäre in der Lage gewesen, sie zu trösten. Aber ich hatte geschwiegen. Ich hatte nicht an ihre Zimmertür geklopft, hatte mich von Unsicherheit und Bedenken leiten lassen, statt menschlich zu handeln. Während ich jetzt den Pfad entlangstapfte, lastete die Schuld bleischwer auf mir.

Ravi und Bella folgten mir. Wegen des Winds eng aneinandergepresst, unterhielten sie sich immer noch gedämpft. Sie wirkten wie wir anderen ziemlich betroffen. Vielleicht bereuten auch sie, Penny gestern Abend nicht getröstet zu haben. Aber wenn irgendjemand wirklich fürs Trösten verantwortlich gewesen wäre, dann ich. James, der neben mir ging, wiederholte schon seit unserem Aufbruch unablässig mit sanfter Stimme, es tue ihm so leid, oder etwas in dieser Art – ich hatte nicht zugehört, war ganz woanders gewesen. Jetzt aber horchte ich auf.

»Der ist ja richtig aufgekratzt, findest du nicht?« Mit dem Kinn wies er auf Winston vor uns.

»Aufgekratzt« traf es vielleicht nicht ganz. Winstons Miene war durchaus ernst. Aber tatsächlich drehte er sich ständig um, winkte uns zu und rief: »Na los, Leute!«, als machten wir einen fröhlichen Tagesausflug zu irgendeinem spektakulären Aussichtspunkt. Wut flackerte in mir auf, doch nur für einen kurzen Moment. Denn als wir auf der nächsten sanften Hügelkuppe standen, sah ich dort Pennys Parka und ihre Stiefel liegen, ein tragisches Häufchen. Hier also war sie gesprungen.

Wir blieben alle stehen. Ravis und Bellas ohnehin schon leise Unterhaltung verstummte vollends. Gemeinsam starrten wir auf den abgelegten Parka, die aneinanderlehnenden Stiefel. Benommen überlegte ich, warum Penny sie überhaupt ausgezogen hatte – dann wurde mir klar, dass es sich um einen allerletzten Akt des Entgegenkommens ihrerseits handelte. Sie wollte uns das Finden des Orts erleichtern.

»Hier hat sie gestanden«, sagte Winston und wies auf einen Klippenvorsprung. »Ihre Silhouette hat sich vor dem Himmel abgezeichnet. Ich rief, und dann fiel mir einfach ihr Name nicht ein – und sie sprang.«

Ich machte ein paar Schritte, blieb vor dem Häufchen aus ihren Sachen stehen und ging dann weiter bis zur Kante der Klippe, bis zu der Stelle, wo Penny gestanden haben musste, kurz bevor sie … Ich machte noch einen Schritt und beugte mich vor.

Penny hatte nie zu Dramatik geneigt. Das wäre in unserem Büro auch kaum möglich gewesen: Drew und Lorna hatten sämtliche Dramatik für sich reklamiert, mit ihren dominanten Stimmen, ihren exzentrisch bunten Outfits und ihrem ausgeprägten Selbstbewusstsein. Und da Nick für den Humor zuständig war, blieben für Penny und mich nur noch die Rollen der zuverlässigen Mitarbeiterinnen, sodass wir ein ziemlich langweiliges Paar abgaben. Aber man muss nur genügend Zeit mit jemandem verbringen, um entweder wahnsinnig zu werden oder sich mit ihm anzufreunden. Und so gefielen mir im Lauf der Zeit Pennys subtil-ironische Kommentare über unseren Joballtag, die so anders waren als Drews pathetische Äußerungen oder Nicks Witze. Penny war eine Meisterin des diskreten, ernüchternden Augenrollens.

Und was mich betrifft – wenn ich mich bei Flights durch etwas hervorgetan hatte, dann durch meine Liebe zu Vögeln. Penny wollte einfach nur als Verwaltungsangestellte bei einer Non-Profit-Organisation arbeiten. Tatsächlich hatten wir einmal einen unerwartet hitzigen Streit, als ich erfuhr, dass ihre Katze kein Glöckchen trug, weil es Penny egal war, ob sie Vögel tötete. Nick war als Wissenschaftler zu dem Job gekommen, und Drew hätte jede Arbeit gemacht, solange er nur Führungskraft sein konnte. Mich jedoch rührten und trösteten die Vögel; sie waren das einzig Gute, das ich aus den Trümmern meiner Kindheit ins Erwachsenenalter herübergerettet hatte, und sie bedeuteten mir unsagbar viel.

Der scharfe Wortwechsel wegen der Katze hatte mir bald darauf leidgetan, und ich hatte Penny zerknirscht erklärt: »Du weißt doch, dass ich früher mit meinem Vater zusammen Vögel beobachtet habe?«

Sie senkte das Kinn: ein steifes, fast unmerkliches Nicken.

»Er und ich hatten ein ziemlich gutes Verhältnis. Meine Mutter – sie hat uns kurz nach meiner Geburt verlassen, und als er starb, wohnte ich mit ihr zusammen. Für die Beobachtung von Vögeln fehlte ihr die Geduld.«

Penny war besänftigt, und wir versöhnten uns wieder. Von da an sprachen wir nie wieder über ihre Katze.

Und ab diesem Tag waren wir Freundinnen. Ich war das Publikum für ihre kleinen spöttischen Blicke, wann immer Lorna mit klimperndem Schmuck ins Zimmer rauschte, um uns von ihren – meist von reichlich Alkohol begleiteten –

Lunchs mit irgendwelchen Geldgebern zu erzählen. Ich war es, bei der sich Penny nach ihrer Trennung am Telefon ausweinte. Und jetzt war ich hier, obwohl wir fast ein Jahr lang nicht mehr miteinander gesprochen hatten.

Ich beugte mich noch ein Stück weiter vor, um hinabzublicken. Plötzlich stob von den Felsen unter mir krächzend und quarrend eine kleine Schar Kormorane auf, und ich sah nur noch schwarze, ölig glänzende Federn. Ich riss die Arme hoch, um mein Gesicht zu schützen. Die Vögel stiegen in Kreisen auf, und als ich, immer noch erschrocken keuchend, die Arme wieder fallen ließ und erneut hinabblickte, sah ich, warum die Kormorane auf mich zugeflogen waren: Auf den Felsen waren ein paar zusammengestoppelte Nester. Zwischen ihnen lag, schrecklich reglos, bis auf die im Wasser treibenden Beine, eine Leiche. Penny.

Kapitel 7

»O Gott, o Gott, o Gottogottogottogott! Rav, sie ist tot!«

Das war Bella, ihre Stimme schrill vor Panik. Die anderen waren mir gefolgt, und jetzt standen wir alle am Rand der steil abfallenden Klippen und starrten über die graue Felskante nach unten, zu Pennys lang hingestreckter Leiche.

»Ich habe es Ihnen ja gesagt«, meinte Winston. Er war in einiger Distanz hinter uns stehen geblieben.

Als ich ihn ansah, fixierte er mich kalt, bis ich den Blick abwandte. »Kommen wir irgendwie zu ihr hinunter?«, fragte ich.

James musterte den Fels. »Runter vielleicht, aber hoch?«

»Ich klettere da nicht runter, Mann. Schau dir das mal an.« Ravi klang nur minimal beherrschter als Bella. Auch in seine schrille Stimme mischte sich Panik.

»Das bringt doch nichts«, warf Winston ein. »Ich bezweifle, dass man es überhaupt nach unten schaffen würde. Aber selbst wenn sich ein Freeclimbing-Champion unter Ihnen befände – die Frau ist zweifellos tot. Schauen Sie nur, wie bewegungslos sie daliegt! Es ist natürlich ein christlicher Gedanke, ihre Leiche für ein anständiges Begräbnis bergen zu wollen. Aber traut sich jemand von Ihnen allen Ernstes zu, sie diese steile Klippe hochzuschaffen? Auch wenn sie dünn war, war sie doch kein Strich in der Landschaft.«

So pietätlos Winstons Bemerkung auch klang, ich musste ihm recht geben. Ein erfahrener Kletterer wäre vielleicht noch hinuntergelangt, aber ohne entsprechendes Equipment konnten wir Pennys schlaffen Körper nicht bergen. Dennoch fühlte ich mich zum Widerspruch verpflichtet.

»Aber es ist nicht richtig, sie hierzulassen. Was ist, wenn die See rauer wird und ihren Leichnam wegspült? Dann könnten wir sie nicht mehr ihren …« Ich beendete den Satz nicht, weil Penny, soweit ich wusste, keine Angehörigen mehr hatte. Wem sollten wir die Leiche also übergeben?

»Ich könnte mir ein schlimmeres Ende vorstellen«, meinte Winston, und wieder fand ich seinen nachdenklichen Tonfall völlig unangemessen. »Sie würde in ihre Bestandteile aufgelöst werden, von den Wellen gewiegt, nun ja, vielleicht täten sich erst einmal die Vögel an ihr gütlich.«

Bei diesen Worten wurde Ravi bleich, begann zu würgen und schlug sich die Hand vor den Mund. Aber es half alles nichts: Er erbrach Rührei und Kaffee ins Gras, direkt neben dem kläglichen Häufchen aus Pennys Mantel und Stiefeln.

»Halt!« Ich sprang auf und raffte schützend alles zusammen. »Nicht auf ihre Sachen kotzen!«

»Deshalb brauchst du ihn doch nicht gleich anzuschreien!«, fauchte Bella, jetzt nicht mehr panisch, sondern wütend. »Er ist einfach nur sensibel. Wie jeder *normale* Mensch.«

»Ach, sollen wir vielleicht alle drauflosreihern, nur um unsere Emotionen zu zeigen?«

»Wichtig ist doch, dass man Gefühle *hat*.«

»Meinst du, *mir* macht das nichts aus? Schließlich war sie *meine* Freundin!«

»Du bist nicht die Einzige, die sie gekannt hat.«

Bei diesen Worten blieb mir die nächste scharfe Erwiderung im Hals stecken.

»Was meinst du damit? Gestern Abend habt ihr doch so getan, als würdet ihr Penny zum ersten Mal sehen.«

Jetzt machte Bella ein verlegenes Gesicht. »Was ich eigentlich sagen wollte, ist«, meinte sie kleinlaut, »dass ich finde, du solltest nicht so tun, als wärst du die Einzige, die das alles ziemlich mitnimmt.« Sie wandte sich ab und streichelte Ravi, der immer noch im Gras kauerte und würgte, sanft den Rücken.

»Sosehr ich den Anblick zweier schlangenhaariger Gorgonen auch genieße, die sich giftig anzischen«, verkündete Winston, »sollten wir jetzt vielleicht doch die Rückkehr zum Haus erwägen, um die Polizei zu verständigen.« Er wirkte kein bisschen erschüttert. Mir missfiel, dass er selbst in einer solchen Situation seine gestelzte Ausdrucksweise beibehielt.

»Komm schon, Babe.« Bella zog Ravi hoch, während sie mich finster anstarrte.

Ich umklammerte Pennys Parka und die Stiefel und wusste dabei nicht so recht, ob ich ihre Sachen beschützte oder sie mir eher als Schild dienten. Dann traten wir alle den Rückweg an und stolperten wie unter Schock den grasigen Pfad entlang.

»Es ist schrecklich, dass wir uns nicht angemessen um den Leichnam kümmern können«, sagte James leise zu mir. »Es macht dir alle Ehre, dass du dich ihrer Sachen annimmst.«

Ich verzog dankbar das Gesicht, während wir unseren Weg fortsetzten, den Hügel hinab.

Einmal drehte ich mich um und versuchte, die Stelle auf der Klippe auszumachen, wo Penny gesprungen war. Doch ohne ihre abgelegten Sachen gab es im Einerlei aus Erde und Gras keinen Anhaltspunkt mehr. Die Landschaft wirkte fürchterlich leer, nur noch von dem erfüllt, was nicht mehr existierte. Als mein Nacken zu kribbeln begann, wandte ich mich ab.

Zurück im Haus scharten wir uns um Mrs Flyte und quetschten uns in das kleine Kabuff mit dem Telefon, auf halbem Weg zwischen Küche und Eingangshalle. Es war ein altes Telefon mit einem langen, in sich verdrehten Spiralkabel; da es keine Freisprechfunktion gab, lauschten wir alle angestrengt und mit angehaltenem Atem, um ja nichts von dem Telefonat mit der Polizei zu verpassen.

Das heißt, alle außer Ravi – er lag auf einem Sofa in der Bibliothek, immer noch blass, das Gesicht mit kaltem Schweiß bedeckt, und erholte sich von dem Erlebnis auf den Klippen. Bella hatte ihm die Sofakissen aufgeschüttelt und ihm eine Tasse Tee versprochen, der »seine Chakren wieder in Ordnung« bringen werde. Doch auf dem Weg zur Küche war sie der Versuchung erlegen, vor dem Kabuff stehen zu bleiben und gleichfalls dem Telefonat zu lauschen. Sie hielt ein Päckchen intensiv duftender Kräuter in der Hand, von dessen Geruch mir genauso schwindlig wurde wie von meiner flachen Atmung.

»Gesprungen, habe ich gesagt. Sie ist *gesprungen*! ... Ja.« Wegen der schlechten Verbindung musste Mrs Flyte, deren Stimme belegt klang, immer wieder lauter sprechen, damit die Polizei sie verstand. »Nein, nicht auf der Strandseite! Warum sollte ich anrufen, wenn sie einen Meter fünfzig auf den Strand runtergesprungen wäre? Auf der Seite mit den Klippen. Sie müssen jemanden herschicken. Sie ist tot.«

Bis auf ein eher verhaltenes Knacksen herrschte in der Leitung für etwa eine Minute Stille.

»Natürlich weiß ich, dass es kein günstiger Zeitpunkt ist. Meinen Sie vielleicht, für *mich* ist es ein günstiger Zeitpunkt? Ich soll hier eine Silvesterparty ausrichten, und es gibt ein

Problem mit den Campbell-Mädchen. Sie kommen nicht, und ich muss alleine kochen für …«

Als ich mich räusperte und Mrs Flyte vielsagend anblickte, besann sie sich wieder. James sah mich an und rollte die Augen, was in dem engen Raum natürlich nicht unbemerkt blieb. »Aber vor allem ist es schrecklich für die arme junge Frau. … Ja, Penny war der Name. Penny, äh …«

»Maybury«, flüsterte ich.

»Maybury … Ihr Alter? Oh, dreißig, würde ich sagen, jedenfalls ungef…«

»Neunundzwanzig. Sie war neunundzwanzig und hätte im Januar Geburtstag gehabt.« Ich brach in Tränen aus und wollte mich wie Ravi in einen anderen Raum zurückziehen, um mich zu sammeln.

Ich ging nicht zu ihm in die Bibliothek, sondern in die Küche. Dort lehnte ich an der Arbeitsfläche, starrte aus dem Fenster und wischte mir die Tränen aus den Augen. Als mein Blick wieder klar war, bemerkte ich draußen zwei kreisende Vögel, aber sie waren zu weit weg, um sie mit bloßem Auge identifizieren zu können. Das Fernglas hatte ich in meinem Zimmer gelassen. Was hätte es auch gebracht, es zu den Klippen mitzunehmen? Ich war mir nicht sicher, ob ich den detaillierten Anblick von Pennys Leiche überhaupt ertragen hätte.

Bella kam herein und goss mit schroffen, abweisenden Bewegungen den Tee auf. Ich überlegte, sie nach dem weiteren Verlauf des Telefonats zu fragen, war mir aber sicher, dass sie sich über kurz oder lang sowieso mit ihrem Wissen brüsten würde. Also schwieg ich und wartete ab. Ich hatte mich nicht getäuscht.

»Die schicken ein Boot mit ein paar Leuten her.« Sie schaute mich bei diesen Worten nicht an, sondern hielt ihr Gesicht über die Teekanne. Ihre Miene war in dem sumpfig riechenden Dampf nicht zu erkennen. .

»Wann werden sie da sein?«

»In drei oder vier Stunden, hieß es. Aber das Wetter wird schlechter, und es handelt sich ja nicht mehr um einen Notfall.«

»Du meinst, die kommen vielleicht gar nicht? Aber wenn sie warten, bis der Sturm vorbei ist, wird Pennys Leiche bestimmt weggespült!«

»Die denken vermutlich: Besser ihre als unsere«, erwiderte Bella achselzuckend und wandte sich zur Tür, um Ravi seinen Stärkungstrunk – oder Abführtee? – zu bringen.

Aber mir war gerade etwas klar geworden. »Bella, warte.«

Sie wandte sich mit hochgezogenen Augenbrauen um.

»Wenn nicht mal die Polizei die Überfahrt riskiert, um eine Leiche abzuholen«, sagte ich, »dann wird zum Vergnügen doch erst recht niemand rüberkommen.«

»Was willst du damit sagen?«

»Dass heute niemand mehr mit dem Schiff kommt. Der Rest der Partygäste wird nicht eintreffen. Wir bleiben unter uns.«

Sie hatte mir demonstrativ gelangweilt zugehört, doch jetzt fiel ihre coole Fassade in sich zusammen. »O mein Gott, du hast recht! Unser Silvester wird so wie jetzt aussehen.«

Eigentlich hätte ich gekränkt sein sollen, weil sie auch meine Gesellschaft zu deprimieren schien, aber letztlich ging es mir nicht anders. Kein Schiffsverkehr hieß: keine Küchenhilfen. Wir waren also ganz und gar Mrs Flytes überschaubaren Kochkünsten ausgeliefert. Niemand würde die Räume von Spinnweben befreien und festlich dekorieren. Aber vor allem würden weitere Gäste ausbleiben.

Auch Nick. Das Wiedersehen mit ihm war mein Grund für diese Reise gewesen, und jetzt würde es gar nicht dazu kommen. Ich war hier gestrandet, wie üblich allein. Allerdings hätte ich mir damals, als ich seine Einladung erhalten hatte, die Unterkunft nicht im Entferntesten so schlimm vorgestellt. Meine Wohnung glich zwar einer Müllhalde, aber immerhin war es *meine* Müllhalde, und ich konnte mich dort in meiner Einsamkeit entspannen. Doch jetzt sah es danach aus, dass ich Hunderte von Kilometern gereist war, nur um Silvester mit nervigen Fremden zu verbringen, in einem versifften und knarzenden viktorianischen Gebäude, in dem es derart zog, als gäbe es keine Fenster.

Aber vielleicht war es ja noch nicht zu spät. Ich schaute wieder hinaus in der Hoffnung, dass es inzwischen aufgeklart hatte. Gerade wurde ein letzter heller Schimmer von immer dickeren grauen Wolken verschluckt. Obwohl das kein gutes Zeichen war, beschloss ich, Nick anzurufen. Vielleicht war das Schiff mit ihm und den übrigen Gästen ja doch schon unterwegs. Außerdem musste ich ihm von Pennys Tod berichten. Er war der einzige noch lebende Mensch, von dem ich wusste, dass er ihm nahegehen würde.

Als ich die Küche verlassen wollte, um das Telefon in Beschlag zu nehmen, sah ich Bella deprimiert durch den Flur zurückkommen. Vorsichtig trug sie die Teekanne vor sich her. Eigentlich hatte ich sie noch fragen wollen, was sie mit ihrer Bemerkung auf der Klippe gemeint hatte, aber das musste warten. Zuerst wollte ich mit Nick sprechen, seine Stimme hören und meiner qualvollen Ungewissheit ein Ende machen.

In dem Telefonkabuff saß immer noch Mrs Flyte. Zusammengesunken lehnte sie an der Wand und starrte mit glasigem Blick vor sich hin. Sie wirkte grau und ausgelaugt, ihr Atem kam in kurzen, flatterigen Stößen. Bisher war ich ganz mit meinem eigenen Kummer beschäftigt gewesen, weil ich eine Freundin verloren hatte und hier festsaß, aber jetzt wurde mir klar, dass die Ereignisse auch Mrs Flyte fürchterlich mitgenommen haben mussten. Sie wirkte so zerbrechlich; allein die Aufgabe, ein halbes Dutzend Gäste in diesem Haus zu bewirten war eine Riesenbelastung, ganz zu schweigen vom Anruf bei der Polizei mit der Bitte um Abholung einer Leiche.

»Alles in Ordnung mit Ihnen?«, unterbrach ich ihre Gedanken.

Sie wandte sich zu mir um. »Es ist einfach schrecklich. Irgendwie fühle ich mich all dem nicht gewachsen.« Ein zittriges kleines Lachen.

»Er hat zwar nicht gerade angenehm gerochen«, sagte ich, »aber Bella hat gerade eine Art Stärkungstee in die Bibliothek getragen. Ich bin sicher, dass sie und Ravi eine Tasse für Sie übrig haben. Vielleicht würde Ihnen eine kleine Verschnaufpause guttun.«

»Ja ... das ist eine gute Idee.« Sie stieß sich von der Wand ab und wankte Richtung Halle.

Ich sah ihr einen Augenblick nach, dann setzte ich mich auf den frei gewordenen Hocker, holte tief Luft und versuchte, mich zu beruhigen. Ich zückte mein Handy, um Nicks Nummer rauszusuchen, und verfluchte, dass man auf der Insel keinen Empfang hatte; es wäre mir viel leichter gefallen, ihn ungestört aus meinem Zimmer anzurufen. Von dort, wo ich saß, sah ich Winston und James am unteren Treppenabsatz am

Geländer lehnen. Sie waren ins Gespräch vertieft, ihr Gemurmel drang bis zu mir. Zwar verstand ich ihre Worte nicht, aber wenn ich sie leise hörte, konnten auch sie mich möglicherweise belauschen. Doch es half alles nichts. Ich nahm den Hörer ab und wählte auf dem alten Telefon rasch die Nummer, bevor mich der Mut verließ.

Es läutete einmal, zweimal, dreimal. Dann ...
»Hallo?«
Ich sog scharf den Atem ein, brachte aber kein Wort heraus.
»Hallo, ist da jemand?«
»Nick?«, krächzte ich schließlich.
»Höchstpersönlich. Wer ist dran?«
»Ich bin's, Millie, Millie Partridge.«
»Oh. Millie? Von Flights? Wow, wir haben uns ja eine Ewigkeit nicht mehr gehört!«

Irgendwie war das nicht die Reaktion, die ich erwartet hatte, und mich überlief ein Schauer.

»Ich rufe von Osay an. Ich bin schon hier, und ...«
»Osay?«
»Die Insel. Du weißt schon, wo wir uns zu der Party treffen wollten?«
»Sorry, Millie, ich kann dir nicht ganz folgen.«

Das kalte Gefühl breitete sich in meinem ganzen Körper aus. Ich schwieg einen Moment, wollte den nächsten Augenblick hinauszögern, aber er ließ sich nicht vermeiden. »Du kommst heute also nicht zu der Silvesterparty nach Schottland?«

»Schottland? Das ist ein bisschen zu weit für mich. Ich feiere hier in meiner Wohnung. Und du bist in den hohen Norden gefahren? Klingt ja nach einem echten Abenteuer.«

Kapitel 8

Ich brauchte einen Moment, um seine Antwort zu verdauen. Dann noch einen. Und wohl noch ein paar Momente länger, denn irgendwann fragte Nick: »Äh, Millie? Bist du noch da?«

»Klar, ich bin hier. In Schottland. Auf den Hebriden. Auf einer Insel.«

»Okay. Tja, das ist echt cool, aber ich muss jetzt noch ein bisschen was für unsere Party vorbereiten. Wenn es also im Moment nichts weiter gibt ...«

»Nur noch eins – du hast deine Pläne nicht in letzter Minute geändert, oder?«

»Meine Silvesterpläne? Nein, meine Freundin und ich planen diese Party schon seit ungefähr Oktober. Warum?«

»Ach, nur so. Ich glaub, ich hab hier etwas auf der Gästeliste falsch interpretiert.«

»Okay, na dann, viel Spaß! War schön, mal wieder deine Stimme zu hören, Millie. Alte Freundschaft und so.« Damit legte er auf.

Ich saß in dem Kabuff und sank gegen die Wand. Das Blut pulsierte dröhnend in meinem Kopf, und ich sah bestimmt genauso grau und fertig aus wie vor wenigen Minuten Mrs Flyte.

Er kam nicht. Und er hatte es nie vorgehabt. Irgendjemand hatte mich hierhergelockt. Mein Herz hämmerte, meine Gedanken rasten, während ich hier saß und versuchte, mich nach dem Anruf zu beruhigen. Was auch immer für Motive dahinterstecken mochten, es waren sicher keine guten.

Weniger beängstigend als vielmehr furchtbar enttäuschend war Nicks Offenbarung, dass er eine Freundin hatte. Seit dem Erhalt seiner Einladung war ich voller Hoffnung gewesen, die jetzt erloschen war. Es würde also keinen Kuss um Mitternacht geben, keinen Neuanfang mit jemandem an meiner Seite, nicht einmal ein freundliches Gesicht, dessen Anblick mir helfen würde, dieses Horrorwochenende irgendwie zu überstehen. So sah's aus. Ich war allein in diesem Chaos. Ein Chaos, aus dem ich nach dem Telefonat auch nicht schlauer geworden war. Die Wählscheibe starrte mich an wie ein rundes, mitleidloses Auge. Unter meinen geschlossenen Lidern quollen ein paar Tränen hervor.

Das Weinen beruhigte mich, und ich dachte noch einmal über das Gespräch mit Nick nach. Etwas daran war seltsam gewesen. Hätte er sich nicht neugieriger nach dem Grund meines Anrufs erkundigen müssen? Und ohne gestört wirken zu wollen: Seit es Flights nicht mehr gab, hatte ich ihn oft online gestalkt, aber keinen Hinweis auf eine Freundin entdeckt, jedenfalls auf keine so feste Freundin, dass er mit ihr schon vor Monaten eine gemeinsame Silvesterparty geplant haben könnte. Und dann die Erwähnung von alter Freundschaft. Hatte in der Einladungs-E-Mail nicht etwas ganz Ähnliches gestanden?

Ich zückte mein Handy und sah nach. Zum Glück hatte ich die Einladung in meinem Posteingang belassen, sie war also schon heruntergeladen und das fehlende Internet kein Problem. Ich sage »zum Glück«, aber das war kein Zufall – die einzigen anderen Mails, die ich seither bekommen hatte, waren Weihnachtswerbung und Jobabsagen gewesen, und so hatte ich die Einladung als eine Art Zeichen dafür im Posteingang gelassen, dass mich die Welt noch nicht vergessen hatte.

Aber offenbar hatte sie das doch, oder vielmehr hatte sie sich in boshafter Absicht an mich erinnert. Denn eigentlich hatte ich hier überhaupt nichts verloren. Hundertprozentig als Absender ausschließen konnte ich Nick zwar nicht, aber falls er nicht hinter der Einladung steckte, wer dann? Und warum? Ich musste weitere Nachforschungen anstellen und mit den anderen reden.

Erst als ich das Telefonkabuff verließ, um den Rest der Gruppe zu suchen, fiel mir ein, dass ich Nick gegenüber weder Pennys Tod noch den Unfall der Strangs erwähnt hatte. Ich überlegte einen Moment, ihn noch einmal anzurufen, aber eine Mischung aus Argwohn und Verlegenheit hielt mich davon ab. Offensichtlich hatte er mich komplett vergessen gehabt – oder sehr überzeugend so getan, als ob –, sodass ihn wohl auch die anderen Ex-Kollegen nicht mehr interessierten.

James und Winston waren immer noch am Fuß der Treppe ins Gespräch vertieft, verstummten aber, als ich näher kam. Nach dem Telefonat mit Nick empfand ich ihre Reaktion als kränkend: Sie sprachen also über Dinge, die ich nicht hören sollte. Besonders James schien sich plötzlich in meiner Gegenwart unbehaglich zu fühlen.

»Ich schaue mal, wie's in der Küche aussieht«, sagte er nach kurzem Schweigen. »Mrs Flyte war ziemlich blass um die Nase, als sie vorhin hier vorbeikam. Ich bin nicht sicher, ob die Gute das mit dem Mittagessen auf die Reihe kriegt.« Er verzog das Gesicht zu etwas, das kein Lächeln war, und ging in die Richtung, aus der ich gerade gekommen war.

Ich blieb mit Winston zurück. Bisher hatte ich noch nie allein mit ihm gesprochen, und so, wie er jetzt dastand – mit lässigem Hüftknick am Geländer, ein breites Grinsen auf den Lippen, das ich ebenso verwirrend wie bedrohlich fand –, verspürte ich auch keinerlei Bedürfnis danach. Falls es mir nicht gelang, ihn gleich mit meinem ersten Satz zu fesseln, würde er vermutlich die manikürten Hände in die Luft werfen und mich einfach stehen lassen. Doch noch während ich nach einem passenden Einstieg suchte, erbarmte er sich und begann selbst ein Gespräch.

»Ziemlich böses Omen für das neue Jahr, finden Sie nicht auch?«

»Auf jeden Fall für Penny. Und die Strangs.«

»Ach ja, die Strangs. Die hatte ich angesichts der neuen Tragödie schon fast vergessen.«

»Es ist furchtbar.« Ich erschauerte leicht und wischte mir die Augen, aber er schien keine Lust zu haben, Mitgefühl zu zeigen. Also übernahm ich das. »Und Ihr Urlaub war schon verdorben, bevor das alles passiert ist?«

»Ja, ich war von der Entwicklung der Dinge überhaupt nicht angetan, und diese Mrs Flyte sah sich bisher noch nicht imstande, das Missverständnis zu meiner Zufriedenheit aufzuklären.«

Ich konnte mir gut vorstellen, wie er sie verhört hatte, mit einem Blick voller Spott, unnachgiebig, wie Anwälte nun mal sind, und wie Mrs Flyte vor Ärger immer verstockter wurde.

»Trotzdem hätte ich nichts dagegen gehabt«, fuhr er fort, »wären die Strangs erschienen. Durchaus amüsante Zeitgenossen.«

Ich überging die kränkende Schlussfolgerung, dass dies auf uns andere offenbar nicht zutraf, denn der zweite Teil seiner Bemerkung überraschte mich. »Sie haben sie gekannt?«

»Drew und Lorna? Natürlich. Nicht besonders gut, aber unsere Wege haben sich im Laufe der Jahre des Öfteren gekreuzt. Er hat mich manchmal in juristischen Angelegenheiten konsultiert, die mit seinen diversen Firmen und Hilfsorganisationen zusammenhingen.«

»Dann haben die beiden das alles hier initiiert?«

»Gute Frage. Aber bisher bin ich davon ausgegangen, weil es zwischen Ihnen und mir sonst keine Verbindung gibt. Andererseits glaube ich kaum, dass die beiden Ravi kannten. Das hätte er mir gestern sicherlich gesagt.« Er stand da und strich sich nachdenklich mit dem Handrücken über die Bartstoppeln.

Seltsam, dachte ich. *Ich hätte gedacht, dass er Wert auf eine perfekte Rasur legt.* Ich wusste nicht recht, ob ich Winston von meiner wachsenden Besorgnis erzählen sollte. Alles, was er bis jetzt gesagt hatte, bestätigte nur meinen Verdacht, dass an der Silvesterparty etwas faul war. Aber wollte ich ihn wirklich ins Vertrauen ziehen? Seine emotionslose, muntere Art vorhin auf den Klippen … Doch ich hatte noch nie zuvor ein so starkes Bedürfnis verspürt, mit jemandem zu reden. Ich ging das Risiko ein.

»Ich habe gerade mit demjenigen telefoniert, von dem ich dachte, er hätte mich eingeladen. Aber offensichtlich stammte die Einladung gar nicht von ihm.«

Winston blickte mich scharf an. »Das ist ja hochinteressant. Dann muss ich unserer Gastgeberin unbedingt ein paar erhellende Antworten entlocken.«

Ich wollte ihn schon überreden, das doch mir zu überlassen – zum einen, weil Mrs Flyte nach den beklemmenden Ereignissen der letzten Stunden vermutlich noch verstockter reagieren würde als gestern, und zum anderen, weil sie mir leidtat bei dem Gedanken, dass Winston sie erneut ins Kreuzverhör nehmen würde. In dem Moment ertönte aus der Küche lautes Geschepper und ersparte mir die Mühe.

»Vielleicht sollte ich zuerst einmal sicherstellen, dass unser genialer Apotheker uns nicht den Lunch ruiniert. Rätsel lösen sich nicht gut mit leerem Magen, habe ich recht?« Er ging den Flur entlang und wackelte zum Abschied mit den Fingern, ohne sich noch einmal umzuschauen.

Ich wandte mich ab und ging durch den kühlen, gefliesten Teil der Halle zur Bibliothek.

Mrs Flyte hockte zusammengesunken auf einem der durchgesessenen Sofas mit Tartanbezug und blickte kaum auf, als ich eintrat. Beim Durchqueren des Raums bemerkte ich Details, die mir gestern im Dunkeln entgangen waren: zum Beispiel, dass die Augen der Porträtierten mir durchs Zimmer folgten oder die den Kamin umlaufenden Schnitzereien typische Waffen der Highlands darstellten. Am Abend zuvor war mir alles abgeranzt, schäbig und nicht gerade einladend vorgekommen. Jetzt verstärkten das matte graue Tageslicht und die Ereignisse der letzten Stunden diesen Eindruck und ließen den Raum fast bedrohlich wirken. Die Spinnweben waren nicht mehr nur leicht staubig, sondern mit einer dicken Staubschicht bedeckt; ein schiefbeiniger Stuhl war nicht mehr nur wacklig, sondern eine Gefahr; das Zimmer mit den schäbigen Möbeln und der Axt über dem Kaminsims machte nicht mehr einen tristen, sondern einen feindseligen Eindruck.

Vorsichtig setzte ich mich auf einen Lehnstuhl neben Mrs Flyte, die mir sogar einen Hauch von Aufmerksamkeit schenkte. Ihre Gesichtsfarbe hatte sich seit vorhin nicht zum Besseren verändert, doch eine dritte Teetasse auf dem Tisch, deren Boden noch mit einem schaumigen Rest bedeckt war, verriet mir, dass Mrs Flyte Bellas Gebräu getrunken hatte. Sie atmete immer noch flach, sah richtiggehend elend aus, und von ihrem blassen Gesicht hob sich der Lippenstift noch greller ab als zuvor.

So ungern ich sie mit Fragen bedrängen wollte, so wichtig war es, dass wir erfuhren, was hier vor sich ging. Aber zumindest *anfangs* konnte ich es ja mal auf die sanfte Tour versuchen.

»James und Winston kümmern sich ums Mittagessen, darüber brauchen Sie sich keine Gedanken mehr zu machen.«

»Wie nett von den beiden. Ja, ich fühle mich wirklich nicht ganz auf der Höhe.«

»Was passiert ist, muss ein schrecklicher Schock für Sie gewesen sein. Immerhin wohnen Sie ja nicht nur in diesem Haus, sondern beherbergen auch berufsmäßig Gäste.«

»Es war immer so ruhig hier. Eher zu ruhig.«

»Zu wenig Gäste?«

»Ja, nicht so viele, wie ich gehofft hatte, als ich aus London hergezogen bin. Ich hatte mir alles so schön ausgemalt, eine Art idyllischer Ruhestand, aber dann ...« Mit einer kraftlosen Handbewegung umfasste sie den Raum, und ihr Blick schweifte aus dem Fenster nach draußen, wo sich schiefer- und hellgraue Wolken türmten und Vögel gegen den Sturm ankämpften. Jetzt, wo sie so offen ihr Scheitern und ihre Enttäuschung eingestanden hatte, wusste ich nicht mehr, was ich sagen sollte, und schwieg. »Einem geschenkten Gaul schaut man nicht ins Maul, aber da dieser Gaul von meinem Ex-Mann stammte, hätte ich es wohl besser tun sollen.«

»Er hat Ihnen dieses Haus geschenkt?«

»Nicht direkt geschenkt. Es gehörte zur Scheidungsvereinbarung. Er war reich. Wir haben uns kennengelernt, als ich das Catering für eine seiner Partys übernahm. Viele seiner Angestellten waren jüngere Frauen. Den Rest können Sie sich denken.«

Wieder wusste ich vor lauter Mitgefühl nicht, was ich erwidern sollte.

»Aber er hat es mir zu leicht gemacht, dieses Haus zu bekommen. Erst dachte ich, ich hätte ihm eins ausgewischt.« Sie lachte matt. »Ich hatte nicht vorausgesehen, wie teuer die Reparaturen sind.«

»Also, ich weiß nicht – das hier ist doch eine fantastische Lage und ein sehr beeindruckendes Haus.«

»Ein beeindruckendes Haus, in dem man verrückt werden kann. Irgendwann beginnt man, die Geschichten selber zu glauben.«

»Geschichten?«

Zum ersten Mal, seit ich den Raum betreten hatte, sah Mrs Flyte mich forschend an. Es herrschte eine angespannte Stille, und nur noch ihr rasselnder Atem war zu hören, bis sie schließlich fortfuhr.

»Irgendwann glaubt man, es stehe einem nicht zu. Und man glaubt, dass … dass man mit diesem Gedanken nicht allein ist.«

Das klang zwar beunruhigend – vor allem wenn ich an die Blicke der Porträtierten auf den Gemälden dachte –, war aber im Moment nebensächlich.

Ich holte tief Luft und legte los. »Mrs Flyte, wer hat das Haus für diese Party gebucht?«

»Was? Die Firma natürlich.«

»Welche Firma?«

»Wissen Sie das nicht? Eine Art Agentur für immersive Erlebnisse. Es hieß, Sie alle seien Kunden.«

»Immersive Erlebnisse?«

»Ja, eine Art Eventagentur der Extraklasse, für spezielle Erlebnisse. Und für Leute ohne Urlaubspläne. Um ehrlich zu sein, hab ich nicht alles ganz verstanden … Marketing-Jargon.« Ihr Blick glitt hin und her, wahrscheinlich aus Verlegenheit.

»Aber mich hat ein Freund eingeladen, und Winston hatte das Haus eigentlich für sich allein gebucht, nicht wahr?«

»Ja, da ist wohl etwas durcheinandergekommen. Ich glaube, das hat er mir noch nicht verziehen. Ein Mann mit einer ziemlich schroffen Art, finden Sie nicht auch?«

»Als schroff würde ich die jetzt nicht bezeichnen, vielleicht eher als ein bisschen … spitz.«

»Er hat einfach nicht lockergelassen, obwohl ich ihm gesagt habe, dass mein Herz verrücktspielt. Er hatte endlose Fragen zur Buchung, zu dem System, das ich verwende, wollte wissen, wer mir zuerst geschrieben hätte, und so weiter. Mir blieb nichts anderes übrig, als das Zimmer zu verlassen.«

Jetzt hatte ich noch mehr Schuldgefühle wegen meiner Fragerei, aber ich musste Gewissheit haben.

»Wer hat denn nun *wirklich* die Zimmer und die Party gebucht, Mrs Flyte? Ich habe mit den anderen gesprochen: Jeder von uns wurde von jemand anderem eingeladen. Das ergibt einfach keinen Sinn.«

Sie schien sich zurückzuhalten, offensichtlich unschlüssig, ob sie empört oder gequält reagieren sollte.

»Jetzt fangen Sie auch noch damit an? Ehrlich gesagt weiß

ich nicht, was das ganze Theater soll. Die Namen haben doch alle gestimmt. Winston Harriot, Penny Maybury, Ravi Gopal, Bella – wie ist noch gleich ihr Nachname? Jedenfalls irgendwas mit B. James Drake und Millie Partridge. Natürlich auch das bedauernswerte Ehepaar, die Strangs. Und es sind doch alle gekommen beziehungsweise haben sich auf den Weg gemacht, oder? Ich verstehe nicht, warum man der Agentur oder mir etwas vorwerfen will. Alles scheint doch nach Plan zu laufen.«

»Ja, aber nach *wessen* Plan?«

»Schluss jetzt mit der Fragerei!«, zischte sie.

Ihre Reaktion war unerwartet heftig. Sie starrte mich böse an, dann wurden ihre Augen schmal und fielen schließlich zu, als sie den Kopf auf die Lehne sinken ließ.

»Es tut mir leid – ich versuche nur herauszufinden, was…«

»Sie brauchen hier nicht Detektivin zu spielen!«, fauchte sie gehässig, machte sich aber nicht die Mühe, dafür die Augen zu öffnen.

Ich schwieg und hörte wieder nur ihren rasselnden Atem und meinen eigenen schnellen Herzschlag, der mir in den Ohren dröhnte.

»Mrs Flyte? Alles in Ordnung mit Ihnen?«, traute ich mich schließlich zu fragen.

Aber sie antwortete nicht mehr, weil in diesem Moment James den Kopf zur Tür hereinsteckte und lächelnd zum Essen bat.

Kapitel 9

Wir setzten uns an den riesigen Esstisch. In der Mitte stand ein großer Metalltopf mit Knoblauchspaghetti, deren warmer Duft durch das kalte, moderige Haus zog. Geruch und Anblick des dampfenden Topfs neben einem Tellerstapel und einem Haufen Besteck waren wohltuend. Wieder war es James gelungen, mitten im angespannten Chaos eine warme Atmosphäre von beruhigender Normalität zu schaffen. Ich lächelte ihn dankbar an, als er die Pasta auf die Teller verteilte, aber er wich meinem Blick aus. Das Unbehagen, das ihn vorhin in der Eingangshalle überkommen hatte, als ich zu ihm und Winston getreten war, hatte sich offenbar noch nicht gelegt.

»Oh, Sie haben den Untersetzer vergessen«, beschwerte sich Mrs Flyte vom Kopfende des Tischs her. »Das gibt Flecken auf dem Holz.«

»Tut mir leid, daran hätte ich denken sollen. Aber für sechs Personen zu kochen hat meine ganze Aufmerksamkeit erfordert. Ich staune, dass Sie das Haus hier alleine führen.«

»Offenbar ist sie nicht ganz allein.« Die anderen blickten mich verdutzt an, und ich ließ meine Finger durch die Luft kreisen. »Das Haus wird auch noch von Wesen bewohnt.«

»Was?« Bella legte laut klirrend ihre Gabel auf den Teller. »Soll das heißen, dass es hier Geister gibt?«

»Ich wiederhole nur, was die Besitzerin angedeutet hat.«

»Wirklich reizend«, sagte Winston. »Vielleicht können Sie uns ja mit Ihren Geistergeschichten unterhalten und uns von diesem ... nun, von all dem hier ablenken, bis die Polizei kommt.« Ich war ziemlich sicher, dass ihm unter anderem das Wort »gottverlassen« auf der Zunge gelegen hatte.

Mrs Flyte kämpfte mit ihrem Besteck und wickelte kraftlos die Nudeln im Löffel auf die Gabel. Von ihrer Gehässigkeit in der Bibliothek war nichts mehr zu spüren, sie wirkte wieder wie eine gebrechliche, leidende alte Frau. Doch nachdem ich jene andere Seite an ihr kennengelernt hatte, blieb ich auf der Hut.

»Das sind wohl die ursprünglichen Inselbewohner«, erklärte Mrs Flyte. »Sie haben hier gelebt, bevor die Insel im neunzehnten Jahrhundert in andere Hände fiel und der damalige Besitzer dieses Haus hier gebaut hat.«

»Sie meinen, hier stand früher ein Dorf?«, fragte Bella.

»Hmmm. Es heißt, die Verstorbenen sehen es nicht gern, wenn Fremde herkommen.« Mrs Flyte schaffte es endlich, eine Gabel voll Nudeln vom Teller zum Mund zu führen, und kaute nachdenklich, während wir übrigen uns halb skeptisch, halb beunruhigt anblickten. »Obwohl ich sagen kann, dass ich persönlich nie derlei Probleme hatte.«

»Liebe gnädige Frau«, sagte Winston, »Sie wollen damit aber nicht andeuten, dass die Todes- und Unglücksfälle der letzten vierundzwanzig Stunden – ganz zu schweigen von dem Buchungsschlamassel, das schon vor ein paar Wochen passiert sein muss – auf das Konto von Geistern gehen?«

Bevor Mrs Flyte antworten konnte, wandte sich Bella an ihn. »Seit unserer Ankunft hier spüre ich eine total negative Energie! Etwas stimmt nicht. Merken Sie das nicht auch?«

»Durchaus, aber ich hatte es bis jetzt augenscheinlicheren Ursachen zugeschrieben. Menschlichem Versagen zum Beispiel, Inkompetenz. Solchen Dingen.«

Die Empörung hatte Mrs Flytes Wangen wieder etwas Farbe verliehen. »Ich verlange von niemandem, dass er an Geister glaubt. Aber schließlich bin ich es, die hier seit Jahren wohnt, in diesem Haus, das auf den Gräbern der Dorfbewohner errichtet wurde!«

»O Gott.« Ravi, der bisher schweigend seine Spaghetti verschlungen hatte, schlug sich erschrocken die Hand vor den Mund. Bella wandte sich ihm besorgt zu. Es war wirklich rührend – trotz ihrer Oberflächlichkeit und Arroganz waren die beiden ein kleines Team und kümmerten sich umeinander. Es war rührend und konnte einen auch ein bisschen neidisch machen.

»Wie lang seid ihr beiden eigentlich schon zusammen?«, fragte ich, nachdem Ravi sich wieder gefasst hatte.

»Schon immer«, erwiderte Bella.

»Sehr aufschlussreich, danke.«

»Stimmt aber«, eilte Ravi ihr zu Hilfe. »Wir sind schon seit der Schulzeit zusammen.«

»Es hat nie einen anderen gegeben«, sagte Bella mit selbstgefälligem Lächeln.

»An Ihrer Stelle würde ich mein Glück nicht so hinausposaunen«, meinte Winston. »Damit machen Sie sich zum Angriffsziel für Geister, die nach den warmen Empfindungen lebendiger Herzen hungern.«

Unsere Gabeln stockten auf halbem Weg zum Mund, schockiert starrten wir Winston an. Er lächelte in die Runde, als hätte er gerade wunderbare Neuigkeiten verkündet.

»So etwas sollten Sie nicht sagen, Mann.« Ravis Stimme bebte. »Nicht in einem Haus, in dem es womöglich spukt.«

»Aha, dann haben wir in unserer Mitte also mehr als nur

einen Gläubigen. Was ist mit unserem Küchenchef? James? Würden Sie das köstliche Aroma dieser schlichten, aber gut zubereiteten Mahlzeit irgendjemand anderem als sich selbst zuschreiben? Vielleicht einem geisterhaften Wesen, das noch ein bisschen nachgesalzen hat?«

Winstons Ton war ironisch wie immer, aber dass er auf diesem makabren Thema so herumritt, fand ich unangebracht.

»Nein, das war einzig und allein mein kulinarisches Genie«, erwiderte James und grinste mich an. Ich war verwirrt, hatte er sich wenige Minuten zuvor doch noch distanziert verhalten.

»Und Sie, Miss Millie? Glauben Sie an Feen und andere Wesen?« Als Anwalt war Winston bestimmt ein richtiges Ass: Sein auf mich gerichteter Blick war scharf und kalt wie ein stählernes Skalpell, trotz des warmen Honigbrauns seiner Augen.

»Ich bin mir nicht sicher, aber für alles offen. Doch was auch immer der Grund sein mag, Bella hat recht mit dem, was sie gesagt hat.«

Sie sah auf, zweifellos verblüfft über dieses plötzliche Zugeständnis.

»Irgendetwas stimmt hier nicht«, fuhr ich fort. »Ich habe euch alle gefragt, und jeder wurde von jemand anderem eingeladen. Außerdem sagt Mrs Flyte, eine Agentur hätte das Haus gebucht, wir alle seien ihre Kunden, was auf mich ganz bestimmt nicht zutrifft. Und auf euch? Was ist mit dir, James? Du bist doch anscheinend beruflich hier. Arbeitest du für diese Agentur?«

Ravi schnaubte, und James starrte ihn an.

Verwirrt blickte ich von einem zum anderen. »Also?«, bohrte ich.

»Ich bin für keine Agentur hier, nein.«

»Für wen dann? Na los, du weichst meinen Fragen schon seit unserer Ankunft aus.«

Jetzt herrschte Stille am Tisch, alle blickten gespannt zwischen mir und James hin und her. Seine hinhaltende Antwort und mein hysterischer Tonfall hatten sie verstummen lassen. James öffnete den Mund und schloss ihn wieder. Immer noch war es still am Tisch.

Rums!

Mrs Flyte fuhr bei dem lauten Geräusch mit einem kurzen Aufschrei zusammen und legte ihre Hand dorthin, wo sie meistens lag, auf ihr Herz.

»Ich geh nachsehen«, sagte sie dann. »Vermutlich nur eine zugefallene Tür, weil es so zieht. Alte Häuser machen ja schrecklich viel Lärm.« Sie erhob sich unsicher und wankte aus dem Raum.

»Hör mal«, sagte James leise zu mir, während die anderen über das verstörende Geräusch sprachen und mir schnelle, verlegene Blicke zuwarfen. »Ich will dir wirklich nichts verheimlichen. Ich möchte nur nicht vor den anderen über den Grund meines Hierseins sprechen. Er ist … Er ist ein bisschen heikel. Aber ich schwöre dir, mich verwirrt diese ganze Situation genauso.«

Etwas besänftigt antwortete ich ihm ebenso leise und vertraulich. »Hast du eine Theorie?«

»Außer Gespenster?« Seine braunen Augen strahlten mich an, und ich konnte mir ein Grinsen nicht verkneifen. Als Winston zu uns herübersah, setzte ich schnell wieder eine ernste Miene auf. »Mir ist das alles ein Rätsel. Vielleicht hat Mrs Flyte das Ganze ja nur inszeniert, um während der Feiertage ein bisschen Gesellschaft zu haben.«

»Sind Sie sicher, dass ihre organisatorischen Fähigkeiten einer solchen Herausforderung gewachsen wären?«, warf Winston ein.

»Guter Punkt. Aber wer sonst sollte so etwas tun? Und warum?« Ich blickte mich am Tisch um, in der Hoffnung, dass jemand eine Antwort wusste. Aber alle schwiegen und mieden meinen Blick. Vielleicht waren sie verunsichert. Oder sie schwiegen ganz bewusst.

»Ich hab's!« James schlug energisch mit den flachen Händen auf den Tisch. Doch es folgte keineswegs die allumfassende Erklärung, die ich erhofft hatte. »Wir brauchen Kaffee! Mit Kaffee denkt es sich leichter.«

Sein Vorschlag wurde begeistert aufgenommen, und ein paar Minuten lang wuselten wir geschäftig umher, räumten den Tisch ab und suchten in den Schränken nach Kaffee, Untertellern, Tassen und Löffeln. Doch als wir uns schließlich in der Bibliothek versammelt hatten und jeder in sein dunkles Getränk starrte, kehrte die lustlos-verlegene, leicht argwöhnische Stimmung zurück. James räusperte sich und stand auf.

»Ich gehe mal nachsehen, ob Mrs Flyte uns Gesellschaft leisten möchte. Hoffentlich haben die Gespenster sie noch nicht erwischt.«

Wir lächelten matt und blickten ihm hinterher, als er den Raum verließ. Ravi, der immer noch angeschlagen wirkte, sprach aus, was ich seit dem Telefonat mit Nick dachte – und auf einer intuitiven Ebene schon länger gespürt hatte. »Wären wir bloß nicht hergekommen!«

»Wieso sind Sie überhaupt hier?«, fragte Winston. »Sollten Sie sich nicht um meine Investments kümmern?«

Ravi zuckte heftiger zusammen, als mit Winstons kleiner

Stichelei zu erklären war. »Ich leiste Bells Gesellschaft. Auch ihre Karriere ist wichtig.«

»Du bist im Netz ja eine ziemliche Berühmtheit«, sagte ich zu Bella und versuchte, meinen Neid zu verbergen. »Dein Gesicht ist schon ein paarmal in meinen Feeds aufgeploppt.«

Sie warf sich in die Brust. »Ja, es läuft gut. Ich glaube, meine Stimme und mein Blick auf die Welt treffen bei meinen Followern einfach den richtigen Nerv.«

»Und, äh, was genau ist das für ein Blick auf die Welt?«

»Na ja, dass alles irgendwie miteinander verbunden ist. Alles ist nur Energie. Man bekommt, was man verdient, und was man in die Welt sendet, kommt zu einem zurück. Zum Beispiel haben Ravi und ich Schwingungen des Reichtums gesendet und ernten jetzt die Früchte. Energetisch, meine ich.«

Ich konnte nicht anders: »Und womit habt ihr es verdient, rein energetisch betrachtet, an Silvester auf einer eiskalten Insel zu landen, wo am Fuß einer Klippe eine Leiche liegt?«

In Bellas Gesicht stand feindselige Verblüffung, ein höhnisch-defensives Lächeln verzerrte ihre schönen, prallen Lippen. Ich spürte, wie sie mich taxierte, schließlich die Provokation ignorierte und mich als eine dieser bemitleidenswerten durchschnittlichen grauen Mäuse abhakte, die ihr ihren glamourösen Lebensstil missgönnten. Und ja, ich hätte viel darum gegeben, so glänzendes Haar zu besitzen wie sie, das bei jeder Kopfbewegung mitschwang. Doch meine Abneigung ihr gegenüber hatte andere Gründe. Sie hing mit meiner Mutter zusammen.

Bis zum Tod meines Vaters hatte ich meine Mutter selten zu Gesicht bekommen. Sie wollte sich unbedingt selbst finden, und es wäre ihr nicht im Traum eingefallen, dies in unserer Nähe zu tun. Aber der Fairness halber: Ich merkte schon als kleines Kind, dass wir nicht das waren, wonach sie suchte. Unbegreiflich, dass sie und mein Vater überhaupt zusammengefunden hatten und ich entstanden war. Auf die Vogelwelt übertragen: Sie war tropisch, ein unentwegt plappernder Papagei mit leuchtend buntem Gefieder. Aufregend. Mein Vater war still und unscheinbar, eine kleine graubraune Heckenbraunelle vielleicht. Heimisch. Normal.

Vermutlich hatte die beiden bei aller Gegensätzlichkeit ihre gemeinsame Liebe zur Natur zusammengeführt. Doch kurz nach meiner Geburt ging alles ziemlich rasch in die Brüche. Meine Mutter machte alljährlich eine Stippvisite bei uns, zwischen ihren Aufenthalten in Retreat Centern und Ashrams. Wenn ich an diesen Tagen nach Hause kam, hing der Geruch von Patschuli und Ylang-Ylang im Flur. Im Wohnzimmer erkundigte sie sich bei meinem Vater dann freundlich nach unserem Befinden, redete aber so schnell, dass er nicht zu Wort kam. Während sie mich für einen Moment in eins ihrer perlenbestickten Tücher hüllte und auf Armeslänge von sich weghielt, bombardierte sie mich gleichfalls mit Fragen. Ich bekam auch ein Geschenk, meist irgendein potthässliches Objekt, von irgendeinem Scharlatan geweiht, für den sie gerade schwärmte. Falls ihr vor ihrer nächsten spirituellen Reise noch etwas Zeit blieb, nahm sie mich mit in die Natur, um mit ihr in Berührung zu kommen. Was in ihrer Welt bedeutete, dass wir im feuchten Wald an einem qualmenden Feuer saßen, sie Wein trank und mit immer schwerer werdender Zunge allerlei Weisheiten von sich gab – oder noch mehr Tücher mit mir shoppen ging.

Manche Kinder wären einer so unkonventionellen, unerreichbaren Mutter vielleicht hinterhergelaufen. Ich wünschte mir einfach nur, dass sie uns in Ruhe ließ.

Nach dem Tod meines Vaters hatte sie mich dauerhaft am Hals, und der anfängliche sporadische Erguss zerstreuter Zuneigung verwandelte sich schnell in widerwillige Gereiztheit. Kurz nachdem sie in unser Haus gezogen war, war sie fast immer da. Sie räucherte mit Salbeibündeln alle Zimmer aus und beweinte mein Schicksal. Die Ideen, wie sie mir bei der Bewältigung meiner Trauer helfen könnte, sprudelten nur so aus ihr hervor, etwa durch Urschreie oder Nacktbaden in freier Natur. Für das Einzige, was ich wirklich tun wollte, nämlich Vögel beobachten, war sie zu laut. Irgendwann langweilte es sie, daheim zu warten, bis ich aus der Schule kam, und sie begann wieder zu reisen. Ich lebte allein, erledigte nach der Schule meine Hausaufgaben, beobachtete Vögel und bezahlte meine Einkäufe mit dem Geld aus den Kuverts, die sie mir dagelassen hatte. Ich schwieg, wenn sie zurückkam und mich spüren ließ, wie lästig sie es fand, an diese konservative Vorortexistenz gefesselt zu sein. Als ich mein Studium begann, nahm ich ein paar Sachen meines Vaters mit. Ich wusste schon, dass sie das Haus verkaufen würde, sobald ich weg war.

Wenn sie von Esalen nach Ibiza fuhr, informierte sie mich meist per Mail, und wir trafen uns immer noch gelegentlich – auf einen schnellen Drink, bevor sie zu einer anderen Verabredung musste. Dann berichtete sie mir jedes Mal vertraulich von der unglaublichen Aura-Farbe ihres neuen Lovers. Aber wir kannten einander kaum. Das Einzige, was sie in meinem Leben hinterlassen hatte, war tiefe Skepsis Menschen gegenüber, die sich als spirituell bezeichnen. Das war der Grund, warum ich Bella mit jedem Mal, das sie mit ihren Kristallanhängern spielte oder uns erklärte, warum die aktuelle Sternenkonstellation die negative Energie im Haus verstärkte, *noch* ein bisschen unsympathischer fand.

Und doch hatte sie recht. In diesem Haus herrschte *wirklich* eine negative Energie, und Stunde für Stunde wurde es schlimmer. Allerdings war das auch ohne Kristall zu spüren.

Gerade schilderte Bella ein Ritual, mit dem wir die ruhelosen Geister vielleicht besänftigen konnten.

»Es sollte alles dafür da sein. Wir brauchen nur noch Steinsalz, aber das finden wir bestimmt in der Küche. Und Lavendel. Ätherische Öle hab ich immer dabei. Für das Ritual geht man einfach durch die Zimmer, verteilt das Zeug in den Ecken und schnippt dann mit den Fingern – so.« Sie hob die Arme über den Kopf und schnippte mit den Fingern wie eine Flamencotänzerin.

Ich verkniff mir ein Kichern. Winston tat sich keinen Zwang an und zog eine Augenbraue hoch. Ravi, der nicht zuhörte, sah aus, als kämpfe er mal wieder gegen einen Brechreiz an. »Dann ist man geschützt.«

»Und du glaubst wirklich, das hilft?«

»Hör mal, Millie, du musst meine Ansichten ja nicht teilen. Aber ich bemühe mich wenigstens. Und wenn wir uns alle ein bisschen mehr bemüht hätten, wäre Penny vielleicht noch hier.«

»Was geht *dich* denn Penny an?«

»Wir sind zusammen zur Schule gegangen, okay? Du bist nicht die Einzige, die sie kannte.«

Jetzt war ich doch etwas verblüfft. Als wir hier angekommen waren, hatten sich die beiden nicht beachtet. Und keineswegs auf diese kühle, demonstrative Art, wie es Leute tun, die sich absichtlich übersehen wollen. Sie hatten sich einfach nicht zur Kenntnis genommen. Irgendwie glaubte ich Bella nicht. Aber warum sollte sie mich belügen? Und falls sie nicht log, warum hatte sie dann so getan, als hätte sie Penny nicht wiedererkannt?

»Tut mir leid. Das wusste ich nicht.«

»Ist ja auch schon lange her. Wir hatten danach keinen Kontakt mehr. Sie war …«

»Bells!« Erst dachte ich, Ravi rief Bella zu Hilfe, weil ihm wieder schlecht wurde. Aber dann bemerkte ich seinen konzentrierten Blick. Seine Nasenflügel bebten. Keine Spur mehr von seiner vorigen Leidensmiene. Diese eine Silbe – sie glich einer Warnung.

»Haben Sie die junge Dame auch gekannt?« Ich hatte fast vergessen gehabt, dass Winston auch noch da war und zuhörte. Trotz seiner meist intensiven Präsenz konnte er wie eine Katze sein, die still und unbemerkt mit funkelnden Augen im Schatten lauert.

»Klar, wir waren alle auf derselben Schule. Aber das ist eine Ewigkeit her. Ein anderes Leben.«

»Wenn also Sie beide die junge Frau kannten und Sie desgleichen«, er wies mit dem Kopf auf mich, bevor er sich wieder Ravi zuwandte, »und *ich Sie* kenne, wer kennt dann unseren kulinarisch begabten Freund mit dem Bein?«

»Ohne Bein, meinen Sie.« Ravi wieherte über seine eigene Bemerkung, bis Bella ihm den Ellbogen in die Rippen stieß. »Er ist nicht hier, weil er jemand kennt. Er ist, na ja … *beruflich* hier.«

»Aha«, meinte Winston mit einem flüchtigen Lächeln und nickte, als verstünde er.

»Was soll das heißen?«, fragte ich. »*Beruflich?*«

»Er ist Apotheker«, erwiderte Bella. »Und hier findet eine Party statt. Streng mal deine kleinen grauen Zellen an.«

Und das tat ich. Ich strengte meine kleinen grauen Zellen an und kam mir plötzlich unglaublich dumm vor. »Warte mal, du meinst …?«

In dem Moment kehrte James zurück.

»Kann mal jemand mitkommen?« Seine Stimme klang angespannt, etwas zu schrill. »Ich habe Mrs Flyte in ihrem Schlafzimmer gefunden, und ich glaube, mit ihr stimmt etwas nicht.«

Kapitel 10

Und damit hatte er recht. Mrs Flyte lag mit geschlossenen Augen und nach hinten gebogenem Hals ausgestreckt auf ihrem Bett und atmete rasselnd ein und – qualvoll – aus. Offenbar bemerkte sie uns gar nicht. Wir waren alle nach oben gekommen und drängten uns jetzt an der Tür, während James am Kopfende von Mrs Flytes Bett stand. Niemand wollte den Raum betreten, der ganz offensichtlich zu einem Krankenzimmer geworden war. Schließlich ging Winston zu James und starrte wie dieser auf Mrs Flyte hinunter, die kaum noch atmete.

»Mein Gott, nicht schon wieder. Ich ertrage das einfach nicht.« Bleich und zitternd wandte Ravi sich ab und rannte die Treppen hinunter, gefolgt von Bella, die uns noch zurief, sie werde der Polizei Bescheid geben, dass ein Arzt mitkommen solle, falls das Boot nicht schon unterwegs war.

Ich trat leise ins Zimmer. Von den Räumen in dem Haus, die ich bisher kannte, war dies der einzige mit persönlicher Note. Also, mit der Note von Marjorie Flyte und nicht der eines Barons oder Unternehmers, der das Haus erbaut und mit kaledonischem Kitsch vollgestopft hatte. Da die Jalousie heruntergelassen war, mussten sich meine Augen erst an das Dämmerlicht gewöhnen, während im Hintergrund verstörend Mrs Flytes Atem rasselte. Vor einer Zimmerecke stand ein Paravent, über dem mehrere Kleider hingen, alle im gleichen Stil wie ihr abgetragenes violettes aus Samt. Weitere lagen über der Stuhllehne und drückten von innen die Türen des riesigen Wandschranks auf. Im Raum herrschte Chaos, aber kein verlottertes, seelenloses Chaos wie im Rest des maroden Gebäudes; dieser Raum war ein Nest, das einzige gemütliche Zimmer im Haus.

Ich beugte mich über ein Toilettentischchen, über dessen Spiegel bündelweise Perlenketten hingen. Tiegel und Bürsten lagen auf dem Tisch verstreut, und dazwischen standen silbern gerahmte Fotos. Ich nahm eins nach dem anderen in die Hand: eine junge Mrs Flyte, hübsch, den rot geschminkten Mund beim Lachen weit geöffnet, während ein Cocktailglas halb ihr Gesicht verdeckte; dann ein paar junge Frauen, die identische Schürzen trugen und stolz volle Teller in die Höhe hielten; und wieder Mrs Flyte, jetzt etwas älter, mit nicht mehr ganz so strahlendem Lächeln, aber immer noch glücklich, den Blick auf den großen, schnauzbärtigen Mann gerichtet, der sie im Arm hielt und etwas zu einem Kind sagte, das sich größtenteils außerhalb des Bilds befand – man sah nur eine kleine Hand und ein paar sanfte Locken. War das der Mann, der ihr bei der Scheidung die Insel überlassen hatte? Ich dachte an die knarzende Leere im restlichen Gebäude. Diese Fotos hier, dieses Durcheinander aus zerschlissenen Samtkleidern in diesem einen in Zwielicht getauchten Raum – das war alles, was ihr von ihrem Leben geblieben war. Ein ängstlicher Schauer rieselte mir den Rücken hinab. Ich konnte mir gut vorstellen, dass sich auch mein eigenes Leben in etlichen Jahren auf ein chaotisches Schlafzimmer beschränken würde, das außer mir kein Mensch betrat. Allerdings würden mich nicht einmal alte Fotos an ein früheres erfülltes Leben erinnern.

»Können wir irgendetwas für sie tun?«, fragte ich, als ich

mich ans Fußende des Betts stellte. Winston und James standen sich noch immer am Kopfende gegenüber.

»Sie lag hier, ist zusammengebrochen«, ignorierte James meine Frage und zeigte auf eine Stelle in der Mondlandschaft aus Kleidern, Schuhen, Büchern und Geschirr. »Ich hatte gehofft, es würde ihr besser gehen, wenn ich sie aufs Bett lege, aber ...« Wir sahen Mrs Flyte an, sahen die immer grauer werdende Haut, den leeren Blick, die qualvoll verkrampften Glieder. Es ging ihr definitiv nicht besser.

»Hast du nicht eine medizinische Ausbildung?«, fragte ich James.

»Schon, aber ich bin kein Arzt. Und schau dich doch um, hier gibt es keine medizinischen Geräte, nichts, was ihr helfen würde. Ich denke, sie hatte einen Herzinfarkt. Wenn sie nicht schnell ärztliche Hilfe bekommt, besteht wohl nicht viel Hoffnung.«

Ich sah mich um und entdeckte unerwartet etwas Brauchbares. Zwar kein Defibrillator, aber immerhin.

»Wie wär's damit?« Ich ging zum Toilettentisch, nahm die Pillendose, die ich dort erspäht hatte, und schüttelte sie. Das Klappern mischte sich mit Mrs Flytes Röcheln.

James nahm mir die Dose aus der Hand und inspizierte das Etikett. »Stimmt, das ist für ihr Herz, aber für chronische Probleme, nicht für akutes Herzversagen.«

»Immer noch besser als nichts«, drängte Winston ungeduldig. »Die Frau liegt im Sterben. Wir sollten es auf jeden Fall damit probieren. Suchen Sie weiter«, sagte er zu mir, »vielleicht finden Sie ja noch etwas.«

»Sie bekommt kaum Luft«, sagte James und hinderte mich mit einer Geste am Weitersuchen. »Ich glaube nicht, dass sie etwas schlucken kann.« Dennoch öffnete er die Dose und schüttete sich mehrere Pillen auf die Handfläche, als hoffe er, dass sie zu ihm sprechen würden. Plötzlich roch er an ihnen. Und warf sich eine in den Mund.

Ich schrie auf. »Was tust du? Die braucht sie vielleicht noch! Und wer weiß, wie sie bei dir wirken!«

»Schlimmstenfalls helfen sie gegen meine Kopfschmerzen.« Er streckte mir seine Handfläche mit den kleinen, runden orangerosafarbenen Pillen hin. »Das sind Aspirintabletten für Kinder. Die sehen so ähnlich aus wie die Pillen, die Mrs Flyte bei chronischen Herzbeschwerden nehmen soll, aber ich kenne den Unterschied. Ich habe ja dauernd mit diesen Medikamenten zu tun.« Wir blickten uns bestürzt an, bis Winston das Schweigen brach. »Ich denke, sie braucht jetzt nichts mehr.« Er starrte auf Mrs Flyte hinab, ernst und mit weicherem Gesichtsausdruck als sonst. Mein Blick folgte seinem, und ich hörte es, bevor ich es sah. Während wir uns mit der Pillendose beschäftigt hatten, hatte Mrs Flyte zu atmen aufgehört. Noch immer lag sie ausgestreckt da, ihr Wust aus silbernem Haar reflektierte das Licht der Schirmlampe neben dem Bett. Ihre eben noch schmerzverkrümmten Hände lagen offen und entspannt neben dem Körper. Wie auf dem Foto mit ihrem Ehemann war ihr Gesicht jetzt glatt, und sie lächelte sanft. Sie war tot.

Ich unterdrückte ein Schluchzen. James kam zu mir und nahm mich in den Arm.

»Es ist einfach so … einfach so …« Ich gab auf und heulte mich einen Moment lang an seiner Schulter aus, dankbar für seine Berührung.

Dann räusperte sich Winston. »Falls Mrs Flyte nicht die seltsame Angewohnheit besaß, medizinische Utensilien wie etwa Pillendosen wiederzuverwenden, hätte kein Aspirin darin sein dürfen.«

Mein Schluchzen verstummte, als mir klar wurde, was seine Bemerkung bedeutete. James löste seine Umarmung, und der kurze Augenblick tränenreicher Geborgenheit war vorbei.

»Nein«, sagte James. »Tatsächlich nicht. Aber wer hat die Tabletten ausgetauscht?«

Ich dachte spontan an ihn selbst. Immerhin hatte er als Apotheker bestimmt mehr Pillen im Gepäck als wir anderen und wusste, welche Folgen das Wechseln von Medikamenten haben konnte. Und er war allein mit Mrs Flyte im Zimmer gewesen, bevor er uns geholt hatte. Andererseits, welchen Grund sollte er haben, ihr etwas anzutun? Und warum sollte er uns auf die ausgetauschten Tabletten hinweisen, wenn er selbst dafür verantwortlich war? Winston oder mir wäre das wohl kaum aufgefallen. Aber er hätte uns letztlich alles erzählen können; ich kannte mich mit Pillen einfach zu wenig aus.

Und sei es auch nur aufgrund einer Gedankenkette, beschlich mich die vage Sorge, dass er wirklich hinter der Manipulation stecken könnte. Und diese Sorge wurde umso quälender, als ich merkte, dass ich ihn nicht für den Täter halten *wollte*. Ich mochte ihn, und ich konnte doch keinen Mörder mögen.

Ich war nicht sicher, wie lange wir schon in einem lockeren Kreis um die Leiche herumgestanden und unbehagliche Gedanken gewälzt hatten. Jeder Augenblick fühlte sich an wie eine Ewigkeit.

Dann platzte Bella ins Zimmer. »Ich habe noch mal die Polizei angerufen. Ihr werdet es nicht glauben – aber die wollen es bei diesem Wetter nicht riskieren, ein Boot zu schicken!«

»Was ist mit einem Helikopter?«, wollte Winston wissen.

»Das habe ich auch gefragt, aber anscheinend hat man nur einen, und der ist schon auf dem Weg zu einer anderen Insel, weil … O mein Gott! Ist sie …?«

Winston nickte.

»Scheiße.«

»Kann man wohl sagen«, warf ich ein.

»Jetzt brauchen wir aber wirklich die Polizei. Ich kapier einfach nicht, dass die so lange brauchen.«

»Was haben sie gesagt, wann sie hier sein wollen?«, erkundigte sich James.

»Sie haben keine Ahnung. Sie schicken Leute los, sobald es das Wetter erlaubt. Aber was sollen wir bis dahin tun?« Die letzte Frage klang wie ein lautes Wimmern, und mir wurde bewusst, welche Spannung sich in dem Haus zusammenbraute. Unsere Nerven waren zum Zerreißen gespannt, und wenn es uns nicht gelang, ruhig zu bleiben, konnte die Situation jederzeit eskalieren.

»Es gibt da noch etwas, das Sie wissen sollten«, sagte Winston zu Bella. Ich gab ihm – unauffällig, wie ich hoffte – ein Zeichen, mit dem, was wir über Mrs Flytes Medikation herausgefunden hatten, lieber noch hinterm Berg zu halten. Natürlich wollte ich Bella diesen Umstand nicht grundsätzlich verschweigen. Aber sie wirkte derart aufgewühlt, dass ich einen hysterischen Anfall befürchtete, falls sie noch eine weitere Hiobsbotschaft erhielt.

Winston nahm meine Geste zwar wahr, schien aber andere Pläne zu haben. Als er mich anblickte, glaubte ich in seinen Augen ein erwartungsvolles Funkeln zu sehen. Ich konnte gerade noch denken: *Als wäre er neugierig darauf, was gleich passiert,* da sprach er schon weiter.

»Wir glauben nämlich, dass Mrs Flytes Herzmedikament ausgetauscht wurde. Es könnte sein, dass jemand ihren Tod absichtlich herbeiführen wollte.«

»Was?! O Gott. O Gottogotto ...«

»Schön ruhig weiteratmen, Bella.« Das war James, der die Pillendose jetzt auf den Toilettentisch fallen ließ und zu Bella eilte. Als er ihr die Hände auf die Schultern legte, spürte ich einen kleinen Stich der Eifersucht. »Du kennst doch sicher ein paar Atemübungen. Du bist doch Expertin, was Meditation und Achtsamkeit angeht, nicht wahr? Also, atme ein und zähle dabei langsam.«

Sie schnappte gierig und unkontrolliert nach Luft, dann wurden ihre Atemzüge immer gleichmäßiger. Ich sah Winston an. Ein Mundwinkel zuckte so, dass er immer wieder kurz schief zu lächeln schien. Genau wie morgens auf den Klippen, als seine Aufmerksamkeit nicht etwa Pennys in die Tiefe gestürztem Körper gegolten hatte, sondern unserer Reaktion auf ihren Selbstmord.

»Aber das heißt ja ...« Bella atmete jetzt so ruhig, dass sie offensichtlich wieder klar denken konnte. »Das heißt ja, dass hier jemand ...« Als ihr die Schlussfolgerung dämmerte, riss sie erneut die Augen auf und versuchte, ihre aufsteigende Panik zu unterdrücken.

»Ich weiß, wonach es aussieht«, sagte James, »aber es könnte sich auch um ein Versehen handeln. Vielleicht hat sie einfach ihre Pillen verwechselt, und niemand wollte ihr etwas Böses.«

»O nein, so war es nicht. Für solche Dinge habe ich ein Gespür. Ich glaube, diese rastlosen Geister, von denen sie uns erzählt hat, sind real.«

Ich konnte nicht anders und blickte genervt zur Decke.

Bella bemerkte es, und ihre Augen wurden schmal. Aber besser, sie war sauer als hysterisch.

»Wir müssen Ravi sagen, was passiert ist. Und *ich* werde *nicht* diejenige sein, die noch mal die Polizei anruft!« Abrupt drehte sich Bella um, warf verächtlich ihr goldenes Haar nach hinten und rauschte davon. Ihr Verhalten erinnerte mich an gewisse fiese Klassenkameradinnen aus meiner Schulzeit. Dann folgten wir drei Übrigen ihr im Gänsemarsch.

Ich blieb an der Tür stehen und sah zurück zu Mrs Flyte, die still auf dem Bett lag und nichts mehr wahrnahm. Irgendwie fand ich es nicht richtig, sich von ihr abzuwenden, sie der vermutlich bald einsetzenden Verwesung zu überlassen und die Tür zu schließen. Aber was blieb uns anderes übrig? Wir mussten die Klärung durch die Behörden abwarten, erst danach würde man die Leiche freigeben und die Beerdigung organisieren können. Und im Grunde hatte sie ja keiner von uns gekannt. Wer hätte etwas Bedeutsames über ihr Leben sagen können? Ich wusste von ihr nur, dass sie einsam gewesen war, gerne getrunken hatte und kratzbürstig hatte werden können, wenn man sie mit zu vielen Fragen in die Enge trieb. Ich schloss die Tür.

Kapitel 11

»Ich finde, wir sollten das Haus durchsuchen«, verkündete Bella energisch. Ravi saß neben ihr auf einem der Sofas in der Bibliothek, hielt ihre Hand wie ein Kind, das sich verirrt hatte und gerade gefunden worden ist, und nickte zu allem, was sie sagte.

»Ja, eine Durchsuchung.«

»Und warum?«, fragte Winston.

»Nun ja ...« Bella wirkte plötzlich weniger selbstbewusst. »Falls es *wirklich* wütende Geister sind, ist es sicherer, wenn wir uns zusammenschließen.«

»Gewiss, aber da macht es doch keinen Unterschied, ob wir durch sämtliche Räume dieses, wenn ich Sie erinnern darf, ziemlich weitläufigen Gebäudes marschieren oder hier behaglich am Kaminfeuer verweilen, das unser Freund James dankenswerterweise für uns gemacht hat.«

Ich verfolgte ihre Kabbelei nicht weiter, sondern hing meinen Gedanken nach. Was war mit Mrs Flyte passiert? Jedes Mal, wenn wieder etwas von dem Wortwechsel an mein Ohr drang, dachte ich sofort an sie, dort oben in ihrem Zimmer, allein, *tot*. Sie dort oben, Penny auf den Felsen am Fuß der Klippe und die Strangs in ihrem geschrotteten Wagen auf dem Festland.

Verdächtig viele Todesfälle in so kurzer Zeit. Je länger ich darüber nachgrübelte, desto klarer wurde mir, dass es sich dabei nicht um Zufälle handeln konnte. Irgendjemand brachte auf dieser Insel Menschen um. Oder, im Fall der Strangs, Menschen, die auf dem Weg hierher gewesen waren. Aber wer?

Ich bezweifelte sehr, dass Geister die Täter waren, konnte aber nachvollziehen, warum Bella diese Erklärung bevorzugte. Denn wenn es tatsächlich ein Mensch war, der uns nacheinander den Garaus machte, dann ... Ich war noch nicht bereit, diesen Gedanken zu Ende zu denken. Doch selbst wenn man einmal eine bestimmte Frage beiseiteließ, eine Frage, die die meisten vernünftigen Menschen verneinen würden, nämlich die, ob Geister überhaupt existierten, waren die Strangs während ihrer Anreise gestorben, nicht hier. Und der Aktionsradius rachsüchtiger Inselgeister hätte sich ja wohl auf ihre Umgebung beschränkt.

Was mich wieder zu der unangenehmen Schlussfolgerung brachte, dass es sich bei dem Verantwortlichen für die Todesfälle eben doch um einen Menschen aus Fleisch und Blut handelte. Einen Menschen, der sich jetzt mit mir im selben Raum befand.

Dann doch lieber Geister!

Aber vielleicht konnte man die Vorfälle auch noch von einer anderen Warte aus betrachten. Immerhin hatte Penny sich *selber* umgebracht. Wieder durchfuhr mich ein Schreck, aber anders als bei dem gruseligen Gedanken an Mrs Flytes Leiche, die über unseren Köpfen zu verwesen begann. Diesmal war es ein echter Schmerz über den Verlust einer Freundin, die ich hätte retten können. Oder deren Kummer ich leider nicht rechtzeitig bemerkt hatte.

Ich zuckte zusammen bei dem Gedanken, dass ich am Morgen an ihrem Zimmer vorbeigegangen war, ohne sie zu trösten.

Aber zu dem Zeitpunkt hatte sie wohl sowieso schon auf den Klippen gestanden.

Also hatten wir einen Autounfall, einen Selbstmord und jetzt einen Herzinfarkt. Außergewöhnlich viele Todesfälle hintereinander, aber die ersten beiden erschienen mir eher ... *harmlos*. Was natürlich nicht das richtige Wort war, aber sie kamen mir nicht wie Morde vor. War Mrs Flyte einfach nur die unglückselige Dritte in einer dieser seltsamen Häufungen trauriger Ereignisse, mit denen uns das Leben manchmal konfrontiert? War das, was wir gerade erlebten, die schreckliche Version eines Tages, an dem man sich innerhalb weniger Stunden Kaffee über die Hose schüttet, den Zeh anstößt und dann noch feststellen muss, dass der Computer abgestürzt ist und eine wichtige Datei gelöscht wurde? Mrs Flyte war nicht besonders gut organisiert gewesen. Das war mir schon auf den ersten Blick beim Gang durchs Haus klar geworden. Vielleicht war es gar nicht so abwegig, dass sie die leeren Dosen ihrer verschreibungspflichtigen Medikamente mit Aspirin gefüllt hatte. Vielleicht hatte sie selbst vor Aufregung die Tabletten verwechselt, als sich der Anfall ankündigte. Schließlich sah alles danach aus, dass sie auch Winstons Buchung verwechselt hatte. Also doch kein falsches Spiel, sondern nur ein unglückliches Versehen.

Der Gedanke tröstete mich, doch dann drängelte sich das heimtückische Wörtchen »aber« in meinen Kopf und brachte das Gedankengebäude ins Wanken. *Aber was ist mit Nick?* Ich konnte durchaus an einen schrecklichen Autounfall glauben, an ein in den Selbstmord getriebenes Gemüt und an einen Herzinfarkt mit unpassendem Timing – aller schlechten Dinge sind ja, wie aller guten, häufig drei. Aber warum hatte Nick mich hierhergelockt und dann so getan, als wüsste er von nichts? Und falls er mich nicht eingeladen hatte, wer hatte es dann so aussehen lassen wollen?

»Ihnen scheint nicht klar zu sein, dass wir hier nicht sicher sind!« Bellas Stimme, laut und angstvoll, unterbrach meine Grübeleien.

»Das ist mir durchaus klar. Ich sehe nur nicht, warum es helfen sollte, jetzt und hier wild gestikulierend herumzuschreien.«

Winstons Verhalten war Bellas genau entgegengesetzt. Er saß neben dem Kamin und zupfte ein Hosenbein zurecht, sodass man einen dezenten Blick auf seine Seidensocken erhaschen konnte. Seine Stimme und Erscheinung waren lässig und unaufgeregt. Allerdings gab mir die Sache mit den Bartstoppeln immer noch zu denken. Hatte er morgens keine Zeit gehabt, sich zu rasieren? Das schien nicht zu einem Mann zu passen, der so wie er auf sein Äußeres achtete. In meinem Kopf begannen die Fragen zu kreisen, was er am Morgen auf den Klippen gewollt hatte, warum er so früh aufgestanden war und trotzdem keine Zeit zum Rasieren gehabt hatte. Doch bevor sich aus diesen Fragen ein Verdacht herauskristallisieren konnte, stand Bella auf und schimpfte in ihrer Panik vor sich hin; dabei zupfte sie an sich herum, erst an ihren glänzenden goldenen Locken, dann an ihrem Kleid, und blickte wild um sich. Ravi, der, was die Selbstkontrolle betraf, irgendwo zwischen Winston und Bella einzuordnen war, versuchte, sie zu beruhigen, aber sie war für seine liebevolle Fürsorge nicht empfänglich.

»Wir müssen doch etwas unternehmen! Das Haus durchsuchen, noch mal die Polizei anrufen oder uns die Insel ansehen! Wir können doch nicht einfach hier herumsitzen und warten!«

»Warum denn nicht?«, erwiderte Winston. »Ich kann Sie natürlich nicht davon abhalten, sich die Axt vom Kaminsims zu schnappen und so bewaffnet auf der Suche nach dem Geist, der die Medikamente unserer verstorbenen Gastgeberin vertauscht hat, von Zimmer zu Zimmer zu wandern. Aber selbst mit meiner oberflächlichen Kenntnis der Genres des Horrorfilms und Schauerromans darf ich Ihnen eines versichern: Sollte es in diesem Haus *tatsächlich* spuken, wäre es eine mörderisch schlechte Idee, auf eigene Faust Nachforschungen anstellen zu wollen.«

»Und was schlagen Sie vor? Dass wir hier einfach gemütlich am Feuer zusammensitzen, bis die Polizei kommt?«

»Das erscheint mir nicht nur sicherer, sondern auch bei Weitem angenehmer. Wir könnten uns die Zeit zum Beispiel damit vertreiben, irgendwann eine gemeinsame Mahlzeit einzunehmen.«

»Das könnte schwierig werden«, sagte jetzt James, als er wieder ins Zimmer trat, wobei ich gar nicht gemerkt hatte, dass er überhaupt hinausgegangen war … »Ich habe gerade die Küchenschränke durchforstet – es sind kaum noch Vorräte da.«

»Aber ein Essen kriegen Sie doch sicher noch hin?«, meinte Winston. »Sie waren auf diesem Gebiet ja bisher so erfinderisch. Wäre doch ein Jammer, wenn Sie jetzt Ihren Ruf ruinieren würden.«

»Ich werde natürlich mein Möglichstes tun. Aber vielleicht sollten mal alle in die Küche kommen und sich selbst ein Bild machen. Es gibt zwar jede Menge Alkohol, aber sonst nicht viel. Wenn uns die Polizei nicht bald von dieser Insel holt, werden wir morgen Abend sehr hungrig sein. Oder sehr betrunken.«

James hatte nicht übertrieben. Ich gab einer runden, hochkant stehenden Dose Thunfisch einen Schubs, sodass sie geräuschvoll über das leere Schrankbrett rollte.

»Nicht mal Pasta?«, fragte ich. »Das Mittagessen war so lecker.«

»Danke. Aber nein, keine Nudeln. Wenn ich das richtig sehe, haben wir nur noch Kekse, Tiefkühlmais, eine Dose mit längst abgelaufener Fischpaste und dieses schon leicht angeschimmelte Brot. Und natürlich genug Whisky, um eine Kuh darin zu ertränken.«

»Und Thunfisch«, sagte ich und stupste die Dose erneut an, sodass sie wieder eine geräuschvolle Runde drehte.

»Und Thunfisch. Es läuft also auf einen Mais-Thunfisch-Auflauf hinaus.«

»Mit zerbröselten Keksen für die Konsistenz. Ich komme mir vor wie Audrey Hepburn in *Sabrina*. Du weißt schon, wo sie ein Soufflé aus Keksen macht.«

»Nur dass du hübscher bist.«

Seine Bemerkung ließ mich einen Augenblick verstummen. Ich verbarg mein Erröten, indem ich den Kopf in ein Schränkchen steckte, als wollte ich es bis in seine dunklen Ecken erforschen. Und tatsächlich wurde ich fündig.

»Wofür der wohl ist?«, fragte ich und hielt den großen rostigen altertümlichen Schlüssel hoch, auf den ich gestoßen war. »Er lag ganz hinten.«

»Wurde wohl schon eine ganze Weile nicht benutzt.« James zupfte ein paar Fusseln und Spinnweben vom Schlüssel. »Behalte ihn mal, vielleicht findest du ja die Tür, zu der er passt. Hoffentlich mit etwas Essbarem dahinter.«

»Sieht es echt so schlecht aus?« Ravi kam händchenhaltend

mit Bella in die Küche. Sie schien sich ein bisschen beruhigt zu haben, vielleicht abgelenkt durch die Frage nach den Vorräten. Winston hatte noch in der Bibliothek verkündet, dass er ein Nickerchen am Feuer halten werde und wir das Problem ohne ihn lösen sollten.

»Ach, dann bleibt also wieder alles an uns hängen«, hatte Bella protestiert.

»Babe, lass doch«, versuchte Ravi, sie zu beschwichtigen.

Fast hätte ich darauf hingewiesen, dass sie seit gestern überhaupt noch nicht tätig geworden war, aber dann fiel mir ein, dass sie den Stärkungstee für Ravi gemacht hatte. Den, den auch Mrs Flyte getrunken hatte. Das war Stoff zum Nachdenken, und so hatte ich geschwiegen, die beiden sich weiterzanken lassen und lieber James bei der deprimierenden Inspektion der Vorräte in der Küche geholfen.

Obwohl sich an Bellas feindseliger Haltung Winston gegenüber gewiss nichts geändert hatte, schienen sich die Wogen geglättet zu haben.

»Hat sie denn nicht irgendwo noch ein paar Lebensmittel gebunkert?«, fragte jetzt Ravi. »Wäre doch ein Irrsinn, hier allein zu wohnen, so isoliert, und sich nicht mit Vorräten einzudecken.«

»Vermutlich hat sie nur das in größeren Mengen gekauft, was ihr wichtig war«, meinte James und öffnete den gut gefüllten Whiskyschrank. »Wenigstens können wir uns an Silvester betrinken.«

Bella schauderte. »Ein Whiskyrausch und eine Leiche im Haus. Irgendwie hatte ich mir das hier anders vorgestellt, als ich zugesagt habe hierherzukommen.«

»Ich mir auch«, stimmte ich ihr bedrückt zu. »Ich hatte mir

eher vorgestellt …« Aber ich brach ab, ohne Nick erwähnt zu haben. Nach dem Telefonat mit ihm und nach James' Bemerkung über mich und Audrey Hepburn wollte ich seinen Namen nicht aussprechen. »Ich hatte mir eine lustige Party vorgestellt.«

»Kann es doch immer noch werden.« Dass Ravi trotz der Umstände nach wie vor wild entschlossen schien zu feiern, war zwar ein bisschen seltsam, aber da er mir eher unreif als boshaft oder pietätlos vorkam, fand ich seine Begeisterung beinahe rührend.

Deshalb fragte ich durchaus humorvoll: »Und wie, bitte schön?«

»Na ja, wir könnten die Party doch als eine Art Totenwache inszenieren. Auf die Toten trinken. Sich an schöne Erlebnisse mit ihnen erinnern, solche Dinge.«

Bella schnaubte. »Zum Beispiel daran, dass ich bei Mrs Flyte zum Abendessen nur ein Kohlblatt bekommen hab?«

»Na ja, oder an die Schulzeit mit Penny, als …«

Plötzlich war da eine Spannung zwischen den beiden, und Ravi blickte zu Boden, während Bella ihn finster anstarrte. James und ich warfen uns verstohlene Blicke zu.

»Was haben wir denn überhaupt noch zu essen?«, fragte Bella dann.

»Nicht viel.« James zählte die kläglichen Vorräte an den Fingern ab.

»Diese Frau hatte null Ahnung von Ernährung. Warum hast du heute Morgen nur alle Eier verbraucht?«

»Weil ich nicht wissen konnte, dass wir versorgungstechnisch völlig von der Außenwelt abgeschnitten sind und es kaum Vorräte gibt, okay?«

James war während der letzten, zunehmend nervenaufreibenden Stunden von uns allen am gelassensten geblieben. Er hatte fast verstörend ruhig und freundlich gewirkt, selbst angesichts der Todesfälle und des heraufziehenden Sturms. Doch jetzt hatte Bella es geschafft, ihn auf die Palme zu bringen. Komischerweise fand ich es beruhigend, dass er auch mal gereizt klang.

»Anscheinend war hier niemand in der Lage, vorausschauend zu planen.« Wenn sie wütend war, hatte Bellas Stimme etwas Steifes, Gouvernantenhaftes. Hinter ihrem sonst so weichen Tonfall und dem New-Age-Zuckerguss verbarg sich in Wirklichkeit nur eine sehr herrische junge Frau, die zufällig ein Faible für Batik und Astrologie hatte.

»Entspann dich, Bells, wir sitzen alle im selben Boot. Wir hatten doch alle gedacht, dass wir hier köstlich verpflegt werden. Es sollte ja eine Art Luxuswochenende werden, nicht?«

Sie seufzte und bemühte sich sichtlich, ihren Ärger zu kontrollieren. Ravi wusste offenbar mit ihr umzugehen.

»Trotzdem erwarten manche Leute immer noch, bedient zu werden. Hast du bemerkt, dass er keinen Finger rührt? Spannt immer nur die anderen für sich ein.« Sie nickte Richtung Bibliothek, in der sie Winston vermutete, der aber durch einen verrückten Zufall, über den ich lächeln musste, in genau diesem Moment in der Tür zur Halle erschien und zu uns in die Küche kam.

»Wissen Sie, meine Liebe, auch ich musste früher für andere Leute arbeiten. Irgendwann habe ich es dann andersherum probiert und muss sagen, so ist es doch sehr viel angenehmer. Also beschloss ich, es dabei zu belassen. Und wo wir gerade davon sprechen – ohne einen Drink komme ich vor meinem Nickerchen einfach nicht zur Ruhe. Ob einer von Ihnen wohl die Güte besäße? Nachdem unsere verblichene Gastgeberin ihre Vorräte nicht mehr unter Verschluss hält.« Winston schwenkte sein leeres Glas und grinste maliziös.

Das wievielte das wohl heute schon ist?, fragte ich mich und musste mir doch immer noch ein Lächeln über sein Timing verkneifen.

Bella hingegen schien der Situation nichts Komisches abgewinnen zu können. Ihr schönes Gesicht war wutverzerrt. Sie wollte Winston gerade eine empörte Antwort entgegenschleudern, da hörten wir es:

Iiiiiooooooaaaah ...

Zuerst dachten wir, Bella würde vor Wut keinen normalen Satz mehr herausbringen, was allerdings eine übertrieben heftige Reaktion gewesen wäre. Aber ihre Miene drückte keine Wut mehr aus. Vielmehr wirkte Bella ebenso bestürzt wie wir, denn das Geräusch schien nicht aus diesem Raum gekommen zu sein. Mir sträubten sich sämtliche Nackenhaare. Ich zog den Kragen meines großen Wollpullovers enger und versuchte, mir einzureden, dass der Wind wohl einen neuen Weg durch die Hausmauern gefunden hatte.

Iiiaaaooooouuuuuuh ...

»Hört ihr das auch?«, wollte Ravi leise wissen.

Wir nickten und waren instinktiv mucksmäuschenstill.

»Glaubt ihr, Mrs Flyte ist aufgewacht?«, flüsterte er.

»Nein, falls sie nicht als Zombie auferstanden ist«, flüsterte James zurück.

»Das würde jedenfalls die, ähm, Veränderung ihrer Stimme erklären«, bemerkte Winston.

»Macht euch doch nicht lächerlich.« Bellas Flüstern klang

aufgebracht. »Das ist eindeutig nicht sie, sondern ... ihr wisst schon.«

Wieder Stille. Bella meinte die Geister, und obwohl auch ich zuvor über ihre übernatürliche Theorie gelacht hatte, ließ dieses gespenstische Geheul sie doch bedeutend glaubwürdiger erscheinen.

»Hat jemand noch etwas dagegen, das Haus zu durchsuchen? Haltet ihr das immer noch für eine dumme Idee?«

Wir blickten einander an und schüttelten die Köpfe.

»Dann mal los.«

Hätte mir die Furcht nicht den Hals zugeschnürt, ich hätte gekichert, als wir auf Zehenspitzen im Gänsemarsch durch die Halle schlichen. Ravi ging voran, obwohl er doch eher von labiler Konstitution war. Dann folgte Bella und hielt ihn an der Hand. Winston bemühte sich, demonstrativ lässig hinterherzuschlendern, aber ich sah die Schweißperlen in seinem Nacken. Als ich mich umdrehte, lächelte James ein bisschen, sah aber nicht so aus, als hätte er ein gutes Gefühl.

Am Fuß der Treppe blieben wir stehen und hofften auf eine Atempause. Vielleicht war es ja doch nur eine Tür gewesen, die in den Angeln quietschte. Aber da ertönte der gruselige Schrei erneut, offensichtlich aus dem oberen Stockwerk und eindeutig lebendig. Oder, wenn nicht lebendig, so doch zumindest untot.

Iiiiiaaaaaooooouuuuuuh ...

Es blieb uns nichts anderes übrig, als nach oben zu gehen. Wir stiegen so leise hintereinander die Treppe hinauf, dass wir jede Stufe fünfmal knarrend unter uns protestieren hörten. Auf dem oberen Treppenabsatz sahen wir uns an, unsicher, aus welcher Richtung der Laut gekommen war.

»Wir sollten uns aufteilen«, schlug James fast lautlos vor.
»Ganz schlechte Idee«, wisperte Ravi.
»Nicht jeder einzeln, sondern in Gruppen. Ihr geht dort lang, wir hier.« James zog mich mit sich, und trotz meiner Angst freute ich mich, dass er mein Einverständnis vorauszusetzen schien.

Winston überlegte noch, wem er sich anschließen sollte. »Ich gehe mit den beiden.« Er nickte in Ravis und Bellas Richtung. »Die fallen den Gespensterchen bestimmt als Erste zum Opfer.«

Dicht hintereinander betraten sie zögerlich den abzweigenden Gang. James und ich drehten uns um und gingen den anderen Flur entlang.

Am Ende, wo er eine Biegung nach links machte, entdeckten wir ein Fenster. Obwohl sich ein Sturm zusammenbraute und im Dezember in Schottland früh die Dämmerung einsetzt, war es draußen noch nicht dunkel. Ich sah dunkelgraue Wolkenketten vorübertreiben, die vor dem helleren Grau des Himmels zerfaserten. Während wir langsam den Korridor hinuntergingen, vorbei an trüben Spiegeln und Porträts, die uns nachzublicken schienen, fixierte ich das dämmrige Rechteck. Auch wenn es draußen noch nicht Nacht war, war es im Haus so düster, dass wir das Flurlicht einschalteten. Die launischen, spinnwebüberzogenen Glühbirnen, die immer wieder erloschen und erneut aufflackerten, ließen mein Herz lauter schlagen – so laut, dass ich mir nicht sicher war, ob ich den Schrei, falls er sich wiederholte, überhaupt hören würde. *Es wird der Wind in der Dachtraufe gewesen sein*, redete ich mir ein. Aber dann dachte ich an das gespenstische Getrippel und Türenschlagen, das ich in der vergangenen Nacht gehört hatte.

Rums!
Ich schrie auf und packte James' Arm, weil plötzlich ein schwarzer Fleck fast das gesamte Fenster ausfüllte. Das Ding schlug zappelnd gegen die Scheibe und entpuppte sich schließlich als schwarzer Rabe, der vom Wind gegen das Fenster geschlagen worden war und jetzt sein Gefieder ordnete, um weiterzufliegen.

»Was war das?« Die anderen drei kamen angerannt, weil sie offenbar dachten, wir hätten die Quelle des gruseligen Schreis entdeckt.

»Nichts.« Ich hauchte ein verlegenes Lachen. »Nur ein Vogel, der gegen das Fenster geflogen ist. Habt ihr irgendwas gefunden?«

»Nein, aber ...«

Iiiiioooooouuuhhhuuuuuuh ...

Es kam von vorn, von jenseits der Korridorbiegung. Aneinandergedrängt schoben wir uns weiter und schauten uns mit angehaltenem Atem um.

Aber im Flur selbst war nichts Auffälliges zu sehen. Die erste Tür links führte zu Mrs Flytes Zimmer. Wir blieben vor ihr stehen und sahen einander an. Jeder überlegte, ob wir reingehen sollten, voller Angst davor, was wir womöglich vorfinden würden, und voller Angst davor, was uns auf jeden Fall erwartete. Plötzlich ertönte der Schrei erneut, aber nicht aus dem Zimmer, sondern aus dem hinteren Flurteil. Ich war mir nicht sicher, ob ich Erleichterung oder noch größere Furcht empfinden sollte.

Am Ende des Gangs befand sich eine schmale Holztür mit einem rostigen Schloss und einem runden eisernen Knauf. Die schrillen, unmenschlichen Schreie kamen aus dem Raum hinter ihr. Wir standen wie gelähmt davor.

Dann murmelte Winston: »Himmelherrgott!«, streckte eine Hand aus und rüttelte am Griff. Aber die Tür gab nicht nach, und das Gejaule dahinter wurde lauter.

»Mir ist gerade was eingefallen«, sagte James. »Millie, gib mir doch mal den Schlüssel, den du gefunden hast.«

Es dauerte einen Moment, bis ich kapierte, was er meinte: meinen Fund aus dem Küchenschrank. Ich zog den schweren altertümlichen Schlüssel aus der Tasche und reichte ihn James, der ihn ins Schloss steckte. Er ließ sich tatsächlich drehen. Wir sahen einander an, ich nickte, und während die übrigen zurückwichen, zog James langsam die Tür auf und zuckte beim Quietschen der Angeln zusammen.

Dahinter war ein Besenschrank, und zwischen umgekippten Eimern und steif getrockneten Scheuerlappen stolzierte ein großer, rötlicher Kater hervor.

Kapitel 12

»Verdammt!« Die anderen sahen mich an. »Das war's dann wohl mit unserem Anspruch auf den Thunfisch.«

Winston lächelte erst und begann dann, schallend zu lachen, mit wackelndem Bauch. Er wirkte viel unbefangener als bisher. James grinste und brach gleichfalls in Gelächter aus, und wir anderen taten es den beiden gleich, bis wir uns schließlich alle vor hysterischem Lachen bogen und uns, nach Luft schnappend, die Augen wischten. Der Kater legte den Kopf schief und zuckte ratlos mit dem Schwanz.

Dann verebbte das Gelächter, und es herrschte, wie so oft nach Lachanfällen, ernüchterte Stille. Ravi sah beunruhigt in die Runde.

»Was ist los, Babe?«, fragte Bella.

»Es ist nur ... Wer hat ihn dort eingeschlossen? Warum tut jemand einem Tier so etwas an?«

Ja, warum? Da musste dieser Jemand schon eine ziemlich fiese Ader haben, aber wer?

James beugte sich vor und fingerte am Türschloss herum. Der Schnapper ließ sich leicht bewegen. »Ich wette, das war ein Versehen. Schaut, der Schnapper geht ganz leicht auf und zu. Wenn die Tür durch irgendetwas geöffnet wurde, der Kater hier reinspaziert ist und die Tür dann hinter ihm zugefallen ist ...«

»Es zieht ja hier durch alle Ritzen«, unterstützte ich seine Theorie. Die anderen nickten zögernd, nur halb überzeugt.

»Komm, wir schauen mal nach deinem Fressnapf«, sagte James zu dem Kater, der jetzt auf die Treppe zuging, und wir übrigen folgten.

Auf dem Weg hinunter in die Eingangshalle blieb ich vor einem der Gemälde stehen. Es glich den anderen Bildern: ein dunkles Ölgemälde, dessen glänzender Firnis mich an seiner Echtheit zweifeln ließ. Es stellte eine Frau aus dem achtzehnten oder neunzehnten Jahrhundert dar, mit fliehendem Kinn und üppigen Korkenzieherlocken, die sich über ihren Ohren kringelten. Vom Busen bis zu ihrem nicht gerade schlanken Ellbogen, der auf einer Säule ruhte, war sie in Tartanstoff gehüllt. Obwohl ich das Gemälde weder schön noch originell fand, hatte es doch meinen Blick auf sich gezogen. Warum? Ich betrachtete das Bild daneben: ein Mann mit Jagdgewehr, der von einem Hund begleitet wurde und sich mehrere erlegte Tiere über seinen Umhang mit Schottenkaros geworfen hatte. Hatten die Bilder nicht in anderer Reihenfolge gehangen, als wir gerade eben hier vorbeigekommen waren? Beide Porträts blickten mich an, als wären sie gespannt, ob ich es herausfinden würde. Fröstelnd ging ich die Treppe hinunter.

Ich steuerte auf die Bibliothek zu, erschöpft von dem Wechsel zwischen Angst und hysterischem Gelächter, und wollte nur noch in einen Sessel vor dem Kaminfeuer sinken. Ravi saß schon da; die anderen gingen in die Küche und überlegten laut, ob sie Tee kochen sollten.

»Was für eine Erleichterung, wie?« Ravi lächelte mich an und strich sein glänzendes Haar nach hinten. Jetzt, wo er den Schrecken und die Übelkeit überwunden zu haben schien und nicht mehr so bleich aussah, war er wieder sein attraktives Selbst.

»Aber nur, wenn man Katzen mag.«

»Du magst sie offenbar nicht?«

»Natürlich sind die süß. Aber sie fressen mir zu viele Vögel.«

»Ah, stimmt ja, das ist dein Ding: Vogelbeobachtung und so.«

»Genau. Es war sogar mein Beruf. Ich habe bei einer Vogelschutzstiftung gearbeitet.«

Er lächelte verlegen, als hätte ich eine peinliche Bemerkung über meine Verdauungsprobleme gemacht. Ich realisierte, dass mein Beruf, der mir so viel bedeutet hatte und dem ich immer noch nachtrauerte, auf seiner Skala der wichtigsten Jobs nicht mal existierte.

»Edle Motive, nehme ich an.«

»Es ist wichtige Arbeit, auch wenn sie in der Öffentlichkeit nicht als besonders glamourös wahrgenommen wird. Wir haben Lobbyarbeit gemacht und hätten es letztes Jahr fast geschafft, einen wichtigen neuen Paragrafen zum Vogelschutzgesetz durchzubringen.«

Bei dem Wort »fast« verwandelte sich sein verlegenes Lächeln in ein spöttisches Grinsen.

»Und was machst du so?«, fragte ich. »Irgendwas mit Finanzen, nicht?«

»Ich bin Makler, aber mein Portfolio ist ziemlich breit. Wenn man erst mal ein Gespür für Geld hat ...« Er zuckte selbstzufrieden die Schultern. »Es ist eine Kunst.«

»Aha, und du bist ein Künstler. Von deinem Job her kennst du auch Winston, habe ich recht?«

»Äh ... ja. Er und ich haben schon früher zusammengearbeitet, aber ...« Er verstummte, beugte sich näher zu mir und blickte über die Schulter zur Tür, als befürchte er, es könnte jemand hereinkommen. »Normalerweise würde ich dir das gar nicht erzählen, aber angesichts der Umstände … Wenn ich ganz ehrlich bin, stand es echt nicht auf meiner Wunschliste, dass ich ihm hier begegne.«

»Oh. Und warum nicht?«

»Na ja, nichts Dramatisches. Nur ein kleines Durcheinander mit ein paar Transaktionen.« Er sah mich stirnrunzelnd an, schien mich zu taxieren. Offensichtlich wollte er sich jemandem anvertrauen, war sich aber nicht sicher, ob sich bei mir das Risiko lohnte. »Im Grunde läuft alles darauf hinaus, dass er ein Klient ist. Du kennst das bestimmt, man will in der Freizeit nicht an die Arbeit denken.«

Ich zuckte mit den Schultern. Bei mir waren beide Bereiche nicht so streng getrennt gewesen. »In meinem Job war das nicht so das Thema.«

»Klar! Natürlich nicht, wenn die Kunden Vögel sind.« Er lachte über seinen eigenen Witz und breitete die Arme auf der Rückenlehne des Sofas aus.

»Die Vögel waren eigentlich nicht die … Egal. Oh, hallo, Winston!«

Ravi fuhr zusammen und riss den Kopf herum. Was für ein Schauspiel. Wenn Winston nicht gerade wirklich hereingekommen wäre, hätte man so tun müssen. Einfach, um Ravis Reaktion zu genießen.

»Mit allergrößter Umsicht haben wir die schimmligsten Teile des Brots entfernt und akribisch sämtliche Winkel und Ecken der Küche durchsucht, sodass es uns wider Erwarten tatsächlich gelungen ist, Tee mit Toast zu zaubern.«

In der linken Hand trug er ineinandergestapelte Tassen, in der rechten die Unterteller. Er stellte alles klappernd ab, während er sprach – oder besser: salbaderte. »Einer von Ihnen *könnte* eventuell zu den anderen gehen und ihnen helfen.«

»Ich mach das.« Ravi sprang auf und war wie der Blitz zur Tür hinaus.

Winston und ich lächelten uns ironisch an.

»Er hat mir gerade erzählt, dass er für Sie arbeitet. Offensichtlich sind Sie nicht sein zufriedenster Kunde?«

»Aha.« Winston setzte sich auf den Platz, den Ravi soeben verlassen hatte, auf die Ecke des Sofas, das dicht am Kamin stand. In aller Ruhe machte er es sich bequem, strich seine Krawatte glatt und zupfte seine Hosenbeine zurecht. »Dieser Junge war unartig, was mein Geld betraf, und ich bin ihm auf die Schliche gekommen. Ich glaube, er war nicht sonderlich erfreut, mir hier zu begegnen.«

»Aber Sie wollen nicht etwa sagen ... Hat er Sie bestohlen?«

»Er hat sich eher etwas geborgt mit der Absicht, es zurückzuzahlen. Er dachte, ich würde es nicht bemerken. Aber mir entgeht nichts.« Er warf mir einen Über-den-Brillenrand-Blick zu, obwohl er gar keine Brille trug.

»Tatsächlich?«

»Tatsächlich.« Wieder war da diese vielsagende Betonung, die ich nicht deuten konnte. »Zum Beispiel ... was Sie betrifft.«

»Was mich betrifft?«

»Sie sind eine interessante junge Frau. Ganz offensichtlich ernst und verträglich. Aber mit verborgenen Seiten.« Während er sprach, inspizierte er seine Finger, doch bei den letzten Worten hob er rasch den Blick. Plötzlich hatte ich das gleiche Gefühl wie morgens auf den Klippen, als wir Penny gefunden hatten – ich kam mir vor wie ein aufgespießtes Insekt, das sich unter seinem scharfen Blick wand. Das Feuer war auf einmal nicht mehr so warm.

»Ich habe nichts zu verbergen.«

»Wir alle haben etwas zu verbergen. Manche Dinge sind harmlos. Manche weniger.«

»Hören Sie, ich weiß nicht, warum Sie so etwas sagen, aber ich kann Ihnen versichern, dass mich die Ereignisse hier ebenso verwirren wie die anderen.«

»Tatsächlich? Genau das frage ich mich nämlich.«

Mit großen Augen und einem durchdringenden Blick wie von einer Katze fixierte er mich. Ich wünschte, ich hätte selbstsicherer geklungen. Gekränkter. Argloser.

»Und was ist mit Ihnen?« Ich versuchte, den Spieß umzudrehen. »Sie scheinen sich ja immer ziemlich sicher zu sein.«

»Das habe ich mir in meinem Berufsleben antrainiert«, erwiderte er mit einer wegwerfenden Handbewegung. »Ich habe gelernt, nach außen Sicherheit zu vermitteln. Das erspart Menschen wie mir, die ständig herausgefordert werden, so einiges.«

»Menschen wie Ihnen? Anwälten?«

»Anwälten, ja. Aber auch Schwarzen. Oder den schwulen Söhnen glühend religiöser Eltern, die in ein gottloses Land eingewandert sind. Suchen Sie sich etwas aus.«

Ich wurde nachdenklich. Was auch immer er mich jetzt fragen mochte, ich hatte das Gefühl, dass ich ihm eine ehrliche Antwort schuldete. »Also, was genau wollen Sie wissen?«

Er lächelte und dachte einen Moment nach. Dann hob er die Hand und machte mit Zeige- und Mittelfinger ein Victoryzeichen.

»Zwei Dinge. Erstens habe ich mich gefragt, wo Sie diesen seltsamerweise passenden Schlüssel gefunden haben.«

»Den für den Besenschrank? Er lag ganz hinten in einem Küchenschrank. Ich habe ihn gefunden, als James und ich uns einen Überblick über die Vorräte verschafft haben.«

»Aha. Und *Sie* haben ihn gefunden, ja?«

Ich sah ihn einen Moment lang schweigend an und versuchte zu ergründen, was seine Frage implizierte. »Wollen Sie darauf hinaus, dass James dabei war? Er, der auch Mrs Flyte in ihrem Zimmer gefunden und später die falschen Pillen in der Dose bemerkt hat? Aber *ich* war es wirklich, die den Schlüssel gefunden hat, mit dem wir den Kater befreit haben. Und *ich* war es auch, die die Pillendose entdeckt hat.«

»Eben.«

Ich hatte James in Schutz nehmen wollen. Eigentlich ein widernatürlicher Instinkt, schließlich hatte ich ihm, was die Pillen betraf, ja selber misstraut. Wer könnte Medikamente besser zielgerichtet austauschen als ein Apotheker? Und jetzt wirkte genau dies in Winstons Augen wie ein Schuldeingeständnis. Ich rutschte unbehaglich in meinem abgewetzten Sessel hin und her und sah zum Fenster hinaus. Es war beinahe dunkel. Hoffentlich kamen die anderen bald mit dem Tee und dem Toast.

»Ich habe noch eine zweite Frage, wie Sie sich vielleicht erinnern.«

»Ja, klar. Schießen Sie los.«

»Dieses Telefonat, das Sie vor Kurzem führten – Sie erschienen mir hinterher nicht besonders glücklich. Wer war am anderen Ende der Leitung?«

Jetzt wich ich seinem Blick ganz bewusst aus. Ich merkte schon, was er hier auf seine akribische, höfliche, anwaltliche Art trieb: Er sammelte Beweismaterial gegen mich. Vermutlich war ohnehin keiner von uns gegen Verdächtigungen gefeit. Aber Winston wollte allen voraus sein und gleich mit dem Finger auf jemand anderen zeigen können, sollte er ins Fadenkreuz geraten, das war mir klar. Und ich wollte mich von ihm nicht zum Sündenbock machen lassen, ihm aber auch nichts von Nicks angeblicher Einladung und meiner Leichtgläubigkeit erzählen. Da ich mich also weder blamieren noch selbst belasten wollte, wählte ich eine neutrale Antwort.

»Ein ehemaliger Kollege.«

»Na so was. Aus Ihrer Zeit bei Flights? Ist doch interessant, nicht wahr, dass an diesem Wochenende all Ihre früheren Kollegen hier auftauchen. Erst auftauchen und dann abtreten. Ich hoffe, Ihr Gesprächspartner am Telefon hat am Ende Ihrer Unterhaltung noch gelebt?«

So viel zur Neutralität meiner Antwort. Zum Glück kamen jetzt die anderen herein. Ravi trug einen Riesenstapel goldener Toastscheiben vor sich her, James und Bella je eine dickbauchige braune Teekanne. Ich nahm mir eine Scheibe Toast. Der warme butterige Geschmack tröstete mich. Dann schenkte ich mir eine Tasse Tee ein, stand auf und trank sie auf dem Weg zur Tür in hastigen Schlucken aus. »Ich könnte wirklich ein bisschen frische Luft gebrauchen, und wenn ich jetzt nicht rausgehe, ist es später zu dunkel und nass. Also, bis gleich«, verabschiedete ich mich.

Sie nickten mir zu. Als ich mich noch einmal umdrehte, sah ich, dass Ravi sich auf seinen Toast konzentrierte; Bella blickte skeptisch aus dem Fenster in die regnerische Dämmerung; James wandte sich mit ungezwungenem Lächeln den anderen zu. Nur Winston sah mir mit schmalen Augen nach. Sein Blick, scharf wie die Axt über dem Kamin, folgte mir über den Rand seiner Tasse hinweg.

Ich stellte mein schmutziges Geschirr in den Ausguss und verließ das Haus durch die Küchentür. Neben Winstons Mantel an der Garderobe über dem Schirmständer hing eine schlabberige alte Jacke. Sie musste Mrs Flyte gehört haben. Als ich in die Ärmel fuhr, fühlte es sich etwas seltsam an, die Jacke einer Toten zu tragen, aber ich war zu ungeduldig, um nach oben zu gehen und meine eigene zu holen. Mein Blick streifte die Regenschirme – und das Gewehr – im Ständer, doch der Sturm tobte schon so heftig, dass ich den Gedanken, einen Schirm mitzunehmen, schnell wieder verwarf.

Als ich zur Tür hinaustrat und der Wind in meinen Ohren rauschte, wurde mir bewusst, dass ich ihn die ganze Zeit gehört hatte. Natürlich brauste er hier draußen lauter, war aber schon die letzten Stunden im Haus zu hören gewesen.

Er heulte und wimmerte, rüttelte an Fenstern und zerrte an Dachtraufen, eine ständige Erinnerung daran, wie fragil selbst dieses riesige Gebäude war, in dem wir Schutz suchten. Ein im Hintergrund tobender Protest gegen unsere Anwesenheit, normalerweise knapp außerhalb unserer bewussten Wahrnehmung.

Doch jetzt war ich mir dieses Protests bewusst, und nicht nur wegen des Lärms. Der Sturm warf mich fast um. Kurz dachte ich daran umzukehren. Ich krümmte mich, um vom Fleck zu kommen, während mir der eisige Regen ins Gesicht stach und durch meine Kleidung schnitt. Ich hatte nicht gelogen – ich brauchte tatsächlich frische Luft und Einsamkeit, um mich einen Moment von der bleiernen Atmosphäre zu erholen, die sich immer stärker im Haus ausbreitete. Doch trotz der menschenleeren Hügel und des tobenden Sturms um mich herum fühlte ich mich nicht frei. Die Atmosphäre war mir gefolgt, gehörte vielleicht sogar zur Insel, einem wütenden Felsgebilde, das uns abzuschütteln versuchte.

Ich zog die Jacke fester um mich. Sie war zu groß, um Mrs Flyte gehört zu haben, stammte wohl doch von ihrem Mann, dem früheren Besitzer des Hauses. Ich kehrte dem immer stärker werdenden Wind den Rücken zu. Er tobte so heftig, dass ich es nicht zu den Klippen schaffen würde, wie ich es eigentlich vorgehabt hatte. Aber wenn ich ums Haus herumging, zu den Nebengebäuden, war ich vermutlich geschützt und ungestört.

Ich kauerte mich in den Windschatten eines Schuppens. Von hier aus konnte ich weder das Haus sehen noch sonst sonderlich viel. Ich starrte auf die bloße Wand des angrenzenden Schuppens. Bei ruhigerem Wetter hätte ich den Himmel nach Vögeln absuchen können. Das hätte mich beruhigt, im übertragenen Sinn mein eigenes gesträubtes Gefieder geglättet. Die Dämmerung war immer eine gute Zeit, um Vögel zu beobachten, dann waren manche auf dem Weg in ihre Nester, andere schnappten sich noch einen Schnabel voll Insekten, und die ersten nachtaktiven Vögel machten sich bemerkbar. Doch bei diesen Wetterbedingungen schienen alle Kreaturen Schutz vor den Elementen zu suchen. Außer mir.

Warum? Warum hockte ich bei Kälte und Sturm hier draußen statt in der Bibliothek am Kamin? *Weil du dich in dem Haus nicht sicher fühlst,* sagte eine ebenso furchtsame wie furchterregende Stimme in meinem Kopf. Und das war die nackte Wahrheit. Ich wusste zwar nicht, was hier vor sich ging, aber es machte mir Angst.

Ich zerbrach mir den Kopf über die Situation und versuchte, die Puzzleteile zusammenzufügen. Doch vergeblich. Ich begriff einfach nicht, warum Nick mich hierher eingeladen und dann so getan hatte, als wüsste er nichts davon, oder wie jemand anderes all das hätte vortäuschen können. Ich kapierte nicht, wieso nach einem Unfall mit zwei Toten und einem Suizid etwas passiert war, das eher Absicht vermuten ließ. Und ich konnte mir einfach nicht erklären, warum jemand den Kater in den Besenschrank gesperrt haben sollte. Und doch waren all diese Dinge passiert. Und obwohl ich keine rationale Erklärung dafür fand, sagte mir mein Instinkt, dass diese Dinge Anzeichen nahender Gefahr waren.

Aber nicht irgendeiner Gefahr, meldete sich eine ehrlichere Stimme in mir zu Wort. *Du hast doch jemanden im Verdacht.* Und das stimmte. Wie dieser Jemand Pennys Suizid beobachtet und später mit offensichtlichem Genuss zugesehen hatte, wie wir sie entdeckten; die Tatsache, dass er abends keineswegs allein getrunken hatte; und dass er versucht hatte, mich in eine Falle zu locken – Winston machte mir Angst. Ich misstraute seinen Handlungen und Absichten.

Doch das Kaleidoskop drehte sich immer noch, und es wollte sich einfach kein klares Muster herauskristallisieren. Bella war leicht beleidigt; Ravi nahm es offensichtlich mit den Gesetzen nicht so genau; James, manchmal maulfaul und launisch, war hergekommen, um die Partygäste mit Drogen zu versorgen. Und Mrs Flytes sonderbare Zugeknöpftheit, als das Gespräch auf die Buchung gekommen war? Ihr unschönes Benehmen vor dem Lunch? Durch ihren Tod schien sie zwar über jeden Verdacht erhaben, trotzdem dachte ich beklommen an ihre Reaktion auf meine Fragen. Hatte sie versucht, sich oder jemand anderen zu schützen? Hatte man sie getötet, um ein Geheimnis zu bewahren? Und dann das Haus, in dem es überall ächzte und knarrte, in dem Türen aufsprangen, Gemälde ihren Platz wechselten und an den Wänden hängende Porträts einen mit Blicken verfolgten. Geister?

Immer noch vor dem Schuppen kauernd, lehnte ich den Kopf an die Wand und kniff die Augen zusammen. Über mir heulte der Sturm, der Regen hatte mein Haar durchnässt und rann mir in den Nacken. Meine Hände waren so kalt, dass ich sie nicht mehr bewegen konnte, meine Finger starre Klauen, die ich warm zu reiben versuchte. Vom Boden her drang die Feuchte auch durch meine Hose. Schlimmer als Kälte und Nässe waren jedoch die panische Angst in meinem Herzen und im Bauch und all das Dunkel, das in unerforschten Winkeln meines Bewusstseins lauerte. Zitternd und frierend wünschte ich mir mit aller Kraft, dass, wenn ich gleich die Augen öffnete, alles anders sein würde.

Knirsch, knirsch, knirsch.

Jemand ging den Kiesweg entlang, der um die Nebengebäude führte. Auf der Suche nach mir? Wer immer es war, ich wollte nicht gefunden werden. Ich hielt den Atem an und hoffte das Beste. Wenigstens dieser Wunsch erfüllte sich: Die Schritte passierten hinter mir den Schuppen und entfernten sich. Falls wirklich jemand nach mir gesucht hatte, sollte ich wohl besser ins Haus zurückkehren. Ich seufzte und wappnete mich für den Kampf durch den Sturm zum Vordereingang.

Als ich die Eingangshalle betrat, empfand ich die relative Wärme als angenehm. Ich wrang mein Haar über dem Teppich aus. Feuchter Dampf stieg aus meinen Kleidern, und ich spürte Widerwillen bei dem Gedanken, mich zu den anderen zu gesellen.

Plötzlich merkte ich, dass ich nicht allein war. Bella stand oben an der Treppe. Absolut reglos, absolut still, deshalb hatte ich sie erst nicht gesehen. Auch ihr Haar war tropfnass. Aber nicht von Wasser.

Es troff von Blut.

Kapitel 13

Ich stand nahe der Tür und starrte zu Bella hinauf, während sie auf dem Treppenabsatz stand und zu mir herunterstarrte. Blut und Wasser tropften aus unseren Haaren. Nach und nach hörte ich sie lauter und schneller atmen, sie hyperventilierte. Ich rechnete jeden Moment damit, dass sie zu schreien beginnen würde.

Doch bevor es dazu kam, trat Winston aus der Bibliothek. Er streckte sich gähnend wie eine Katze, die ein Nickerchen gehalten hat. Zuerst sah er nur mich, die starr an der Tür stand.

»Hat es sich gelohnt, bei diesem Wetter rauszugehen? Sie sehen ja halb tot aus.«

Seine Wortwahl ließ mich leise wimmern. Ich konnte immer noch nicht sprechen. Dann folgte sein Blick dem meinen, über die Bodenfliesen die Treppe hinauf. Zu Bella.

»Mein Gott ...«, sagte er.

Es war das erste Mal, seit er uns von Pennys Suizid berichtet hatte, dass ich Winston so verunsichert erlebte. Er stand ebenso starr da wie ich, mit offenem Mund, die Augen weit aufgerissen.

Ich befürchtete schon, wir drei würden womöglich für alle Ewigkeit in unseren jeweiligen Positionen verharren. Vielleicht würde James in die Eingangshalle kommen und gleichfalls vor Schreck erstarren, und in einigen Tagen würde das Polizeiboot eintreffen, und man würde uns so entdecken, immer noch wie versteinert.

Uns vier. Vier. Denn einer ...

»Ravi.« Bellas Erstarrung hatte sich gelöst. Sie stöhnte erneut, mit brechender Stimme: »Ravi.« Dann sackte sie zusammen.

Ich stürmte die Treppe hinauf. Es war unbegreiflich. Hier lag eine blutüberströmte Frau und wiederholte den Namen ihres Partners. Es war klar, was dies bedeutete, und dennoch eilte ich der Gefahr entgegen, statt mich in Sicherheit zu bringen.

Auf dem Treppenabsatz beugte ich mich zu Bella hinunter und zog sie in meine Arme. Erneut überraschte ich mich selbst. Die beiden letzten Tage hatte ich mich abwechselnd über sie geärgert oder sie beneidet. Doch jetzt umarmte ich sie instinktiv. Sie drehte sich um, barg ihren Kopf an meinem Bauch und stieß einen fürchterlichen Schrei aus. Ich spürte, wie das Blut aus ihrem Haar in meinen Pullover sickerte und bis zu meiner Haut durchdrang.

In diesem Moment kam James tatsächlich in die Halle, aus dem Gang, der in die Küche führte. Er blieb genauso versteinert stehen wie in meiner Vorstellung. Aber nur einen Moment lang. Dann eilte auch er die Treppe herauf, und schließlich erwachte auch Winston aus seiner Erstarrung, und wir alle umringten Bella.

»Wo ist Ravi?«, fragte James.

Bellas Schreie waren heiser geworden und wurden von meinem Oberkörper gedämpft. Mit einer Hand wies sie vage in Richtung ihres Zimmers, und James setzte sich in Bewegung, um ... Ich wollte mir nicht ausmalen, was er dort vorfinden würde.

Plötzlich entwand sich Bella meiner Umarmung, fuhr zurück und klammerte sich ans Geländer. Ein Zittern durchlief ihren Körper. Ihre Augen waren groß und rund und blickten panisch zwischen mir und Winston hin und her. Sie atmete Schrecken und Argwohn. Dabei war es doch *sie*, die wir blutüberströmt gefunden hatten.

Jetzt hörte ich James durch den Flur zurückkommen, langsam, zaudernd, und sah zu ihm auf. Etwas Fürchterliches stand in sein Gesicht geschrieben.

»Er ist tot, nicht wahr?«, sagte Bella.

James nickte. »Er ... Ich kann es nicht beschreiben. Millie, Winston, ihr müsst es euch selber anschauen. Es ist ein entsetzlicher Anblick«, fuhr er fort und hob die Hand, um jeden Einwand abzublocken, »aber wir alle müssen dasselbe gesehen haben, um später eine Aussage machen zu können.«

»Sie haben recht«, antwortete Winston. »Kommen Sie, Millie.«

Ich stand auf und folgte ihm durch den Korridor. Als ich mich umwandte, sah ich, wie James sich neben Bella kniete und die Hand nach ihr ausstreckte. Aber sie blickte ihn nicht an. Sie starrte uns nach.

Die Tür zu ihrem und Ravis Zimmer war weit geöffnet. »Purpurzimmer« stand auf dem Messingschildchen, aber auch ohne diesen Hinweis war es unübersehbar: Von der blutroten Tapete bis zu den Samtvorhängen leuchtete alles in verschiedenen Rotnuancen. Das Bett war zerwühlt, der Inhalt von Ravis und Bellas riesigen Koffern, die geöffnet auf dem Boden lagen, ergoss sich über Teppich und Fußschemel.

Ich hörte im Bad die Lüftung laufen. Die Tür war angelehnt, ich sah einen hellen Lichtspalt.

Winston und ich blickten einander an, dann bahnten wir uns den Weg durch das Kleiderchaos. An der Tür zum Bad blieben wir stehen. Ich holte tief Luft und nickte ihm zu, woraufhin er leicht mit dem Finger gegen die Tür tippte. Sie ging auf.

Die Badausstattung war weiß, nicht purpurrot, aber das Zimmermotto setzte sich dennoch fort. Auf grauenhafte Weise. Eine dunkle, klebrig aussehende Blutschicht bedeckte den Boden; das Blut hatte auch Streifen auf dem Spiegel hinterlassen und ein zu Boden gefallenes Handtuch durchtränkt. Die Quelle des Bluts war Ravi.

Er war in der Ecke des Bads zusammengesunken, den Rücken an der Wand. Auf dem Boden sah ich sein Handy im Blut liegen; auf dem Display der Grund dafür, dass er ins Bad gegangen war: eine vollbusige Frau, die eben begann, ihre Bluse aufzuknöpfen. Wenigstens war ihm die Demütigung erspart geblieben, mit offener Hose aufgefunden zu werden.

Ich flüchtete mich in solche Details, weil ich das Gesamtbild nicht ertrug. Doch dann zwang ich mich, den Blick zu heben. Ich zwang mich hinzusehen.

Der größte Teil des Bluts war aus einem fünfzehn Zentimeter langen klaffenden Riss an Ravis Nackenansatz geflossen. An der Schulter leuchtete weiß das zertrümmerte Schlüsselbein. Die Wunde stammte wohl von einer Axt. Von derselben Axt, die jetzt in seinem Schädel steckte.

Winston schnalzte mit der Zunge. »Und er war so hübsch.«

Auf die eine Gesichtshälfte traf dies immer noch zu: auf Ravis glänzendes dunkles Haar, das ihm in die Stirn fiel, auf das Auge mit den dichten, langen Wimpern, die vollen Lippen und den markanten Kiefer. Aber auf die andere Gesichtshälfte? Die Axt, die vorhin noch über dem Kamin in der Bibliothek gehangen hatte, hatte sie zerstört. James hatte zweifellos recht. Ravi war tot.

Als wir durch den Korridor zu den anderen beiden zurückgingen, hielt Winston mich einen Moment lang am Arm zurück.

»Haben Sie das auf dem Spiegel gesehen?«

»Das Blut?«

»Ich dachte, da hätte etwas gestanden.«

»Habe ich nicht bemerkt. Ich habe woanders hingeschaut, auf …«

Er nickte langsam und blieb stehen, ohne meinen Arm loszulassen. »Ihnen ist klar, was jetzt passieren wird?«

»Sie meinen, wenn die Polizei kommt?«

»Schon vorher, meine Liebe.«

Ich sah ihn verständnislos an.

»Hier auf der Insel sind noch vier Personen anwesend. Und eine, die tot ist. Nun ja, zwei. Beziehungsweise drei, falls die Arme immer noch da unten am Fuß der Klippe liegt. Und die Insel ist winzig. Niemand hat sie seit unserer Ankunft betreten oder verlassen.«

»Das bedeutet, wer auch immer Ravi das angetan hat …«

»Ist noch hier. Das könnten auch Sie sein.«

»Oder Sie.«

»Oder ich. Oder die Freundin dieses jungen Mannes. Oder *Ihr* Schatz in spe.«

Ich zuckte kurz zusammen. Bisher hatte ich mir diese Art von Gedanken nicht gestattet. Dass Winston jetzt, wenige Augenblicke nachdem wir diesen übel zugerichteten Körper betrachtet hatten, meine noch vagen romantischen Wünsche artikulierte, war mir alles andere als recht. »Es könnte jeder von uns sein, und es *ist* definitiv einer von uns.«

»Bis also die Polizei eintrifft …«

»… müssen wir einander wirklich immer im Auge behalten.«

Mir war nicht ganz klar, was hinter dieser Warnung steckte. Sie wirkte freundlich, was angesichts der funkelnden Bosheit, die charakteristisch für Winstons ganze Lebenseinstellung zu sein schien, an sich schon verwunderlich war. Doch wenn ich an sein Verhör vor meinem Spaziergang dachte, verstärkte sich die Vermutung, dass hinter seiner Warnung mehr steckte, als ich im Moment ahnte. Vor meinem Spaziergang … der eine Ewigkeit zurückzuliegen schien, obwohl seither nur eine Dreiviertelstunde vergangen sein konnte.

Auf dem Treppenabsatz versuchte James, Bella zum Aufstehen zu bewegen. Sie wirkte apathisch und reagierte nicht, doch als wir näher kamen, sah sie uns an und kämpfte sich hoch.

Langsam hob sie die Hand, zeigte mit dem Finger in unsere Richtung und sagte mit vom Weinen rauer Stimme: »Ihr wart das, stimmt's?«

Wir blieben stehen.

»Ihr habt ihn umgebracht, verdammt noch mal! Ihr habt ihn umgebracht …«

Sie brach erneut zusammen und barg das Gesicht in ihren blutverschmierten Händen.

»Ich versichere Ihnen, dass ich ihn nicht getötet habe«, erwiderte Winston ehrlich empört.

Sie hob den Kopf und sah ihn forschend an, dann richtete sie ihren harten Blick auf mich.

»*Ich* doch nicht! Ich kann es gar nicht getan haben, ich war die ganze Zeit draußen.«

»Nun ja … Das wissen wir nicht«, warf Winston ein.

»*Natürlich* wisst ihr das! Und warum versuchen Sie jetzt,

den Verdacht auf mich zu lenken? *Sie* sind doch derjenige, der einen Grund gehabt hätte, sich Ravis Tod zu wünschen.«

»Einen Grund? Damit meinen Sie das Geld? Machen Sie sich nicht lächerlich. So etwas wäre für mich doch nie ...«

»Ruhe jetzt!«, rief James.

Winston und ich verstummten, und Bella unterdrückte noch ein paar Schluchzer.

»So werden wir nie herausfinden, was passiert ist. Wenn wir jetzt aufeinander losgehen ... Das funktioniert einfach nicht. Wir stehen alle unter Schock. Gehen wir doch in die Küche und machen uns einen starken Tee, und dann erklärt jeder den anderen, wo er in den letzten Stunden war und was er getan hat.«

Alle sahen sich an und nickten oder stimmten achselzuckend zu. Schweigend gingen wir hintereinander die Treppe hinunter. Als ich mich umwandte, sah ich, dass wir blutige Fußabdrücke hinterließen, die Schritt für Schritt blasser wurden.

Kapitel 14

In der Küche suchte sich jeder, noch immer argwöhnisch schweigend, einen Platz, wo er sich anlehnen konnte. Die einzigen Geräusche kamen vom Wasserkocher und dem Wind, der das Haus umtobte. Ich roch nach Blut. Bellas Haar hatte die Vorderseite meines Pullovers befleckt.

Der Wasserkocher schaltete sich mit einem Klicken aus, und wir alle sahen zu, wie James konzentriert eine Kanne Tee aufgoss. Er tat vier Teebeutel hinein: einen, zwei, drei, vier. Er rührte um. Holte vier Tassen aus dem Schrank und stellte sie nacheinander leise klirrend ab. Als er den Zucker aus dem Schrank nahm, wollte Bella protestieren, aber er brachte sie zum Schweigen.

»Gegen den Schock. Ein altes Hausmittel. Aber ich bin erleichtert, dass du dir schon wieder über gesunde Ernährung Gedanken machen kannst. Offenbar hast du dich etwas gefangen.«

Fast hätte ich geschmunzelt. Dann jedoch fiel mir wieder Ravi ein, blutüberströmt, mit der klaffenden Wunde und der Axt im Kopf, und mir verging das Lächeln.

Schließlich war der Tee eingeschenkt, mit Milch und Zucker gemischt, und wir tranken, während wir uns misstrauisch beäugten.

»Ich kann gern anfangen«, unterbrach James schließlich die lähmende Stille. »Es ist relativ simpel. Ich war in der Küche, um die Teetassen zu spülen, und als ich fertig und auf dem

Weg zurück in die Bibliothek war, sah ich dich, Bella ... oben auf der Treppe«, beendete er den Satz.

»Und wann war das?«, fragte Winston.

»Keine Ahnung. Ich schaue nicht andauernd auf die Uhr.«

»Trotzdem sollten wir versuchen, uns auf einen ungefähren Zeitpunkt zu einigen. Die Beamten werden einen kohärenten Bericht erwarten, wenn sie eintreffen.«

»Sollen die doch den Zeitpunkt festlegen«, sagte ich, um James in Schutz zu nehmen. »Wäre es nicht das Beste, das den Profis zu überlassen?«

»Aber ich *bin* ein Profi.«

»Ich kann ja mal schätzen.« James verzog nachdenklich das Gesicht. »Ich habe auf die Uhr geschaut, als wir Tee kochten. Das war gegen drei. Wie spät ist es jetzt?«

Alle drehten sich zur Uhr über der Tür um, die nicht ganz zwanzig vor fünf zeigte.

»Also, nach drei Uhr haben wir Tee getrunken. Millie ist dann ziemlich schnell rausgegangen, und nach einer Weile bin ich in die Küche zurück, um aufzuräumen. Das heißt, da war es vielleicht Viertel vor vier? Ich hab in aller Ruhe gespült und dann noch in Kochbüchern geblättert. Hat nicht gerade Spaß gemacht, wo doch alle Schränke leer sind. Dann habe ich eine Tür gehört – die Eingangstür –, gedacht, dass Millie zurück ist, und bin raus in die Halle, weil ich wissen wollte, was alle so machen. Das war, keine Ahnung, vor fünfzehn Minuten?« James sah Winston an und zuckte die Achseln, als wollte er sich für die zeitliche Ungenauigkeit seiner Erzählung entschuldigen.

Winston nickte. »Sehr gut fürs Erste. Dann nehmen wir mal an, Sie waren ... vielleicht fünfunddreißig Minuten allein, ab zehn vor vier. Bis dahin saßen Sie mit uns anderen in der Bibliothek. Nun ja, nicht mit uns allen.« Er sah mich erwartungsvoll an, und ich konnte nur hoffen, dass in seinem Blick keine Anklage lag.

»Ich weiß nicht, wann ich die Bibliothek verlassen habe. Ich weiß nicht, wie lange ich draußen war. Ich weiß überhaupt nichts. Ich verstehe einfach nicht, warum all das hier passiert ist.«

Ich hatte ruhig zu sprechen begonnen, aber jetzt zitterte meine Stimme, und ich war den Tränen nahe. Ich stellte meine Teetasse ab und bedeckte mein Gesicht mit den Händen. Kurz darauf spürte ich eine Hand auf meiner Schulter, und als ich aufblickte, war es James, der mich mitfühlend ansah.

»Versuch einfach zu erzählen, wo du warst, Millie. Ich weiß, das alles ist schrecklich.«

Hinter ihm musterten mich Winston und Bella mit hartem Blick. Ich schluckte und versuchte diesmal, meine Stimme kräftiger klingen zu lassen.

»Ich wollte ein bisschen frische Luft schnappen, ein bisschen über das nachdenken, was hier passiert.«

»Ich dachte, Sie wären rausgegangen, weil Sie meinen Fragen entkommen wollten«, sagte Winston und blickte beim Sprechen auf seine Teetasse.

»Wollen Sie jetzt hören, was ich gemacht habe oder nicht?« Er gab nach und nickte. »Ich weiß nicht mehr genau, wann ich die Bibliothek verlassen habe. Ihr hattet gerade angefangen, Tee zu trinken, also vielleicht Viertel nach drei? Ich bin ein bisschen rumgelaufen, aber der Sturm ...«

Wir lauschten alle einen Moment und erinnerten uns zum ersten Mal seit, nun ja, seit Kurzem wieder daran, dass draußen das Unwetter tobte, dass es regnete und der Sturm am Haus rüttelte. Ich schloss die Hände etwas fester um meine warme Tasse.

»Also bin ich nach hinten gegangen, zu den Schuppen, und habe dort einen windgeschützten Platz gefunden. Ich glaube nicht, dass ich lange weg war, aber ich war in Gedanken versunken. Es gibt ja jede Menge Stoff zum Nachdenken. Vielleicht war ich also doch ein bisschen länger weg.«

»Und was glauben Sie, wie viel Zeit ist zwischen dem Moment vergangen, als Sie zurückkehrten, und dem, als ich aus der Bibliothek kam?«

Ich versuchte, alles zu rekapitulieren, doch etwas in mir sträubte sich dagegen. Das grauenhafte Bild von Bella, die blutüberströmt oben an der Treppe stand – mir schien, als hätte ich unendlich lange in der Eingangshalle verharrt, als hätte dieser Augenblick eine Ewigkeit gedauert.

Ich schüttelte den Kopf. »Keine Ahnung, echt. Es können Sekunden oder Minuten gewesen sein. Ich weiß es nicht mehr.«

»Es waren jedenfalls einige Minuten, bevor James aus der Küche kam. Nehmen wir einmal an, Sie sind nicht vor Viertel nach vier zurückgekommen. Das würde bedeuten, Sie wären ungefähr eine Stunde lang unbeobachtet gewesen.«

»Mir gefällt zwar nicht, was Sie mit Ihrer Formulierung andeuten, aber ja, die Zeitschiene kommt wohl ungefähr hin.«

Als Nächstes sah Winston Bella an. Ihr Haar war inzwischen getrocknet, und die vom Blut dunklen Locken schwangen steif mit, als sie den Kopf schüttelte. Ein makabrer Anblick.

»O nein! Ich werde nicht sagen, wo ich war, bevor Sie nicht mit der Sprache rausgerückt haben, wo Sie waren.«

»Das klingt ja, als hätten Sie einen besonderen Grund, mich zu verdächtigen.«

»Habe ich den denn nicht?« Trotzig reckte sie das Kinn.

Winston sah mich und James an, die Hände vor der Brust, die Augen in unschuldigem Protest geweitet. Ich senkte den Blick, weil ich daran dachte, was er mir über Ravis Veruntreuung seines Geldes erzählt hatte.

»Gut, wenn Sie darauf bestehen. Obwohl ich glaube, dass ich von uns allen hier am wenigsten Grund habe, mich zu verteidigen. Also, nachdem Millie hinausgeeilt war, habe ich brav meinen Tee getrunken und an meinem Toast geknabbert. Dann fühlte ich mich schläfrig. Wie Sie sich gewiss erinnern, wurde mein Versuch, mich auszuruhen, heute Nachmittag durch den jaulenden Kater vereitelt. Wo steckt er übrigens?«

Bella ging auf das Ablenkungsmanöver nicht ein und wischte die Frage ungeduldig beiseite.

»Nun gut. Also, wie gesagt, ich wurde schläfrig. Ich erinnere mich nicht mehr daran, wann die anderen die Bibliothek verlassen haben, denn ich glitt in süßes Vergessen und hatte einen höchst angenehmen Traum von einer Nacktbadeparty, die ich vor langer Zeit an einem heißen Sommertag nahe einem Fluss veranstaltet habe.«

»Moment«, unterbrach ich ihn. »Sie haben Ihr Nickerchen in der Bibliothek gehalten?«

»Ja.«

»Auf dem Sofa neben dem Kamin?«

»Gibt es dafür etwa einen besseren Platz?«

»Also neben dem Kamin, über dem die Axt hing.«

»Ah.« Einen Moment lang wirkte sogar der kühle, beherrschte

Winston nervös. »Ich kann Ihnen versichern, dass *ich* sie nicht von der Wand genommen habe.«

Bella schnaubte. »Na, danke für die beruhigende Auskunft.«

»Keine Ursache. Wo war ich stehen geblieben? Ach ja, im Traum weilte ich also an einem Flussufer, nur ein Blätterzweig bedeckte meine Blöße. Dann bin ich aufgewacht. Vermutlich, weil jemand die Tür schloss. Ich sah auf die Uhr, es war Viertel nach vier. Und seither hatten Sie mich immer im Blick.«

»Sie wissen also nicht, wie lange Sie allein waren?«, fragte ich.

»Nein. Diese Frage wird *sie* uns beantworten müssen.«

Wir alle sahen Bella an. Sie öffnete den Mund, aber dann lief ein Schauer durch ihren Körper, und sie vergrub ihr Gesicht in den Händen.

»Ganz ruhig.« James war zu ihr gegangen und streichelte der jetzt wieder schluchzenden Bella mit kreisförmigen Bewegungen den Rücken. »Setz dich mal hin. Vielleicht ein bisschen Whisky, Millie? Viel besser als Tee. Dumm, dass ich nicht gleich daran gedacht habe.«

Ich brachte Bella die Whiskyflasche und ein Glas. Trauer und Horror schüttelten ihren Körper, und wir wollten warten, bis sie sich wieder beruhigt hatte. Doch Winston drängte ungeduldig.

»Was passiert ist, ist fürchterlich, aber Sie schulden uns immer noch eine Erklärung. Wir anderen haben unsere Karten auf den Tisch gelegt, jetzt sind Sie an der Reihe, meine Gute.«

»Ich bin nicht Ihre Gute! Nicht, falls Sie derjenige …«

»Bitte keine Schuldzuweisungen. Überlassen Sie das besser der Polizei. Bis die kommt, sitzen wir hier alle fest, und einer oder eine von uns stellt eine Gefahr dar. Wir sollten die Situation also nicht noch anheizen, habe ich recht?«

Hätte man früher von mir wissen wollen, was der Anblick eines ermordeten Menschen mit mir machen würde – oder wie ich mich hinterher fühlen würde – und wie ich auf die Aufforderung reagieren würde, ich solle mich beruhigen und Fragen nach dem wahrscheinlichsten Verdächtigen beantworten, dann hätte ich wohl kaum behauptet, dass ich die Fassung bewahren würde. Winston hingegen handhabte die Situation so souverän, agierte derart selbstsicher, als wüsste er genau, wie mit so etwas umzugehen sei. Oder als hätte er sich schon im Voraus überlegt, wie er reagieren würde. Jedenfalls fügten wir uns alle widerspruchslos seinem Vorschlag, so verrückt es auch schien. Selbst Bella.

»Sie sind eingeschlafen«, begann sie schließlich nach ein paar schnellen zittrigen Atemzügen und einem langen bösen Blick zu Winston. »James war bereits mit dem beladenen Tablett in die Küche verschwunden. Ravi und ich sind nach oben gegangen. Wir wollten allein sein, reden und über alles nachdenken, was hier passiert war. Ich wollte auch meditieren, mental ein bisschen zur Ruhe kommen.« Sie hielt inne und lachte bitter, während ich angesichts der Ironie der Situation den Mund verzog.

»Aber ich konnte mich nicht entspannen, und wir gerieten ein bisschen aneinander, weil Ravi dauernd sagte, ich solle doch bitte mal runterkommen. Schließlich war ich eingeschnappt und machte irgendeine verärgerte Bemerkung.« Wieder bedeckte sie einen Moment lang ihr Gesicht mit den Händen. »Er sagte zu mir: ›Dann geh doch mit deinen Kristallen spielen‹, oder so was Ähnliches. Und da bin ich aus dem Zimmer gerannt.«

Ich sah Winston an, dann James. Das war zweifellos eine

Art Eingeständnis. Bella hatte offen und ehrlich geklungen, und wenn sie ihren Freund getötet hätte, hätte sie doch nicht zugegeben, dass sie sich kurz vor seinem Tod gestritten hatten, oder? Aber natürlich konnte das auch ein doppelter Bluff sein.

Bella atmete wieder ein paarmal zitternd ein und aus, bevor sie mit ihrem Bericht fortfuhr. »Ich bin also den Flur entlanggelaufen. Ihr wisst ja, da ist dieses große Fenster, von dem aus man übers Meer sieht. Ich hab mich ein paar Minuten auf den Stuhl gesetzt und die Wellen betrachtet. Dann, als ich mich beruhigt hatte, bin ich zurückgegangen und wollte mich versöhnen. Zuerst habe ich gar nicht bemerkt, dass etwas nicht stimmte. Im Bad brannte Licht, und alles war still. Ich dachte, er sei, na ja, da drin. Die Tür war nicht ganz geschlossen, und ich vermutete, er schmollt noch. Ich rief seinen Namen, und als er nicht antwortete, öffnete ich die Tür und …« Sie brach wieder zusammen.

»Das genügt, wir wissen ja, was du gesehen hast«, sagte James und schenkte ihr Whisky nach.

»Ich fürchte, wir wissen es nicht«, widersprach Winston. Er hatte die Arme vor der Brust verschränkt und sah Bella kalt an. »Sie haben ihn als Erste von uns gefunden, ist das korrekt?«

Sie nickte.

»Wir anderen haben ihn also erst anschließend gesehen.«

»Was wollen Sie damit sagen, verdammt noch mal?«

»Ich will gar nichts damit sagen. Ich halte nur die Fakten fest. Ein weiterer Fakt ist, dass wir Übrigen das Bad betreten konnten, ohne intensiv mit Blut in Berührung zu kommen. Warum sind Sie dann von Kopf bis Fuß blutverschmiert?«

Wie der Blitz rannte Bella durch die Küche auf Winston zu und stieß ihm einen ihrer blutverschmierten Finger ins Gesicht.

»Weil ich mich neben ihn gekauert und ihn in meine Arme

genommen habe, kapieren Sie das nicht? Weil ich ihn geliebt habe! Also ... hören Sie auf ... mich zu nerven!«

Winston lehnte sich lächelnd zurück.

»Na schön. Ich habe zur Kenntnis genommen, dass Sie sich durch meine Worte angegriffen fühlen. Könnte ich Sie trotzdem noch einen Moment länger nerven? Die Zeitfrage ist noch zu klären.«

Bellas Widerstand erlosch. Seufzend ging sie zum Tisch und setzte sich wieder.

»Wann haben Sie und Ravi mich in der Bibliothek verlassen?«, fragte Winston.

»Gleich nachdem James zum Spülen in die Küche gegangen war. Ich denke, da war es so zehn vor vier.«

»Und Sie sind gleich in Streit geraten, als Sie Ihr Zimmer betreten hatten?«

»Kann man so sagen. Ich denke, ich saß schon um vier Uhr im Flur.«

»Und wann sind Sie zurückgegangen?«

»Ich hatte keine Uhr und kein Handy dabei. Nur ein paar Minuten später. Zehn vielleicht? Nicht viel mehr.«

»Dann wurde Ravi zwischen vier Uhr und Viertel nach vier getötet.«

Sie nickte.

Ich räusperte mich und sprach aus, was dies bedeutete. »Als keiner von uns in Gesellschaft der anderen war.«

»Genau.« Winston nickte langsam und mit abwesendem Blick, als ginge er im Kopf sämtliche Möglichkeiten durch, uns zu verdächtigen.

»Wenn es also jeder von uns getan haben *könnte*«, begann James, zögerte jedoch, den Satz zu beenden.

Erneut sprang ich ein, um das zu übernehmen. »Dann ist die Frage immer noch: Wer von uns *hat* es getan?«

»Die Frage stellt sich eigentlich gar nicht«, sagte Bella. Sie hockte zusammengesunken auf ihrem Stuhl und fixierte Winston mit hasserfülltem Blick. »Nur *Sie* hatten einen Grund.«

»Wie ich sehe, sind Sie nicht bereit, meinen Ratschlag, was Schuldzuweisungen betrifft, zu beherzigen. Aber ich protestiere. Die paar finanziellen Unregelmäßigkeiten, die unser Arbeitsverhältnis getrübt haben, sind Peanuts. Vernachlässigbar im Vergleich zu dem Berg an Mordmotiven, der sich in einer längeren Beziehung auftürmt.«

»Nichts davon ist wahr! Wir waren glücklich. Wir waren wirklich glücklich.«

»Glücklich vielleicht, aber frei von Missgunst? Wenn Sie *uns* nicht belügen, so belügen Sie doch zumindest sich selbst. Und überhaupt vergessen Sie, dass Ravi nicht der Erste war, der auf dieser nicht gerade gastfreundlichen Insel gestorben ist.«

Seine Worte trafen uns wie ein Schlag. Das blutige Drama von Ravis Tod hatte die anderen Todesfälle überschattet, die jetzt, angesichts dieses offensichtlichen Mords, in einem neuen Licht erschienen.

»Sie meinen, Penny ist nicht von der Klippe gesprungen – sondern wurde gestoßen?«

Ich beobachtete Winston genau, als James diese Frage stellte. Er hatte Penny gefunden, er hatte uns zu ihr geführt, er hatte unsere Verzweiflung oben auf der Klippe genossen. Wenn jemand sie gestoßen hatte, dann er.

»Ich habe sie springen sehen. Es war sonst niemand da. Doch auch wenn sie nicht physisch gestoßen wurde, vielleicht wurde sie ja psychisch dazu gedrängt.« Bei seinen Worten rutschte ich unbehaglich auf meinem Stuhl herum. »Schließlich war sie ja nicht die erste Tote, oder?«

Bella und James wirkten verblüfft. Offensichtlich hatten sie die Strangs vergessen gehabt, was darauf hindeutete, dass zwischen ihnen tatsächlich keinerlei Verbindung bestand. Mein Argwohn gegenüber Nick nach unserem Telefonat war durch Ravis Ermordung schon fast wieder verflogen. Aber jetzt wurde mir bewusst, dass drei der Todesfälle, die sich in den letzten Tagen ereignet hatten, mit Flights in Verbindung standen, und auch Winston, der manchmal die Strangs als Anwalt beraten hatte, konnte man dadurch indirekt mit der Firma in Zusammenhang bringen.

»Das Paar, das auf dem Festland ums Leben gekommen ist. Bei dem Autounfall. Die beiden haben Sie auch gekannt«, sagte ich zu Winston.

»Genau wie Sie.«

»Stimmt, aber ich habe keinen Spaziergang auf den Klippen gemacht, als Penny sprang, und bin auch nicht in dem Raum eingeschlafen, wo die Axt hing, mit der Ravi umgebracht wurde.«

»Und ich habe nicht Jahre trauter Zweisamkeit mit dem Toten verbracht«, parierte Winston mit Blick auf Bella.

Als ich über seine Worte nachdachte, fiel mir noch etwas ein. »Ihr wart mit Penny auf derselben Schule, ja? Ihr beide, du und Ravi?«

Bella nickte kurz, ohne mich anzusehen, und spielte mit den Enden ihrer blutigen Haare.

»Aber du«, ich wandte mich an James, »du hast vor diesem Wochenende keinen von uns gekannt, oder?«

»Nicht einen.« Sein Lächeln sollte mich zweifellos beruhigen, aber es wirkte unsicher, forciert. James sah eher aus wie ein ängstlicher Hund, kurz bevor er zubeißt. Und es war ja auch durchaus interessant, dass er in einer Gruppe von Leuten, die in der Vergangenheit miteinander mehr oder weniger in Verbindung gestanden hatten, als Einziger nicht dazugehörte, als Einziger niemanden kannte. Noch dazu war er der einzige Gast, von dem ich sicher wusste, dass er sich aus unlauteren Gründen hier befand.

»Wie bist du eingeladen worden? Wer hatte Bedarf an deinen ganz speziellen Diensten?«, bedrängte ich ihn.

»Solche Arrangements trifft der Auftraggeber nicht unter seinem richtigen Namen. Die Nachrichten, die ich bekommen habe, hätten von jedem stammen können. Von jedem hier im Raum.«

»Letzte Frage.« Winston hatte die Kontrolle über das Gespräch wieder an sich gerissen und blickte Bella jetzt durchdringend an.

»Nein, bitte. Ich bin voller Blut; ich muss duschen. Und Ravi ist tot. Können Sie mich nicht in Ruhe lassen?« Sie klang verzweifelt, und während sie sprach, zog sie immer wieder an ihrer Kleidung, die jetzt steif war von getrocknetem Blut.

»Lassen Sie sie doch duschen«, sagte James. »Wir können auch später alles noch einmal durchgehen.«

Winston zuckte die Achseln und wies zur Tür.

Bella stand auf. Doch im Türrahmen blieb sie noch einmal stehen und sah sich um. »Mein Bad …«

»Du kannst bei mir duschen. Ich verspreche dir, dass es noch einigermaßen sauber ist.« James, wie immer die Hilfsbereitschaft in Person, eilte hinter ihr her.

Ich blieb zurück und tauschte mit Winston einen zweideutigen Blick. Wir taxierten einander, während wir über Bellas Worte nachdachten.

»Ich möchte Sie noch etwas fragen«, sagte ich schließlich.

»So wie ich Bella etwas fragen wollte. Aber zu spät. Fragen Sie nur.« Er schloss die Augen. Wenn er nicht seinen Blick in mich hineinbohrte, wirkte er fast ein wenig müde.

»Mit wem haben Sie gestern Abend in der Bibliothek getrunken?« Die beiden benutzten Gläser, über die sich Mrs Flyte beschwert hatte, gingen mir nicht aus dem Kopf, trotz allem, was seither passiert war.

»Ah. Ich wollte das eigentlich diskret behandeln, aber im Licht der nachfolgenden Ereignisse spielt das wohl keine Rolle mehr. Ich habe mit Ihrer Freundin getrunken, die sich dann von der Klippe gestürzt hat. War das wirklich erst heute Morgen?« Er kniff sich in den Nasenrücken.

Nach der letzten Stunde wunderte es mich, dass mich überhaupt noch etwas schockieren konnte. Aber diese Antwort hatte ich wirklich nicht erwartet. Es gab Hinweise, die auf seine Schuld hindeuten konnten, aber sie waren gedanklich schwierig einzuordnen. Vor allem, wenn ich mir jetzt gleichzeitig vorstellte, wie er und Penny, diese beiden so verschiedenen Menschen, spätabends beisammengesessen und geplaudert hatten.

»Mit *Penny*? Worüber haben Sie sich unterhalten? Gab es irgendwelche Anzeichen dafür, dass …?«

»Nein, keine. Aber sie hat etwas Interessantes zu mir gesagt. Und zwar über Sie.«

»Oh?«

»Sie würden so nett wirken.«

»Was soll daran interessant sein?«

»Die Art, wie sie es sagte. Sie hat das Wort ›wirken‹ betont.«
Mir wurde kalt.

Winstons Fragerei ergab allmählich einen grauenhaften Sinn. Er hatte Grund gehabt, mir zu misstrauen – einen durchaus bedeutsamen Grund. Doch weder war ich hier die einzige Person, die er einem Kreuzverhör unterzog, noch gehörte ich zum engsten Kreis der Mordverdächtigen.

»Was ist denn *Ihre* letzte Frage? An Bella?«

»Ah, eine ziemlich gute.« Er lächelte vor sich hin, sonnte sich einen Moment lang im Glanz seines eigenen Intellekts, und ich musste ihn noch einmal auffordern, bevor er sich zu einer Antwort bequemte. »Ich wollte sie fragen, wie jemand in ihr Zimmer gelangen und den Armen ermorden konnte, ohne dass sie etwas gehört oder, noch relevanter, gesehen hat.«

»Sie hat gesagt, dass sie im Flur saß.«

»Ja, auf dem Fenstersitz, von dem aus man das Meer sieht. Der ist genau an der Biegung des Flurs, hinter der das Schlafzimmer liegt. Das heißt, jeder, der die Treppen heraufgekommen wäre, um Ravi zu töten, hätte an ihr vorbeigemusst.«

Bella hatte also tatsächlich gelogen. So wie alle anderen auch. Ich erinnerte mich an das knirschende Geräusch von Schritten draußen auf dem Kiesweg. Es musste noch jemand das Haus verlassen haben, aber niemand hatte es zugegeben. Andererseits war ohnehin keiner von uns, ich eingeschlossen, während dieses Wochenendes vollkommen ehrlich gewesen. Und vielleicht hing mein Leben davon ab herauszufinden, auf wessen Lügen es ankam.

Kapitel 15

Winston und ich blieben allein in der Küche zurück. Ich suchte krampfhaft nach einem Gesprächsthema, ziemlich beklommen – denn immerhin konnte er der Mörder sein –, bis mir einfiel, dass wir ja eine ganz praktische Angelegenheit zu bereden hatten.

»Hat eigentlich schon jemand die Polizei benachrichtigt wegen …?«

Er schnalzte anerkennend mit der Zunge. »Guter Punkt. Sie sind ziemlich organisiert, nicht wahr?«

»Jedenfalls besser organisiert als meine Wohnung.«

»Nun, wie wäre es, wenn Sie die Beamten anrufen und einen strukturierten Bericht zum Besten geben würden?«

Ich setzte mich auf den Hocker in dem kleinen Kabuff und überlegte, wie ich der Polizei diesen neuen Todesfall möglichst nachvollziehbar erklären konnte. Doch als ich schließlich den Hörer abnahm – war die Leitung tot. Immer verzweifelter drückte ich auf die Gabel. Kein Freizeichen. Nur absolute Stille.

Na toll. Ich saß also auf dieser Insel fest, mit drei lebenden Fremden, zwei Toten im Haus und einer ebenfalls toten Freundin, deren Tod zwar wie Suizid aussah, aber höchstwahrscheinlich doch Mord gewesen war. Es gab nichts zu essen – jedenfalls nichts Anständiges –, und jetzt war auch noch die einzige Verbindung zur Außenwelt abgerissen. Man konnte wirklich nicht sagen, dass die Dinge rosig aussahen.

»Die Leitung ist tot«, teilte ich Winston bei meiner Rückkehr in die Küche mit.

»Das ist ebenso unangenehm wie interessant. Haben *Sie* sie gekappt?«

Einen Tag vorher hätte ich noch empört reagiert, aber inzwischen war ich seine unverblümten Fragen mit ihren Implikationen gewohnt. »Nein. Sie?«

»Nein. Dann war es einer der anderen.«

»Oder der Sturm?«

»Ihre Bereitschaft, uns angesichts der eskalierenden Gewalt noch einen Vertrauensbonus zu gewähren, ist wirklich reizend.«

»Ich hoffe eben immer noch, dass sich manches mit Pech statt mit bösem Willen erklären lässt.«

»Es wäre allerdings schon unglaubliches Pech, wenn eine Axt von der Wand eines Raums fiele, um kurz darauf in einem anderen Raum im Kopf eines Menschen zu stecken. Doch was unsere Gastgeberin und ihr Haushaltsmanagement betrifft, haben wir auch nicht gerade das große Los gezogen. Ich bekomme immer mehr Appetit auf diese abgelaufene Fischpaste.«

In dem Moment trat James in die Küche. »Weiß jemand von euch, wo saubere Handtücher liegen?«, fragte er. »Meins ist nass und Bellas …«

Ich konnte mir lebhaft vorstellen, wie Bellas Handtuch aussah.

»Schlechte Nachrichten«, ignorierte ich seine Frage. »Die Telefonleitung ist tot. Ich habe versucht, die Polizei zu verständigen. Aber wir sind abgeschnitten.«

»Der Sturm?«

»Noch so ein Optimist«, bemerkte Winston.

»Shit.« James rieb sich mit seiner breiten Hand über das Gesicht, sah hinterher aber keinen Deut weniger traurig oder müde aus. »Nun, zumindest wissen die, dass sie kommen sollen. Bestimmt machen sie sich auf den Weg, sobald sich der Sturm gelegt hat.«

Während wir einen Moment lang dem Heulen des Windes und dem Prasseln des Regens lauschten, fragte ich mich, ob die Polizei noch rechtzeitig eintreffen würde.

»Das Büro – Mrs Flyte ist da gestern rein, um unsere Schlüssel zu holen. Vielleicht hat sie dort auch Handtücher und ähnliche Dinge aufbewahrt«, schlug ich nun vor und ging gleich los, um nachzusehen. James und Winston ließ ich in der Küche zurück. Warum ausgerechnet ich nachschauen ging, war selbst mir nicht ganz klar. Vielleicht, weil ich eine Frau war.

Aber zweifellos würden die beiden nun wieder eins dieser schonungslos misstrauischen Gespräche führen, die Winston bei jeder Gelegenheit anzettelte. Da erledigte ich doch lieber diesen kleinen Gang – selbst wenn ich es für Bella tat. So musste ich mich wenigstens nicht seinen verdammten Fragen stellen.

Das Büro war zwar ebenso schäbig wie der Rest des Hauses, aber immerhin wohnlicher. Offensichtlich war es einer der wenigen Räume, die häufig benutzt worden waren, weshalb das Chaos nicht trostlos, sondern gemütlich wirkte. Über einem hölzernen Gestell mit Postfächern hingen an einer Hakenleiste weitere Schlüssel. Die leeren, verstaubten Postfächer enthielten nur ein paar vergessene Gegenstände, die jemand dort irgendwann mal abgelegt hatte. Auf dem wuchtigen dunklen Holzschreibtisch stand eine Lampe mit grünem Glasschirm und einer Messingkette, an der ich zog.

Auf dem Schreibtisch herrschte ein wildes Durcheinander aus Papieren und Bürozubehör: Büroklammern, Gummibänder, ausgetrocknete Klebestifte und offene Filzstifte. Ich fand auch Hinweise darauf, was für ein Mensch Mrs Flyte gewesen war. Während mein eigener Schreibtisch mit Flyern von Vogelschutzorganisationen und WWF-Spendenformularen bedeckt war, stieß ich hier auf Prospekte eines Heims für streunende Katzen und auf Fotos von Kindern, die nach gelungener Hasenscharten-OP in die Kamera lächelten. Seltsamerweise versetzte mir der Anblick einen Stich. Ich hatte Mrs Flyte als eine schusselige und unscheinbare Frau abgetan, und doch war die Welt nun ärmer ohne sie, und sei es nur aus Sicht einer einzigen Katze ohne Zuhause.

Was mich wieder an den roten Kater erinnerte, den wir aus dem Besenschrank befreit hatten. Wie als Antwort auf meine Gedanken spürte ich plötzlich eine Bewegung zu meinen Füßen, und das Tier sprang unter dem Schreibtisch hervor, wo es offenbar zusammengerollt geschlummert hatte. Es warf einen wackligen Haufen aus Ordnern und Mappen um, dann putzte es sich erst einmal gründlich, während ich die herausgefallenen Blätter einsammelte. Als ich die erste Seite überflog, stockte mir der Atem.

Es war ein Persönlichkeitsprofil.

Ich blätterte die Papiere durch, zu schnell, um Einzelheiten wahrzunehmen. Es waren die ausgedruckten Profile der Gäste. Profile von uns allen.

Auf jeder Seite stand irgendein Fakt aus unserem Leben: »Ravi Gopal, Account Manager bei AC Investments«, »Winston Harriot, 56, ledig«, »Millicent Partridge, Vater verstorben«. Das Foto eines Schulkinds mit lockigen Haaren mochte Penny zeigen. Als ich die Seite über Bella betrachtete, hätte ich fast aufgelacht: Ihr Nachname war Badcock. Kein Wunder, dass sie sich online nur »Bella B.« nannte.

Von dieser peinlichen Entdeckung einmal abgesehen, waren die Akten harmlos. Sie enthielten nur Informationen, an die man schon durch eine flüchtige Internetrecherche gelangte. Trotzdem war es alles andere als normal, dass die Besitzerin eines B & B's derlei Informationen über ihre Gäste besaß.

Die Dossiers waren ganz willkürlich angelegt, ohne System, ein Wust von Fakten, deren Zweck mir schleierhaft war. Aber eines ging klar daraus hervor: Wir waren aus einem bestimmten Grund hier. Man hatte uns ausgesucht. Ganz gezielt. Waren wir ausgewählt worden, um hier zu sterben?

Ich hätte meinen Fund gern genauer studiert, doch der Gedanke an Bella, die sich blutverschmiert nach einer Dusche sehnte, hinderte mich erst einmal daran. Ich beschloss, nach einem Handtuch für sie zu suchen und dann zurückzukommen und die Papiere noch einmal unter die Lupe zu nehmen.

Im Büro war von einem Wäscheschrank jedenfalls keine Spur. Stand der vielleicht eher oben in der Nähe der Gästezimmer? Mir fiel der beschriftete Messinganhänger ein, der an meinem Zimmerschlüssel baumelte, und ich drückte mir selber die Daumen. Tatsächlich entdeckte ich im Büro am Ende der Schlüsselreihe einen mit einer ähnlich angelaufenen ovalen Plakette mit der Aufschrift »Wäsche«. Ich nahm den Schlüssel an mich und, einem Impuls folgend, auch gleich den zum Heidekrautzimmer, in dem Penny gewohnt hatte. Wahrscheinlich der Zweitschlüssel.

Der Inhalt des Wäscheschranks war ein Trauerspiel, was ich dem Zustand meines eigenen Handtuchs nach schon befürchtet hatte. Die Wäschestücke fransten an den Rändern aus, waren rau und durch das Trocknen auf der Leine steif geworden. Immerhin war alles sauber, und das war im Moment das Wichtigste. Ich schnappte mir zur Sicherheit gleich einen Stapel Handtücher und bog um die Ecke zu James' Zimmer, wo Bella darauf wartete, sich das Blut jenes Mannes vom Körper zu waschen, den sie geliebt hatte.

James hatte gestern, passend für den einzigen Schotten unter uns, das Schottenzimmer bezogen. Als ich eintrat, war mein Gehirn zunächst einmal mit dem Anblick überfordert. Der Kontrast der Farben, Linien und Karos war so extrem, dass mir war, als hätte ich einen leichten Schlaganfall erlitten. Einen Moment lang fragte ich mich, welchem Motto wohl Winstons Zimmer unterstand, welchen Angriff auf sein ästhetisches Empfinden *er* nachts ertragen musste, während er versuchte einzuschlafen. Ich konnte mir gut vorstellen – vielleicht wegen des weißen Schimmers seines kurz geschorenen Haars –, wie er unter einer glatten silbernen Bettdecke lag, mit silbernen Satinvorhängen an den Fenstern und zahllosen im Raum verstreuten Deko-Objekten aus Silberglas, die verwirrende Lichtreflexe erzeugten. Aber egal, welche Farbe dominierte, Winston hatte bestimmt Wert auf ein superluxuriöses – wenn auch potthässliches – Zimmer gelegt.

Im Moment stand ich allerdings in dieser Landschaft aus Migräne auslösendem Schottenkaro. Sogar blutverschmiert war Bella, über die Armlehne eines Sessels in Blau, Grün und Orange gesunken, ein Hingucker.

»Ich hab dir ein paar Handtücher gebracht.«

»Gut. Danke.« Sie regte sich nicht, starrte nur auf ihre Hände.

»Es tut mir leid.«

»Was denn?« Sie hob den Blick und sah mich etwas verwirrt an.

»Nun ja ...«

»Ach so. Danke.« Sie sank wieder in sich zusammen, um kurz darauf hochzufahren. »Du willst damit aber nicht etwa sagen ...?«

»Dass ich es getan habe? Um Himmels willen, nein.« Beleidigt warf ich die Handtücher aufs Bett und wollte das Zimmer verlassen. Aber ein Blick auf Bella hielt mich zurück – sie wirkte unglücklich, nicht vorwurfsvoll. Einfach nur verzweifelt und durcheinander. Ich setzte mich neben die Handtücher und legte sie reumütig wieder ordentlich aufeinander. »Ich habe dich, und auch Ravi, ja erst gestern kennengelernt.«

»Ich weiß. Du hast recht. Die Sache ist eigentlich klar.«

»Du meinst ...?«

»Winston. Wer sonst hätte einen Grund gehabt?« Sie sah mich forschend an. Die Frage war offenbar ernst gemeint.

Ich holte tief Luft und beschloss, ihr reinen Wein einzuschenken. »Na ja, wir anderen haben auch überlegt, ob du es getan haben könntest.«

»Ich? Aber ich habe ihn doch geliebt! Und es war Winston, den er bestohlen hat.« Sie verstummte, als ihr dämmerte, dass sie gerade etwas preisgegeben hatte, das nicht gerade für Ravi sprach.

»Ich weiß«, beruhigte ich sie. »Aber die Sache ist die: Winston hat mir davon erzählt, bevor Ravi starb. Warum hätte er mir das verraten sollen, wenn er vorhatte, ihn zu töten?«

»Arroganz? Und selbst wenn du recht hättest, was Winston betrifft, warum hätte *ich* ihn umbringen sollen?«

»Ich möchte wirklich nichts gegen eure Beziehung sagen. In der kurzen Zeit, die ich euch zusammen erlebt habe, hat sie stabil gewirkt. Andererseits hatte ich von Ravi schon den Eindruck, dass er gern Party macht, und frage mich deshalb …«

»Ob er fremdging?« Sie schnaubte. »Da irrst du dich gewaltig. Ravi war sehr treu. Sehr.«

»Das glaubt man immer von seinem Partner.«

»Aber ich habe den Beweis.«

»Was willst du damit sagen?«

»Nichts. Aber er hatte keinen Grund fremdzugehen, weil seine Leine lang genug war.«

»Ach?«

»Ja.«

»Er konnte also …? Und du konntest auch …?«

»Ja. Monogamie ist widernatürlich, und wir wollten uns gegenseitig nicht einschränken. Jedenfalls nicht sexuell. Allerdings gab es ein paar Regeln.«

Ich saß einen Augenblick da und ließ die Neuigkeit sacken. Es brachte mich fast zur Weißglut: Die beiden besaßen nicht nur perfekte Frisuren und perfekte Körper, sondern liebten sich schon seit der Schulzeit *und* hatten auch noch jede Menge Sex. Während wir anderen verzweifelt versuchten, auch nur einen einzigen brauchbaren Partner zu finden. Immerhin musste ich nach Ravis Tod nicht mehr neidisch auf sie sein.

»Und du bist sicher, dass er sich immer an die Regeln eures Arrangements gehalten hat?«

»Er war sehr korrekt. Hinterher kam er immer zu mir und erzählte mir die Details. Manchmal vielleicht zu viele Details. Er hat auch Anschauungsmaterial gesammelt. Schon seit der Schulzeit.«

»Krass.«

»Ja, es gibt also eigentlich keinen Grund zu glauben, dass ich ihn umgebracht hätte, weil er mich betrogen hat.«

»Das ist mir jetzt auch klar.« Obwohl ich mir persönlich durchaus vorstellen konnte, dass ich gerne jemanden umbringen würde, der mir jahrelang Videos oder Fotos von seinen Eskapaden zeigt, egal welche Freiheiten ich ihm vorher zugesichert hätte. Bella vertrat ihre Sache gut, hätte sich ihre Argumentation aber natürlich, falls sie Ravi doch umgebracht hatte, vorher zurechtlegen können. Allerdings hätte sie dann auch einen Sündenbock finden müssen. Von Zeugen ganz zu schweigen. Und warum hätte sie Mrs Flyte umbringen sollen? Oder die Strangs?

Während wir schweigend dasaßen, spielte ich mit einem ausgefransten Handtuchzipfel, und Bella starrte auf ihre roten Hände.

»Du willst bestimmt duschen.«

Sie raffte sich auf, sank aber gleich wieder zurück.

»Es ist seltsam. Ich meine, es ist schrecklich, dieses Blut an mir zu haben. Ich kann es riechen, und wenn ich es ansehe, denke ich daran, wie er so schrecklich zugerichtet vor mir lag. Aber ... als ich in seinem Blut kniete, war es noch warm. Und wenn ich es jetzt abwasche, ist das irgendwie das Ende. Für Ravi. Das ist das Ende.«

Sie weinte, und ich stand neben ihr, eine Hand auf ihre Schulter gelegt, und versuchte, sie leise zu trösten. Ich wartete, bis sie sich ausgeheult hatte. Dann nickte sie mir zu, stand auf und ging duschen. Ich drehte mich um, ging am Tartanbett und dem Tartanvorhang vorbei und verließ das Zimmer.

Kapitel 16

Behutsam schloss ich die Tür hinter mir, lehnte mich dagegen und wartete, bis ich dumpfes Wasserrauschen hörte, bevor ich den Flur entlangging. Vor Mrs Flytes Zimmer blieb ich stehen und stellte mir vor, welcher Anblick sich mir dort drinnen bieten würde. Als wir sie zurückgelassen hatten, was schon eine Ewigkeit her zu sein schien, hatte James sie noch mit einem Leintuch bedeckt. Vielleicht wollte es mir deshalb nicht mehr gelingen, mir ihr totes Gesicht vorzustellen, denn das geisterhaft über den Augenhöhlen eingesunkene Tuch war angsteinflößender als jede Totenstarre. Ich atmete flach und hoffte, dass kein Verwesungsgeruch aus dem Zimmer drang. Zum Glück war es kalt im Haus, und die Temperaturen sanken weiter. Uns stand eine bitterkalte Nacht bevor.

Doch Mrs Flytes Zimmer war nicht mein Ziel. Ich ging weiter, an alten Hirschköpfen, kaputten Glühbirnen und pseudoantiken Porträts in rissigen Rahmen vorbei, bis ich die Tür des sogenannten »Heidekrautzimmers« erreichte. Hier hatte Penny gewohnt. Ich prüfte noch einmal den Messinganhänger an dem Schlüssel, den ich in der Hand hielt, steckte den Schlüssel ins Schloss und drehte den Knauf. Nachdem ich eingetreten war, zog ich ganz leise – um nicht erwischt zu werden – die Tür hinter mir zu. Dann kümmerte ich mich um die Habseligkeiten meiner toten Freundin.

Ebenso wie James' Zimmer passte auch dieser Raum zu seiner Bewohnerin. Seiner ehemaligen Bewohnerin. Die Einrichtung war in den Farben Mauve, Lila und Aubergine gehalten. Nick und ich hatten Penny immer wegen ihres Altweibergeschmacks gehänselt, ihre Schlabberpullis und unförmigen Röcke waren düsterer als grau gewesen. Hier im Zimmer fielen mir ihre Kleidungsstücke anfangs nicht einmal auf, so perfekt passten sie zu den Polsterbezügen.

Ich begann mit ihrem Koffer. Darin lag alles ordentlich an seinem Platz. Viel ordentlicher, als ich das jemals von einer meiner Taschen oder Schubladen hätte behaupten können. Die Kleidungsstücke waren akkurat gefaltet und gestapelt, Socken und Bücher am Rand verteilt, um zu verhindern, dass der Kofferinhalt beim Transport verrutschte. Der Inhalt wirkte fast unberührt: Nur ein Stapel war leicht verschoben, als hätte Penny darunter nach etwas gesucht.

Da ich das, wonach ich Ausschau hielt, nicht im Koffer fand, wandte ich mich dem Zimmer zu. Auch das war unglaublich ordentlich, zumindest nach meinen Standards. Keine feuchten Handtücher auf dem Boden, keine schmutzigen Socken, die als Knäuel in die Ecken gepfeffert worden waren. Stattdessen ein sorgfältig über eine Stuhllehne drapierter terrakottafarbener Pullover. Ein Buch auf dem Nachttisch: *Die Frau in Weiß* – Penny hatte schon immer dicke Romane gemocht. Ein Glas Wasser.

Kein Abschiedsbrief. Deswegen war ich hier – ich wollte herausfinden, ob sie eine Mitteilung hinterlassen hatte. Und sehen, ob ich in dieser Mitteilung erwähnt wurde.

Ich öffnete den Schrank und fuhr mit den Fingern die oberen Bretter entlang. Ich schaute ins Bad und kramte geräuschvoll in ihrem Kosmetikbeutel. Nichts.

Erst im Papierkorb wurde ich zum Glück fündig. Oder zum

Unglück, je nachdem, wie man es sah. Zwischen benutzten Papiertaschentüchern und einem alten Zugticket fand ich ein zerknülltes liniertes Papier mit unsauberem Rand, der darauf hindeutete, dass es einem Tagebuch entstammte. Ich strich die Seite auf dem Schreibtisch glatt und begann zu lesen, mit dem Rauschen des Windes und des Regens in den Ohren.

Nicht dass es da besonders viel zu lesen gab. Es war eigentlich keine Nachricht, nur ein Entwurf. Die Hälfte der Wörter war durchgestrichen, Linien zwischen misslungenen Anfängen waren frei geblieben.

Ich habe es immer wieder versucht, es nützt nichts. ~~~~ Millie wiederzusehen, ~~~~ zu sehen. Keine andere Wahl. Keine andere Wahl, aber ich habe ~~Angst~~ vor ~~~~ Wenn es funktioniert, wird Millie ~~~~

Ich war zwar nicht begeistert, meinen Namen in Pennys Entwurf zu entdecken, aber was sie geschrieben hatte, belastete mich letztlich nicht. Kein Hinweis darauf, was in dem Jahr, bevor wir beide Flights verlassen hatten, passiert war. Ich dachte an Pennys verheultes Gesicht über dem Cocktailglas an jenem Abend unseres letzten richtigen Gesprächs und zuckte zusammen. Ich war ihr keine gute Freundin gewesen.

Aber die Polizei wusste ja nichts von meinen Schuldgefühlen, und diese Rohfassung verriet nicht viel. Vermutlich konnte ich den Zettel gefahrlos wieder zusammenknüllen und in den Papierkorb werfen. Jeder, der ihn lesen würde, würde annehmen, dass Penny mich erwähnte, weil wir uns von früher gekannt hatten. Ich konnte ja behaupten, wir hätten über ihre Depression gesprochen, und mir sei nicht klar gewesen, *wie* labil sie tatsächlich war. Das mochte als Erklärung genügen.

Nur erklärte es natürlich nicht (das fiel mir ein, als ich den Zettel zerknüllte), wie meine Fingerabdrücke auf das Papier gekommen waren. Würde das nicht verdächtig wirken? Mein Herz begann zu rasen; ich atmete hektisch. Ich sah mich im Zimmer um und überlegte, wo überall ich Spuren hinterlassen hatte. Mit einem über die Hand gezogenen Ärmel rieb ich alle glatten Oberflächen ab, die ich bei meiner Suche berührt hatte. Die Kleider und das Make-up sollten kein Problem sein – ich konnte jederzeit behaupten, dass ich mir die Sachen am Vorabend ausgeliehen hatte.

Doch von dem Zettel ließen sich meine Fingerabdrücke nicht entfernen, und würde man ihn finden, könnte ich nicht so tun, als hätte ich ihn nicht entdeckt. Mein Mund war wie ausgedörrt, ich konnte nicht mehr klar denken, keine Entscheidung treffen. Irgendwann gehorchte ich meinem Instinkt und steckte mir den Papierball tief in die Hosentasche. Später würde ich ihn irgendwo vernichten.

Beim Verlassen des Zimmers schloss ich die Tür ab. Doch während sich mein Herzschlag langsam wieder beruhigte, zögerte ich. Erst hatte ich keine Erklärung dafür, aber dann dämmerte es mir: Ich hatte vorhin gar nicht aufgeschlossen! Die Tür war offen gewesen. Anscheinend hatte Penny nicht abgesperrt, als sie ihr Zimmer zum letzten Mal verließ. Dann dachte ich an den leicht verschobenen Kleiderstapel und den Rouge-Pinsel, der neben dem ordentlich verschlossenen Kosmetikbeutel lag. Ich hatte angenommen, dass Penny dafür verantwortlich war, aber konnte es sich dabei nicht um Spuren von jemand anderem handeln? Von jemandem, der vor mir im Zimmer gewesen war?

Ich erinnerte mich an Winstons Bemerkung, Bella habe von ihrem angeblichen Sitzplatz am Flurfenster aus die Tür zu ihrem und Ravis Zimmer eigentlich im Blick gehabt. Eigentlich. Aber nicht, falls sie, während Ravi getötet wurde, in Pennys Raum gewesen war und deren Sachen durchsucht hatte, so wie gerade ich.

Ich dachte an meinen rasenden Herzschlag und meinen rotierenden Verstand, an die Panik, die ich vorhin empfunden hatte bei der Vorstellung, ertappt zu werden. Vielleicht hatte Bella das Gleiche empfunden, sodass sie schließlich aus dem Zimmer gestürzt war, ohne ans Abschließen zu denken. Nur um bei der Rückkehr in ihr eigenes Zimmer den blutüberströmten toten Ravi zu finden.

Wenigstens hat sie den Zettel nicht entdeckt.

Doch als ich durch den Flur ging, um den Schlüssel von Pennys Zimmer ins Büro zurückzubringen, kam mir der Gedanke, dass sie ihn womöglich doch entdeckt hatte. Vielleicht auch gar nicht nur den Entwurf, sondern die Endfassung. Und wie mochte die lauten?

Bella war nicht die Einzige, die eine Dusche dringend nötig hatte. Mein grob gestrickter Pullover, den ich extra für die Reise gekauft und in meinen Fantasien bei all meinen Klippenspaziergängen getragen hatte, war blutbefleckt und nicht mehr zu gebrauchen. Ich blieb im Flur stehen, schwitzend von den verbotenen Aktivitäten, und zog ihn aus. Aber selbst ohne ihn fühlte ich mich noch schmutzig. Ich befürchtete, dass eine Dusche nicht besonders viel daran ändern würde, beschloss aber, es darauf ankommen zu lassen. Ich ging in mein

Zimmer, während meine Gedanken von einem Todesfall zum nächsten stolperten, von den Pillen zur Axt zum Zettel in Pennys Papierkorb, von meinem Argwohn Bella gegenüber zum Misstrauen gegenüber Winston und, widerstrebend, sogar gegenüber James. Es wäre so viel einfacher gewesen, wenn es nur *eine* Person gegeben hätte, die ich fürchten musste. Aber es waren alle unehrlich gewesen, sodass ich vor *allen* auf der Hut sein musste.

Unter dem dünnen Wasserstrahl der Elektrodusche machte ich mich ganz klein und hoffte, das bisschen Wärme würde dafür sorgen, dass ich einen klaren Kopf bekam.

Alle hatten meinen Verdacht erregt – aber nicht im gleichen Maß. Winston stand auf meiner Verdächtigenliste ganz oben. Als ich die Gründe dafür erforschte, musste ich zugeben, dass die inquisitorische Art, die er mir gegenüber an den Tag legte, dabei vermutlich eine große Rolle spielte. Es missfiel mir, dass er meine Unschuld in Zweifel zog, also zog ich auch seine in Zweifel. Allerdings war die einzige eindeutige Unwahrheit, bei der ich ihn ertappt hatte, seine Behauptung, er habe am Abend zuvor allein getrunken, obwohl ich in der Bibliothek zwei Gläser entdeckt hatte. Doch letztlich besaß er ein eindeutiges Motiv für den Mord an Ravi und war außerdem Zeuge von Pennys angeblichem Selbstmord gewesen. In zwei der Todesfälle war er zweifellos verwickelt, und ich konnte kaum an einen Zufall glauben. Vor allem wenn ich über sein Verhalten auf den Klippen nachdachte, als er uns Pennys Leiche gezeigt hatte – er war kalt und sarkastisch gewesen. Fast so, als hätte er sich nur über unsere Reaktion amüsieren wollen. Und wenn er nun beschlossen hatte, sich dieses Vergnügen erneut zu gönnen?

Doch er war ja nicht der Einzige, der eine Leiche gefunden hatte. Mir wurde klar, dass dieser Umstand auf alle drei Personen zutraf, die außer mir von unserer Gruppe noch übrig waren. James hatte Mrs Flyte gefunden, und nachdem Ravi umgebracht worden war, wirkte rückblickend auch deren Tod wie ein Mord. Ich konnte nicht ganz ausschließen, dass James etwas damit zu tun hatte. Wer kannte sich schließlich besser mit Medikamenten und Drogen aus als ein Apotheker? Und Drogen schienen der einzige Grund zu sein, warum er hergekommen war, was ihn für mich als gesetzestreue Bürgerin doppelt verdächtig machte. Andererseits hatte er uns auf die vertauschten Pillen hingewiesen, was er wohl nicht getan hätte, wäre er dafür verantwortlich. Ich wollte so gern an seine Unschuld glauben, konnte aber nicht leugnen, dass ich so, wie Winstons streitlustige Art auch in mir Streitlust weckte, für James eine gewisse Schwäche hatte, die mich möglicherweise befangen machte. Er war seit unserer Ankunft so freundlich zu mir gewesen, so hilfsbereit, so verständnisvoll. Das alles konnte doch nicht einfach Manipulation gewesen sein, oder?

Und dann Bella. Ich hatte sie von Anfang an unsympathisch gefunden, das ließ sich nicht leugnen. Sie war hübsch, erfolgreich und noch dazu arrogant. Angesichts meiner eigenen einsamen, verkorksten Lebenssituation empfand ich ihre glamouröse Existenz als Kränkung. Ich konnte mir nicht vorstellen, dass jemand, dem sämtliche Möglichkeiten offenstanden, seine Chancen im Leben einfach aus Eifersucht wegwerfen würde, und sie hatte mir ja ziemlich offen erklärt, dass diese Version ohnehin ausschied. Doch die Art und Weise, wie sie und Ravi ihre Beziehung geführt hatten – ich war nicht sicher, wie man das nennen sollte: offen? Verrückt? –, schloss ein, dass er mit anderen Frauen schlief. Vielleicht hatte sie einfach genug gehabt? Auf jeden Fall hatte sie gelogen, als sie die Frage beantwortet hatte, wo sie zum Zeitpunkt seines Todes gewesen war. Warum?

Genau wie von James wollte ich letztlich auch von Bella nicht glauben, dass sie es getan hatte. Zwar ärgerte ich mich immer noch über sie, sah inzwischen aber auch etwas anderes in ihr. Ihre Liebe für Ravi hatte so echt gewirkt, das einzig Echte in ihrem hochglanzpolierten Internetleben, und ihr Schmerz, als sie nach der Entdeckung seiner Leiche an meiner Brust geschluchzt hatte, war mir genauso authentisch vorgekommen.

Und ich? Eigentlich hatten die anderen keinen Grund, mir zu misstrauen, doch als Winston uns in der Küche verhörte, hatte er uns vor Augen geführt, dass jeder von uns lange genug allein gewesen war, um währenddessen einen Mord zu begehen. Zudem war ich auf meine Weise auch nicht ehrlich. Ich beabsichtigte nämlich keineswegs, den Zettel in Pennys Papierkorb oder die Gründe zu erwähnen, warum ich überhaupt danach gesucht hatte.

Ich drehte die tröpfelnde Dusche ab, wrang mein Haar aus und zitterte in der Kälte, die mich sofort umfing. Obwohl ich fröstelte, war der Spiegel mit Dampf beschlagen, und ich hob die Hand, um ihn abzuwischen und mein Gesicht zu sehen – sicherlich kein schöner Anblick, fahl vor Angst und Müdigkeit. Doch im letzten Moment hielt ich inne. Im Licht der trüben Glühbirne, fast unlesbar, nur als etwas schwächer bedampfte Stelle sichtbar, stand da ein hingekrakeltes Wort, das gestern Abend beim Duschen noch nicht da gewesen war.

Es lautete »schuldig«.

Kapitel 17

Schuldig. Meine Finger zuckten, als wollten sie die Buchstaben nachzeichnen. Aber das Wort verblasste bereits, der Dampf löste sich in der kalten Luft auf. Bald schon sah ich nur noch den klaren Spiegel, aus dem mir kein Vorwurf entgegenstarrte, sondern mein erschrockenes Gesicht.

Die Erklärung lag auf der Hand, aber ich wollte mich ihr nicht stellen. Also konzentrierte ich mich auf andere Möglichkeiten: *Hab ich das vielleicht selbst geschrieben?* Konnte es sein, dass sich meine Psyche in der angespannten Atmosphäre hier im Haus in einem Moment der Geistesabwesenheit ein Ventil verschafft hatte, indem sie mich dieses Wort auf den Spiegel schreiben ließ? Hoffentlich, denn vorstellbar war auch, dass jemand ins Badezimmer geschlichen war, während ich hinter dem Duschvorhang arglos – wenn auch nicht besonders fröhlich – den überschaubaren Heißwasservorrat verbraucht hatte, in meine eigenen Gedanken versunken; und dass der Betreffende das Wort auf den beschlagenen Spiegel geschrieben hatte, um mich zu erschrecken und zu beschuldigen – das war so schrecklich, dass ich es mir gar nicht vorstellen wollte.

Aber natürlich konnte ich diese Möglichkeit nicht einfach ausschließen. Sie lag sogar nahe. Aber wer konnte wissen, weswegen *ich* mich schuldig fühlen musste? Nur Penny, und die war tot. Es sei denn … Hatte mich jemand vielleicht dabei beobachtet, wie ich aus ihrem Zimmer gekommen war, und sich die Wahrheit zusammengereimt? Der Korridor war leer gewesen, und ich hatte aufgepasst, dass mich niemand sah. Aber womöglich hatte jemand hinter einer angelehnten Tür hervorgespäht? Bella war nur ein paar Meter weiter entfernt gewesen; sie könnte sich in ein Zimmer in der Nähe geschlichen und mir nachspioniert haben. Allerdings dürfte sie eher mit sich selbst beschäftigt gewesen sein: beziehungsweise damit, sich von Ravis Blut zu befreien.

Und *wenn* mir jemand hier mit Misstrauen begegnet war, dann nicht sie, sondern Winston.

Aber nicht jeder braucht eine offen stehende Tür, um etwas zu sehen. Plötzlich überkam mich die irrationale Angst, dass es diese ruhelosen Geister, über die ich mich beim Mittagessen noch lustig gemacht hatte, doch geben könnte. Und dass sie mich beobachteten. Jetzt war die eisige Luft im Bad nicht mehr nur durch die Dezemberkälte zu erklären. Der Duschvorhang bewegte sich leicht. Ein Luftzug, klar, dennoch konnte ich mich nicht überwinden, den Vorhang aufzuziehen und dahinter nachzuschauen. Ich kniff die Augen zu, klammerte mich fester an mein Handtuch und flüsterte vor mich hin: »*Ich* habe es geschrieben. Ich. Das war ich selbst.«

Aber wenn ich es geschrieben hatte, warum? Gab es denn wirklich so viel, wofür ich mich schuldig fühlen musste? *Ja, jede Menge*, antwortete eine wenig hilfreiche innere Stimme. Und sie hatte recht, mein Sündenregister war lang. Ich hatte meinen Vater zu seinen Lebzeiten nicht genug geschätzt. Ich redete kaum mehr mit meiner Mutter, die noch lebte. Ganz zu schweigen von all den Leuten bei Flights. Die Gespräche mit Penny und Nick in den letzten beiden Tagen hatten mich an das unrühmliche Ende meiner Zeit dort erinnert.

Die arme Penny war so verzweifelt gewesen, als sie ihren Job verlor, und ich war mehr damit beschäftigt gewesen, meinen eigenen Job zu behalten, als ihr freundschaftlich beizustehen.

Und was hatte es mir am Ende gebracht? Ich war kurz nach ihr gleichfalls arbeitslos geworden, als die Strangs beschlossen, die Organisation aufzulösen. Und ich hatte es ihnen verübelt. Auch dafür musste ich mich schuldig fühlen, jetzt, da sie tot waren. Also gab es tatsächlich jede Menge Gründe, um mich schuldig zu fühlen. Ich schaute mir tief in die Augen, in diesem Spiegel, auf dem kein Schuldspruch mehr stand. *So, meine Liebe, jetzt weißt du, was du selbst von dir zu halten hast.*

Mir blieb nichts anderes übrig, als die Vergangenheit abzuschütteln und zu versuchen, es von jetzt an besser zu machen. Ich ließ meine kalten, nassen Haare aus dem Handtuch gleiten und betrachtete fröstelnd die saubere Kleidung, die mir noch zum Anziehen blieb. In einer Anwandlung von Trotz schlüpfte ich rasch in das Kleid, das ich für die Party eingepackt hatte, ein kurzes Goldlamé-Fähnchen, das meine Kurven umschmeichelte und meinen Rücken zur Geltung brachte. Nachdem ich mir sorgfältig die Haare getrocknet hatte, schminkte ich mir die Augen und überprüfte meine Strumpfhose auf Laufmaschen. Eigentlich sah ich ziemlich gut aus.

Zwar wurde der erwünschte Effekt etwas beeinträchtigt durch einen weiten schwarzen Pullover, den ich über das Kleid zog, weil ich merkte, wie kalt es war, aber ich fühlte mich trotzdem besser. Ursprünglich hatte ich das Kleid mitgenommen, um möglichst selbstbewusst einen Saal voller interessanter Menschen zu betreten, denen ich nie zuvor begegnet war. Die Gegebenheiten waren jetzt zwar andere, aber ich wollte immer noch so attraktiv wie möglich wirken.

Ich ging Richtung Küche und traf dort Winston und James

an, die demselben Instinkt gefolgt waren und gleichfalls ihre Partyoutfits wie eine Art Rüstung trugen. Winston steckte wenig überraschend in einem Smoking, der zu perfekt saß, um geliehen zu sein. James' Aufmachung war lässiger, stand ihm aber ebenfalls gut: Er trug ein weißes Hemd und eine dunkelgrüne Jacke, die die grünlichen Reflexe in seinen haselnussbraunen Augen akzentuierte. Ich hätte ihn gern länger angesehen, wandte aber rasch den Blick ab und sagte, um meine Verwirrung zu überspielen: »Unsere Teepause mit dem Toast ist auch schon eine ganze Weile her, wie?«

Die Abendessenszeit nahte, aber unsere Vorräte waren fast aufgebraucht. Trotzdem waren wir noch nicht hungrig genug, um die Dose mit der abgelaufenen Fischpaste zu öffnen. Der Anblick von Ravis Leiche hatte uns den Appetit verdorben. Und sicherlich würde spätestens morgen früh die Polizei hier sein und uns an einen sicheren Ort bringen, wo an Lebensmitteln kein Mangel herrschte. Und dennoch machten uns die knappen Vorräte nervös.

»Ich hätte schwören können, dass vorhin noch mehr im Gefrierfach war«, sagte James. »Hast du nicht auch den Mais gesehen, Millie? Ich dachte, wir könnten einen Maisauflauf mit Thunfisch machen, nach amerikanischer Art. Aber auch den Thunfisch finde ich nicht mehr.«

»Jemand hat ihn dem Kater gegeben.« Winston zeigte auf den Boden neben der Spüle, wo eine blank geleckte Dose mit aufgebogenem Deckel stand.

»Aha.« James öffnete einen leeren Schrank nach dem anderen und knallte enttäuscht die Türen wieder zu, bis Winston eine scharfe Bemerkung machte.

»Versuchen Sie sich gerade in Schrank-Percussion?«

»Sorry. Ich hoffe nur immer noch, dass wir irgendetwas finden. Oder dass sich irgendetwas verändert hat und sich herausstellt, dass alles nur ein Traum war, verstehen Sie?«

Ich nickte und ergänzte James' Fantasie um meine eigenen Wünsche: »Wenn wir später in den anderen Raum rübergehen, findet die Party wie geplant statt. Okay, Deko und Häppchen fallen vielleicht ein bisschen schlichter aus, als ich es mir vorgestellt habe, aber …«

»Das wäre ja ganz normal«, meinte James. »Und vielleicht stellt sich ja auch manches – oder jemand – als besser als erwartet heraus.«

Ich sah ihn direkt an und fragte mich, ob diese letzte Bemerkung speziell an mich gerichtet war. Doch als ich seinem Blick zur Tür folgte, wurde mir schwer ums Herz. Dieses »besser als erwartet« konnte nicht mir gelten. Nicht wenn Bella *so* aussah.

Auch sie trug, wie ich, ein goldenes Kleid, aber damit endeten die Gemeinsamkeiten auch schon. Das blonde Haar fiel ihr in perfekt gestylten Locken über die Schultern und verschmolz mit dem Gold des Stoffs. Das bodenlange Kleid schmiegte sich in hauchfeinen, luftig zarten Schichten an ihren Körper und ihre Arme und deutete ebenso viel an, wie es verbarg.

Es war ein zauberhaftes und sicher sehr teures Kleid. Bis jetzt hatte ich mich in meinem billig-aufreizenden Outfit wohlgefühlt, aber neben Bella wirkte ich nur noch billig.

Mein Kleid war zu eng, zu glänzend, zu viel von allem – etwas, das eine Studentin in einem Club tragen würde. Bellas Kleid hingegen passte zu einer Oscar-Verleihung. Ich zerrte den Saum nach unten und versuchte zu ignorieren, welche Wirkung Bella auf James hatte.

»Nichts zu essen?«, fragte sie.

Wir schüttelten den Kopf.

»Egal. Ich habe sowieso das Gefühl, mich innerlich reinigen zu müssen.« Als sie zu Mrs Flytes Lieblingsschrank hinüberging, klimperten ihre langen Kristallohrringe in der ansonsten stillen Küche. Sie öffnete ihn und entnahm dem Sortiment eine Flasche Whisky. »Hat noch jemand das Bedürfnis, sich zu reinigen?«

»Ich hätte es wohl anders formuliert«, sagte Winston, »doch Ihre Gefühlslage könnte meiner eigenen kaum mehr entsprechen.«

»Aber ein bisschen komisch ist die Situation schon, oder?« Ich sah die anderen der Reihe nach in dem Wissen an, dass einer von ihnen gemordet hatte, und gab mich der Hoffnung hin, dass ich es diesmal an ihren Mienen ablesen könnte. Alle starrten mich fragend an. »Na ja, dass wir wissen, was wir übereinander wissen. Dass wir wissen, was dort oben im ersten Stock ist. Und dass wir trotzdem zusammen Whisky trinken.«

James scharrte mit den Füßen, räusperte sich und sah die anderen unsicher an, bevor er sprach. »Damit hast du sicherlich recht. Aber so, wie ich das sehe – werde ich nach allem, was passiert ist, in diesem Haus keinen Schritt mehr alleine tun.«

»Und ich bin abermals«, sagte Winston, »höchst überrascht, mit einem von Ihnen absolut einer Meinung zu sein.«

»Du hast es gehört.« Bella deutete mit der Flasche nacheinander auf die beiden Männer.

Ich nickte. »Na gut. Dann trinken wir eben was.«

Jeder von uns nahm sich ein Glas, und Bella schenkte großzügig ein. Dann hob sie ihr Glas mit der karamellgoldenen Flüssigkeit, schwenkte es und hob es ins Licht. »Auf die, die jetzt zu Seelen geworden sind.«

Winston rollte die Augen, hob sein Glas jedoch ebenfalls und sagte: »Auf die gefallenen Kameraden.«

»Auf die, die vor uns gegangen sind«, ergänzte James.

Ich hätte gerne einen besonders poetischen oder geistreichen Trinkspruch ausgebracht, entschied mich aber für einen nicht zu übertreffenden Klassiker. »Auf abwesende Freunde.«

Wir stießen klirrend an, nahmen einen Schluck, und ich flehte zu Gott, dass der Whisky, der mir in der Kehle brannte, etwas von all dem auslöschen würde, was in den letzten zwei Tagen passiert war. Oder gleich das ganze letzte Jahr.

Wir betranken uns systematisch. Whisky folgte auf Whisky, und schon bald standen zwei leere Flaschen auf dem Kaminsims in der Bibliothek, wohin wir zu irgendeinem Zeitpunkt umgezogen waren; wann, wusste ich nicht mehr genau.

Als ich den Rest einer Flasche in mein Glas goss, rief Bella, ich solle aus der Küche Nachschub holen. »Das ist jetzt echt nicht der Moment, um aufzuhören.«

»Sie hat recht.« Obwohl auch Winston mit schwerer Zunge sprach, war er so herablassend wie eh und je. »Vernünftige Vorschläge sollte man nicht in den Wind schlagen.« Er nickte über seine eigene Lebensweisheit und leerte sein Glas.

»Asssolut«, bestätigte James. »Imm … Immerhin … sss … Silvessser.«

»Okay, okay, ich geh ja schon.« Mir widerstrebte es, den Kreis am Kaminfeuer zu verlassen und mich ins dunkle Haus zu wagen. Aber in meinem alkoholisierten Zustand konnte ich mich nicht mehr genau erinnern, warum. »Wollten wir nicht zusammenbleiben?«, fragte ich trotzdem.

»Ich komme mit.« Bella rappelte sich in ihrem Kleid mit

den vielen Stoffschichten hoch. Auf ihre Gesellschaft hatte ich zwar nicht gehofft, aber mit ihr war es immer noch besser, als allein zu gehen.

In der Küche starrte ich in den Whiskyschrank, der bedeutend leerer war als zu dem Zeitpunkt, wo Mrs Flyte ihn geöffnet hatte.

»Meinst du, eine Flasche reicht?«, fragte ich Bella über die Schulter.

»O Gott.« Als ich mich, etwas schwankend, umdrehte, stand sie vornübergebeugt da und schluchzte heftig.

Bis ich die Küche durchquert hatte, war der Gefühlsausbruch schon wieder vorbei. Sie richtete sich auf, starrte auf das spiegelnde nachtdunkle Fenster und versuchte vergeblich, ihr Augen-Make-up wegzuwischen, das ihr über die Wangen lief. Sie lächelte ihr transparentes Ebenbild an: ein gequältes Lächeln mit gebleckten Zähnen. »Ist okay. Musste nur gerade an Ravi denken. Er hätte das … Er wusste, wie man feiert.«

Ich nickte und bekam einen Schluckauf. »Trinken wir noch mal auf ihn.«

Im Gebäude war es jetzt eiskalt. Was auch immer Mrs Flyte unternommen hatte, um die Räume wenigstens ein bisschen zu heizen, jetzt kümmerte sich niemand mehr darum. Trotz der Whiskywärme fröstelte ich, als wir durch die Eingangshalle gingen, und fragte mich, wie kalt es wohl draußen sein mochte.

In der Bibliothek, wo der sanfte Schein des flackernden Feuers die leere Flaschenbatterie auf dem Kaminsims beleuchtete, war es immerhin warm. Der Kater strich uns um die Beine, als wir erneut mit Whisky anstießen. Ich beugte mich zu ihm hinunter und versuchte, ihn zwischen den Ohren zu kraulen, aber er versetzte mir fauchend ein paar Tatzenhiebe und ergriff die Flucht.

Beim Anblick der Blutstropfen, die langsam wie Perlen aus meiner Hand hervorquollen, wurde mir schlecht. Plötzlich fühlte ich mich ungut nüchtern. Ich ließ mich aufs Sofa fallen und presste mir gegen die aufsteigende Übelkeit die Hände auf Bauch und Kopf. James sah herüber und fragte mich besorgt lallend, ob alles in Ordnung sei. Ich nickte hoffentlich überzeugend, weil ich ihm nicht die Wahrheit sagen wollte.

Mein Stimmungsumschwung rührte nicht vom Whisky oder der stickigen Luft im Raum her. Vielmehr war mir wieder eingefallen, dass einer von uns ein Mörder war. Ein paar Stunden lang hatte mich der Whisky die beiden Toten in den Zimmern über uns vergessen lassen, einen friedlich daliegenden und aufs Grässlichste zugerichteten Leichnam. Selbst als Bella Ravi erwähnte, hatte ich nur abstrakt an ihn gedacht – an jemanden, der abwesend war, nicht an seine entstellte Leiche oben auf dem Badezimmerboden. Aber als ich mein Blut sah – wie hatte ich all das vergessen können? Warum saß ich hier in der Bibliothek, lachend und in Feierlaune, als wäre dies eine ganz normale Silvesterparty? War ich wirklich so ein Mensch? Konnte ich um meines Vergnügens willen das Böse ausblenden?

Hatte mein Spiegel mich deswegen schuldig gesprochen?

Die anderen unterhielten sich immer noch. Ihr Lachen klang bedrohlich. Der Whisky hämmerte in meinem Kopf, der Raum drehte sich um mich, vor meinem geistigen Auge lief eine widerliche Montage der Bilder der letzten Tage ab: eine Leiche halb im Meer, eine Leiche auf dem Bett, eine blutüberströmte Leiche, der blutige Kratzer auf meiner Hand ... Fast hätte ich geschrien: *Stopp, stopp, ich will hier weg!* ... Aber dann ...

Booooooiiiinggggg!!!!!
Diesmal erkannte ich das Dröhnen des Gongs. Hatte es mich beim letzten Mal eher überrascht, versetzte es mich jetzt in Panik. Denn niemand konnte den Gong geschlagen haben. Alle, die in diesem Haus noch am Leben waren, waren hier in der Bibliothek versammelt.

Kapitel 18

Ich war nicht die Einzige, die schlagartig nüchtern wurde. Auch die anderen blickten einander voller Angst an. Ich konnte förmlich sehen, wie sie sich wieder an die Bilder erinnerten, die sich auch mir eingebrannt hatten; wie sie sich noch leicht alkoholisiert und panisch die gleichen Fragen stellten: *Wie konnte ich das nur vergessen, wie konnte ich nur entspannt plaudernd und trinkend mit diesen Leuten zusammensitzen?*

»Waren *Sie* das?«, fragte mich Winston.

»Wieso beschuldigen Sie immer mich? Ich war es ganz offensichtlich nicht. Wie auch?«

»Wir müssen nachsehen«, meinte James, aber keiner von uns machte Anstalten aufzustehen.

»Okay«, sagte ich, »auf drei gehen wir alle zusammen in die Halle. Eins, zwei, drei!«

Aber nur ich bewegte mich auf die Tür zu. Einen Moment lang war mein Ärger – in Kombination mit dem Whisky, der immer noch durch meine Adern floss – größer als meine Furcht. Doch der Ärger verflog, und so war der eigentliche Grund, der mich in die Halle treten ließ, letztlich der alberne Wunsch, mein Gesicht zu wahren. Als die drei anderen sahen, dass mir offenbar nichts passierte, versammelten sie sich hinter mir.

Wir standen reglos da, ein winziges Grüppchen in der riesigen Halle. Ein kalter Luftzug wehte Staubflusen über den gefliesten Boden. Der Gong vibrierte, schimmerte dabei, bis er langsam zur Ruhe kam. Auch im Schatten der Halle blieb alles still. Nichts war zu sehen, und gerade dies war beängstigend. Mein Nacken prickelte. Ja, die anderen drängten sich dicht hinter mir zusammen, aber war das der einzige Grund? Konnte es sein, dass da noch jemand – oder etwas – im Dunkeln lauerte? Ich lauschte angestrengt. Ein Knarren, ein Rascheln. *Bitte lass es einfach die Geräusche sein, die für so ein altes Gemäuer nun mal typisch sind!*

Mein Herz, das seit dem Dröhnen des Gongs aufgeregt pochte, schlug mir jetzt bis zum Hals, und ich bekam vor Furcht kaum noch Luft.

»Ich glaube, wir sollten die Geistertheorie noch mal überdenken«, flüsterte Bella.

Plötzlich schlug im oberen Stockwerk eine Tür. Das war zu viel für mich – der Gong, der Whisky, die Anspannung der letzten Tage … Ich begann zu schreien.

Irgendwann verstummte ich und stand halb gebeugt in Schutzhaltung da, die Arme über meinem Kopf. Doch als mein gellendes Geschrei verhallte, hörte ich nicht etwa wieder die grauenvollen, bedrohlichen Geräusche, sondern Gelächter. Ich richtete mich auf und sah James, keuchend vor Lachen, am Türrahmen lehnen. Auch Bella und Winston grinsten über beide Ohren.

Im ersten Moment reagierte ich gekränkt. »Macht ihr euch über mich lustig?«

»Nein«, sagte James. »Aber schau nur, er hat's wieder getan.«

Er wies quer durch die Halle auf die offen stehende Tür des Speisezimmers. Um den Türrahmen lugte der rote Kater und leckte sich die Pfote mit der typischen Nonchalance einer Katze, die einen davon zu überzeugen versucht, dass sie etwas mit voller Absicht getan hat.

»Ich bin wirklich erleichtert«, meinte Winston. »Die Alternative wäre ja gewesen …«

»Dass wir nicht allein im Haus sind«, beendete ich den Satz.

Ja, auch ich war erleichtert. Dennoch hatte mich die Vorstellung von einem Geist bis ins Mark erschreckt. Angst und Scham hatten die berauschende Wirkung des Whiskys abgelöst. Als wir in die Bibliothek zurückkehrten, hatte sich die Stimmung – wir waren zwar nicht besonders lebhaft gewesen, aber doch grimmig entschlossen, die Geselligkeit der anderen zu genießen – deutlich geändert. Jetzt saßen wir steif und ängstlich da und belauerten einander voller Argwohn.

»Wie spät ist es?«, fragte James.

Winston sah auf seine Uhr, ein schönes goldenes Exemplar mit schwarzem Lederarmband. »Zehn Uhr.«

»Nicht mehr lang bis zum neuen Jahr«, sagte ich. »Hoffentlich beginnt es besser, als das alte geendet hat.« Ich lächelte in die Runde, wurde aber nicht belohnt. Selbst James, der liebenswürdigste meiner verbliebenen Gefährten, war in sich gekehrt und schwieg verdrossen. Mir verging das Lächeln. In meinem leeren Magen brannte der Whisky, ich hatte einen säuerlichen, schalen Geschmack im Mund und Watte im Kopf. Ich fühlte mich kein bisschen mehr beschwipst, hatte aber immer noch zu viel Alkohol im Blut, um klar denken zu können. Es war unerträglich, nahezu nüchtern in einem betrunkenen Körper gefangen zu sein. Ich wollte schlafen.

»Ich muss ins Bett.« Mühsam rappelte ich mich auf, stolperte in den Schuhen mit den hohen Absätzen.

»Moment mal.« Winston packte mich abrupt am Handgelenk und hielt mich zurück. Ich wollte mich losreißen, aber er war unnachgiebig.

»Lassen Sie mich gehen! Was soll das, verdammt noch mal?«

»Ich habe nicht die Absicht, Sie hier festzuhalten. Für Fesselspielchen bin ich nicht in Stimmung, außerdem sind Sie wirklich nicht mein Typ. Aber Sie erinnern sich vielleicht, dass wir vereinbart hatten, einander bis zum Eintreffen der Polizei nicht aus den Augen zu lassen.«

»Ach ja?« Ich setzte mich wieder, entwand mich seinem Griff, rieb mir das Handgelenk und zog dabei wahrscheinlich eine kindisch-schmollende Grimasse. »Wir haben uns *schon mal* aus den Augen verloren. Als wir nämlich geduscht beziehungsweise uns umgezogen haben.«

»Exzellentes Argument. Aber, ohne ins Klischee abgleiten zu wollen: Das war vorhin, und jetzt ist jetzt. Schließlich sind wir alle lebendig von unseren rituellen Waschungen zurückgekehrt, nicht wahr? Sie wollen doch sicher nicht riskieren, dass noch jemand dieser … nennen wir es mal … ungerten Atmosphäre zum Opfer fällt? Nicht bis morgen früh, wenn doch gewiss endlich die Polizei eintreffen wird.«

»Natürlich nicht. Andererseits … brauche ich dringend etwas Schlaf.« Ich blickte zu James und Bella, die apathisch in ihre Gläser starrten. »Seid ihr nicht auch müde?«

James hob langsam den Kopf. »Ich glaube, ich war noch nie in meinem ganzen Leben so erschöpft.« Er leerte sein Glas.

»Die Sache ist die«, sagte Bella, ging zum Kamin und stellte vorsichtig eine weitere leere Flasche auf den Sims, bevor sie sich rasch umdrehte, »die anderen beiden sind mir egal. Aber *Sie* lasse ich nicht mehr aus den Augen!« Sie zeigte mit dem Finger auf Winston, der die Augenbrauen hochzog und sich in gespieltem Protest die Hand auf die Brust presste.

»*Moi?* Aber nun gut, das passt hervorragend zu meinem

Verdacht. Auch ich werde Sie keinen Moment mehr aus den Augen lassen.«

»Sie glauben, *sie* ist die Täterin?« Vor Überraschung klang meine Stimme ganz hoch. »Dabei haben Sie doch die ganze Zeit so getan, als hätten Sie *mich* im Verdacht.«

»Das habe ich auch. Ich verdächtige Sie alle. Wir alle könnten es getan haben. Lassen Sie es mich einmal so ausdrücken: Die simpelste mögliche Lösung ist meist die richtige.«

»Aber ...« Mein Hirn kämpfte gegen die Wirkung des Whiskys an. »Wenn nur ihr beide, Bella und Winston, euch gegenseitig beobachtet, wer beobachtet dann die Beobachtenden? Müssen die Beobachtenden nicht auch beobachtet werden?«

Alle wirkten einen Moment lang verwirrt und versuchten zu erfassen, ob mein Gedankengang Sinn ergab.

»Sie hat recht«, sagte James schließlich. »Wir können euch beide nicht allein lassen.«

Alle schwiegen, unser Verstand wehrte sich gegen die Betrunkenheit.

»Ein Bereitschaftsraum!« James schlug sich gegen die Stirn. »Wie in einer Klinik. Winston, Ihr Zimmer liegt doch meinem gegenüber. Wenn Sie die Tür offen lassen und wir immer wieder Rufzeichen geben, kann nichts unbemerkt passieren. Und doch kommt jeder von uns ein bisschen zur Ruhe.«

»Aber mein Zimmer liegt zu weit hinten im Flur«, protestierte ich. »Mich würde niemand rufen hören.«

»Du kannst zu mir umziehen, Millie«, sagte James. »Ich überlasse dir das Bett und schlafe im Sessel. Es macht mir nichts aus.«

Ich wusste nicht, wie ich reagieren sollte. Das war schon sehr ... intim. Irgendetwas entwickelte sich zwischen James und mir, dachte oder hoffte ich – vielleicht war es aber auch nur der Whisky, der mich das glauben ließ. Immerhin tat sich etwas. Und ich war überzeugt, dass James nicht der Mörder war und ich mich in seiner Gesellschaft sehr viel sicherer fühlen würde.

»Und wo schlafe ich?« Bella runzelte die Stirn und riss die Augen auf. »In unser Zimmer gehe ich nicht mehr zurück!«

Ich sparte mir den Hinweis, dass sie vorhin noch ohne Bedenken in das Zimmer zurückgegangen war, um ihr Kleid aus dem Koffer zu holen. Doch dort die ganze Nacht zu verbringen – das war tatsächlich etwas anderes.

»Keiner von uns sollte diesen Raum noch einmal betreten«, meinte Winston. »Schauplatz eines Verbrechens und so weiter. Aber Sie sollten in Hörweite bleiben.«

»Und das heißt? Soll ich vielleicht im Flur zwischen euren Zimmern ein paar Decken ausrollen? Auf dem *Boden* kampieren?« Als keinem von uns eine Alternative einfiel, seufzte Bella angewidert und schloss ergeben die Augen. »Es ist sowieso schon das schrecklichste Wochenende meines Lebens; also los.«

Wir gingen zusammen hinauf. Während James ihr galant ein kleines Lager im Flur bereitete und Winston demonstrativ untätig an der Wand lehnte, zog Bella mich beiseite.

»Ich finde, du solltest hier bei mir im Flur schlafen«, sagte sie in betrunken-indiskretem Flüsterton. »Nicht im Zimmer mit ihm! Vielleicht ist er ja, du weißt schon, *derjenige, welcher*.«

»Das glaube ich nicht«, zischte ich zurück. »Da haben andere Leute deutlich bessere Motive.« Ich blickte vielsagend zu Winston hinüber, obwohl Bella genauso infrage gekommen wäre.

»Stimmt.« Auch sie starrte einen Moment lang in Winstons Richtung, zuckte dann die Achseln und nahm nacheinander ihre Ohrringe ab. »Ich glaube zwar immer noch, dass du damit eine Dummheit begehst, aber ich bin zu müde, um dich davon zu überzeugen.«

Bella kuschelte sich schon in ihre Decken auf dem Boden, während wir anderen noch verlegen im Flur zwischen den gegenüberliegenden Zimmern standen, in denen wir die Nacht verbringen würden. Niemand wusste, was er sagen sollte. Schließlich entschied ich mich für: »Na, dann bis morgen früh.«

»Falls wir dann noch leben«, sagte Winston grinsend.

Wir drehten uns um. Winston ging in sein Zimmer und ich mit James in seines.

Kapitel 19

Wir ließen die Tür offen. Ich fühlte mich an ein Date in den Fünfzigerjahren erinnert. Auch Winstons Tür auf der anderen Gangseite blieb offen, und Bella beschloss, unser System zu testen, indem sie mit dem Fuß gegen die Wand trat.

»Habt ihr das gehört?«

»Klar!«, rief James.

»Hier wird niemand unbemerkt einen Mord begehen!«, rief Winston. »Jedenfalls nicht noch einen.« Er verstummte.

Ich konnte nur noch Bella vor sich hin meckern hören; sie beschwerte sich leise über ihr unbequemes Lager.

Ich setzte mich behutsam auf den Rand des karierten Bettüberwurfs, die Hände unter meine Oberschenkel geschoben. James sank seufzend in den Lehnsessel. Er knipste die Tischlampe an und rieb sich mit beiden Händen das Gesicht.

»Du kannst zuerst schlafen, wenn du magst. Und gern das Badezimmer benutzen. Nimm dir einfach, was du brauchst.«

»Danke. Du hast nicht zufällig...? Nein, Quatsch, was soll's.«

»Was denn?«

»Na ja, ich hab nicht daran gedacht, mir meinen Pyjama aus meinem Zimmer zu holen. Und wir verbringen ja wahrscheinlich die ganze Nacht zusammen hier, wenn du verstehst, was ich meine.«

»Natürlich, und du in Partyklamotten – nicht gerade ideal. Ich geb dir ein T-Shirt von mir.« Er ging zur Kommode und nahm eins heraus.

Im Bad rieb ich mir den Mund mit Zahnpasta aus und fand es fast amüsant, da es mich an meine Studentenzeit erinnerte. Auch wenn in meinem Leben Chaos herrschte, war es doch lange her, dass ich mir nicht mehr ordentlich die Zähne geputzt hatte. Ich gab mir Mühe, mein Make-up nur mit kaltem Wasser und einem Handtuch zu entfernen, dann zog ich meine Kleider aus und streifte das T-Shirt über. Da James von kräftiger Statur war, konnte ich es quasi als Nachthemd tragen. Es roch nach Sandelholz, Waschmittel, Männlichkeit. Ein angenehmer Duft, ein Duft, den ich ein Jahr lang entbehrt hatte.

Als ich ins Zimmer zurückkam, hatte James im Sessel die Augen geschlossen, und sein Kopf war nach hinten gegen die Lehne gesunken. Im Licht sah ich die Umrisse seines Profils. Ich schlüpfte leise unter die Bettdecke, nicht ganz sicher, ob er schon eingeschlafen war. Als wir die Treppe heraufkamen, war ich erschöpft gewesen, aber jetzt schwirrte mir der Kopf, und ich nahm ganz bewusst wahr, wie James' Shirt auf meiner Haut lag und das Kissen sanft gegen meine Wange drückte.

»Soll ich das Licht ausmachen?«, fragte er.

»Oh, gern. Das wäre wahrscheinlich gut.«

Ein Klicken und der Raum wurde dunkel. Zumindest dunkler als zuvor – das Flurlicht brannte noch und drang als matter Schimmer zu uns, in dem man Formen, aber keine Farben unterscheiden konnte.

Kurz darauf sah ich James durchs Zimmer gehen. Wieder schien der Umriss seines Profils zu leuchten, als er die offene Tür erreichte.

Er beugte sich in den Flur hinaus und rief leise: »Lebt ihr noch?«

»Bis jetzt ja«, antwortete Bella.

Er setzte sich wieder in seinen Sessel, und ich schloss die Augen und versuchte, mich zu entspannen. Ich spürte meine physische Erschöpfung – die Kälte, der Hunger und die Angst der letzten Stunden forderten ihren Tribut. Doch mental kam ich einfach nicht zur Ruhe. Ständig tauchten Erinnerungen und Fragen auf; mein Bewusstsein glich einem aufgewühlten Meer. Seufzend wälzte ich mich auf die andere Bettseite.

»Kannst du nicht schlafen?« Er fragte so leise, als wollte er mich nicht wecken, falls dem nicht so wäre.

»Es ist komisch. Ich war vollkommen fertig. Bin es eigentlich immer noch. Aber mir geht zu viel durch den Kopf.«

»Zum Beispiel?«

»Das kannst du dir doch denken.«

Seine Antwort war nur ein Stöhnen. Ich drehte mich wieder auf die andere Seite und hoffte, er würde noch etwas sagen. Als das nicht passierte, ergriff ich das Wort.

»James?«

»Ja?«

»Was da passiert ist … Glaubst du … Ich meine, hast du eine Ahnung …?«

»Ob ich eine Ahnung habe, wer es getan haben könnte?«

»Ja.«

»Meine Güte, Millie, ich weiß es nicht.« Er schwieg eine Weile, und ich hörte, wie er unbehaglich im Sessel hin und her rutschte. »Jedenfalls glaube ich nicht, dass du es warst.«

»Dann muss ich mich wohl bei dir bedanken.«

»Willst du das versteckte Kompliment nicht erwidern?«

»Oh, sorry.« Ich lachte leise, überrascht, wie locker ausgerechnet dieses Gespräch verlief. In der Hoffnung, dass man mich im Flur nicht hörte, sprach ich mit gedämpfter Stimme weiter. Und auch in der Hoffnung, dass James mir glaubte. Denn mittlerweile war ich von seiner Unschuld nicht mehr ganz so überzeugt, wie ich es gern gewesen wäre. »Ich glaube nicht, dass du es getan hast. Schließlich haben die anderen beiden … einen Grund.«

»Ein Motiv, natürlich. Darauf läuft es hinaus, nicht wahr?«

»Winston hat gesagt, dass Ravi mit dem ihm anvertrauten Geld leichtfertig umgegangen ist. Das hat er mir freiwillig erzählt, vor Ravis Tod. Warum hätte er das tun sollen, wenn er vorhatte, ihn deswegen umzubringen?«

»Doppelbluff?«

»Wahrscheinlich. Aber er erschien mir nicht so wütend wie jemand, der sich rächen will. Eher …«

»Verächtlich-amüsiert?«

»Genau! Das ist so typisch für ihn, nicht?«

»Absolut.« Er schwieg erneut.

Ich starrte ins Halbdunkel, in dem ich immer mehr Details ausmachen konnte: die Vorhangfalten, den glänzenden Spiegel und in Türnähe, wo es am hellsten war, den grellbunten Tartanstoff.

James räusperte sich und fragte: »Dann also Bella?«

»Na ja, niemand stand Ravi näher. Und nach einem Mord konzentriert man sich bei der Suche nach dem Täter immer erst mal auf den Partner.«

»Auch in diesem Fall?«

»Du hast recht. Was weiß ich schon?«

»Eine Menge über Vögel.«

Ich war froh, dass er mich im Dunkeln nicht erröten sah.

»Aber nicht nur über Vögel. Du hast auch einen ziemlich guten Blick für Menschen.«

Ich errötete noch stärker. »Du würdest mir also glauben, wenn ich sage, dass Bella nicht die Täterin ist, obwohl sie offensichtlich verdächtig ist?«

»Ja.«

»Und zwar aufgrund meines Scharfblicks, den ich mir durch die Vogelbeobachtung antrainiert habe.«

»Ja, und aufgrund der Tatsache, dass ich sie selber nicht dafür halte. Also bleiben die Todesfälle ein Rätsel. Einer von den beiden muss dafür verantwortlich sein.«

»Oder einer von uns.«

»Das ist jetzt aber kein Geständnis, oder?«

»Nein, aber ... Kann ich dich etwas fragen? Es ist ein bisschen sehr direkt.«

»Wir haben schon gemeinsam vor Leichen gestanden und uns betrunken. Du kannst ganz offen mit mir sprechen.«

Trotzdem zögerte ich, meine Frage zu formulieren. Ich wollte die Atmosphäre zwischen uns nicht gefährden. Im Dunkeln sprachen wir leise über die anderen. Vertraulich. Und was ich jetzt sagen wollte, konnte all dies zerstören.

»Ich glaube wirklich nicht, dass du es warst ...«, begann ich dennoch. »Aber ich hab mir so meine Gedanken über Mrs Flytes Pillen gemacht.«

Ich hatte meine Frage so indirekt wie nur möglich gestellt, aber er verstand mich trotzdem.

»Du willst wissen, ob ich sie ausgetauscht habe? Wegen meines ... Berufs?«

Ich lauschte, ob er empört oder gekränkt klang, aber sein Tonfall hatte sich nicht geändert: Er war müde und neutral trotz des heiklen Themas, über das wir redeten, und des Raums, in dem wir uns befanden.

»Ja, deswegen. Und ich dachte, es gebe gewisse Hinweise …«
Ich brach ab, weil ich mich davor scheute auszusprechen, weswegen er hier war.

»Dass mein Handeln nicht immer, sagen wir, von ethischen Grundsätzen geleitet wird?«

Jetzt klang seine Stimme angespannt, und ich schwieg unsicher. Genau das hatte ich gemeint, aber da es ausgesprochen war, fiel mir keine Erwiderung ein. Er seufzte.

»Es stimmt. Ich bin dafür bekannt, dass ich meinen Beruf dazu nutze … anderen den Zugang zu bestimmten Substanzen zu verschaffen.«

»Zu dealen.«

»Du hast mich ja gewarnt, dass du sehr direkt sein würdest; da darf ich mich wohl nicht beschweren. Jedenfalls ist es so, dass ich meinen eigenen Vorrat dabeihabe. Ich habe es nicht nötig, einer alten Dame ihre Tabletten wegzunehmen. Außerdem waren das Betablocker … Die kommen nicht so gut.«

Ich setzte mich auf und schaltete die Nachttischlampe ein, weil ich sehen musste, ob seine Miene ehrlich wirkte. Ich wollte nicht, dass mich mein Wunsch, er möge unschuldig sein, beeinflusste. Sein Blick war ganz offen, ein bisschen trotzig, aber nicht verschlagen oder unwillig.

»Ich glaube dir.«

»Welch eine Erleichterung.«

»Tut mir leid, dass ich das angesprochen habe, aber du verstehst bestimmt …«

»Das war nicht sarkastisch gemeint, Millie. Ich bin wirklich erleichtert, dass du mich nicht für den Täter hältst.«

Ich errötete von Neuem. Wir sahen uns an, und ich spürte,

wie die Röte mein flüchtig gewaschenes, vom Whiskygenuss noch gezeichnetes Gesicht überzog. Ich sah in diesem Moment bestimmt nicht gut aus, aber so, wie James mich anblickte, hätte man meinen können, dass er mich trotzdem attraktiv fand.

»Steht eine Übeltat zu befürchten?«, rief Winston aus dem Zimmer gegenüber, zweifellos, weil er Licht bei uns gesehen hatte.

»Nein, es sei denn, es wäre eine Übeltat, sich ein Glas Wasser zu holen!«, rief ich zurück und lächelte James an. Doch sofort kamen mir Bedenken; ich hatte ihn um Ehrlichkeit gebeten, und jetzt flunkerte ich, auch wenn die Lüge ganz harmlos war. Also stand ich auf, ging zum Waschbecken hinüber und war mir meiner nackten Beine plötzlich sehr bewusst. Ich ließ Wasser in das Zahnputzglas laufen und nahm einen Schluck. Dabei hatte ich das Gefühl, als würde immerhin ein bisschen Whisky aus meinem Blut herausgeschwemmt. Der Raum war kalt, und ich schlüpfte zitternd wieder unter meine Decke. Aber ich ließ das Licht brennen, setzte mich aufrecht hin und sah zu James hinüber, der sich in seinem Sessel nicht bewegt hatte.

Plötzlich fiel mir etwas ein. Ich horchte einen Moment, wollte sichergehen, dass man uns nicht belauschte. Draußen im Flur hörte ich Bella leise schnarchen.

Dann sagte ich noch gedämpfter als zuvor: »Wenn du also hergekommen bist, um … zu verteilen, dann haben dich also keine Freunde eingeladen?«

Auch James blickte Richtung Flur, dann stand er auf, kam zu mir und setzte sich vor mich auf die Bettdecke. »Es war ein Job. Ich habe eine Art Plattform, über die man mich kontaktieren kann. Jemand hat sich gemeldet und den potenziellen Auftrag beschrieben: Ich sollte zur Party kommen, als wäre ich einer der Gäste. Alle Kosten würden übernommen, meine Aufgabe wäre es nur, ein bisschen Zeug mitzubringen und zu verteilen, das für gute Stimmung sorgt.«

»Hat dich das nicht misstrauisch gemacht? Hätte doch sein können, dass dir die Polizei eine Falle stellen will.«

»Man entwickelt da so ein Gespür. Aber der Auftrag war ja einleuchtend, nicht wahr? Ich meine, wie viele Drogenhändler gibt es auf diesen schottischen Inseln im Nirgendwo? Da kann niemand auf die Schnelle liefern. Außerdem ist es Kunden oft unangenehm, selbst Tütchen mit weißem Pulver dabeizuhaben. Ich habe nicht besonders tief nachgebohrt, schließlich mache ich andauernd solche Jobs.« Er schwieg einen Moment und schien mit seinem Blick den Linien der karierten Bettdecke zu folgen. »Offensichtlich hätte ich mehr Fragen stellen sollen. Aber in gewisser Hinsicht hat sich der Auftrag trotzdem gelohnt.«

Und dann hob er den Kopf und sah mich an, wirklich *mich*, und ich konnte seinen Blick nicht missdeuten.

Ich hielt die Luft an. Beugte mich ihm entgegen, wie gebannt. Seine Augen, sein Mund.

Aber …

Kapitel 20

»Warte«, sagte ich.

James lehnte sich zurück und blinzelte ein paarmal. Jetzt wurde *er* rot.

Ich war sauer auf mich selber. Kaum zu fassen, dass ich auf den Kuss verzichtet hatte. Meinen ersten Kuss seit einem Jahr, und es gab keine Garantie, dass es eine weitere Gelegenheit dafür geben würde. Aber ich musste erst etwas klären.

»Tut mir leid. Es ist nur ... Ich weiß, dass du Mrs Flyte nichts getan hast und du vielleicht nicht mit den harmlosesten Absichten hierhergekommen bist, aber jedenfalls nicht mit Mordgedanken. Was ich jedoch nicht kapiere, ist: Wie kannst du im Beruf so verantwortungsvoll sein und nebenher Drogen verkaufen?«

Er lächelte schief, also hatte ich ihn wenigstens nicht völlig vor den Kopf gestoßen.

»Ich weiß, dass ich eigentlich nicht der Typ für sowas bin. Aber manchmal bringt einen das Leben in echte Zwangslagen.«

Ich setzte mich unter der Decke anders hin und wartete darauf, dass er weitersprach.

»Es ist wegen dem hier.« Er streckte seine Beinprothese aus und klopfte mit dem Schienbein leicht gegen den Nachttisch, sodass ein leises metallisches Geräusch zu hören war. »Davor war mein Leben anders.«

»Du scheinst doch gut zurechtzukommen.«

»Klar, ich hab gelernt, damit umzugehen. Ich war schon

immer ein Draufgänger, darum hab ich auch das Bein verloren.« Wieder hielt er inne und starrte die Prothese an.

»Du musst es mir nicht erzählen.«

»Schon okay. Es ist nur komisch, darüber zu sprechen. Die meisten Leute tun gerne so, als wäre sie gar nicht da. Mir selber ging es genauso.« Er seufzte, ließ sich aufs Bett sinken und schloss die Augen. »Das alles hat meine Zukunft verändert. Eigentlich wollte ich Arzt werden, nicht Apotheker. Ich bin zwar zufrieden mit meinem Beruf; was ich mache, hat einen Sinn. Aber Ärzte heimsen den Glamour ein. Ich stellte mir einen Einsatz in Kriegsgebieten oder Entwicklungsländern vor. Du weißt schon, wie ich im Safari-Outfit und mit Stethoskop Menschenleben rette, oder Fotos, auf denen ich von lächelnden Einheimischen umringt bin. Ein Leben voller Romantik und Abenteuer, garniert mit einem medizinischen Heiligenschein. Ein tolles Leben.«

»Hört sich ziemlich aufregend an.«

»Dachte ich auch. Klingt zwar ein bisschen nach Klischee, aber wahrscheinlich bestehen die meisten Träume von Siebzehnjährigen aus Klischees.«

»Ich zum Beispiel dachte früher, ich würde eine neue Spezies entdecken oder vielleicht als Zoologin eine Natursendung im Fernsehen moderieren. Ungefähr so: ›Wenn Sie jetzt ganz genau hinschauen, können Sie vielleicht die scheue Rohrdommel entdecken, die zwischen den Schilfrohren hervorspitzt. Auf jeden Fall hören Sie den charakteristischen dumpfen Balzruf des Männchens, der in der Paarungszeit kilometerweit übers Röhricht hallt.‹«

James lächelte. »Im Rückblick kommen einem die Jugendträume so unschuldig und absurd vor.«

»Und was ist passiert?«

»Ich brauchte unbedingt den Nervenkitzel.« Sein Kiefer verkrampfte sich, als kaute er die Worte vor dem Sprechen. »Ich hatte ein Motorrad. Fuhr gerne schnell. Und eines Tages ...«

»Der Unfall?«

»Der Unfall.«

Ich wartete, aber er schien nicht weiterreden zu wollen. »Tut mir leid. Aber mir ist der Zusammenhang nicht ganz klar.«

»Zwischen dem Unfall und den Drogen? Na ja, dazu muss man wissen, dass es bei einer Amputation nicht nur um den Schmerz beim Unfall, nach der Operation und während der Heilungsphase geht. Wenn du Pech hast, hört der Schmerz nie mehr auf.«

»Du meinst den Phantomschmerz?«

»Noch schlimmer: das Phantomleben. Mein Leben, wenn der Unfall nicht passiert wäre.«

»Aber als Arzt hättest du doch auch mit einem Bein arbeiten können.«

»Natürlich. Aber mit nur einem Bein, ein paar verpatzten Prüfungen und einer mehrjährigen Schulunterbrechung, während der ich gesoffen, Pillen eingeworfen und mit der Welt gehadert habe? Da rückt der Arztberuf in immer weitere Ferne.«

»Du hast also wieder die Schulbank gedrückt, aber ohne die Noten zu bekommen, die für ein Medizinstudium nötig gewesen wären?«

»Ich hab schließlich das gewählt, was mir als das Zweitbeste erschien. Und ich mag meine Arbeit. Viel menschlichere Arbeitsbedingungen, als durch Krisengebiete hetzen oder nächtelang in der Notaufnahme schuften zu müssen. Und doch ist da eine Art ... Vakuum.« Er formte seine Hände zu einer Kugel, die nichts als Luft enthielt.

»Und du dachtest, mit mehr Geld könntest du dieses Vakuum füllen?«

»Geld hilft. Aber noch mehr der Nervenkitzel – Dinge zu klauen, Regeln zu brechen, sich dabei nicht erwischen zu lassen. Und auch ...«

»Ja?«

»Hast du je gelitten, Millie? Richtig gelitten?«

Ich dachte an den Tod meines Vaters, das einsame Leben, das ich seitdem führte. Ich dachte an meine Zeit bei Flights, an die Freundschaft mit Penny, meinen sehnlichen Wunsch, von Nick wahrgenommen zu werden, und an das Ende der Freundschaft mit Penny, das Ende der Stiftung. Ich dachte an Drew Strang, dessen Kopf früher schön und nach dem Autounfall nur noch blutverschmiert und leer gewesen war, und an Pennys Leiche, die von der Brandung gegen die Klippen geworfen wurde. Ich dachte an das graue Chaos meines Apartments, meines Lebens. Ich nickte.

»Dann weißt du auch, dass in solchen Situationen die normalen Dinge nicht mehr ausreichen. Oft genügt es ja, eine fröhliche Miene aufzusetzen oder sich einzureden, dass alles gut wird. Aber manchmal braucht man etwas mehr. So war es bei mir. Und anderen geht es genauso. Wie also hätte ich sie verurteilen oder ihnen ihren Wunsch verweigern sollen? Nach dem, was mir zugestoßen war, war das unmöglich.«

Ich schlang die Bettdecke fester um mich und dachte über seine Worte nach. Natürlich verstand ich, wovon er redete. Im vergangenen Jahr hatte ich mich ja selber mit Alkohol und Essen getröstet. Und wer Zugang zu stärkeren Sachen hatte, machte da vermutlich keinen großen Unterschied. Aber es schmerzte mich dennoch, den Eindruck, den ich von James gehabt hatte – kontaktfreudig, hoch qualifiziert und liebenswürdig –, mit diesem dunkleren Bild von ihm in Einklang bringen zu müssen.

Er öffnete eins seiner haselnussbraunen Augen und sah mich an. »Du überlegst, ob du mir verzeihen kannst?«

Ich schwieg.

»Ich mache dir keinen Vorwurf. In letzter Zeit frage ich mich selber manchmal, ob ich mir noch verzeihen kann. Es ist komisch, aber vorhin beim Duschen und Umziehen … Ich muss es mir eingebildet haben, aber als ich aus der Dusche kam, hätte ich schwören können, dass jemand auf den beschlagenen Spiegel das Wort ›schuldig‹ geschrieben hatte. Wahrscheinlich hat mir nur mein Gewissen einen Streich gespielt.«

Ich war erleichtert zu hören, dass James ein Gewissen und Anstand besaß, aber dieses warme Gefühl wurde von einer Welle kalter Furcht hinweggespült. *Schuldig.* »Hat es nicht.«

»Was?«

»Dein Gewissen hat dir keinen Streich gespielt. Auf meinem Badspiegel stand das gleiche Wort.«

»Wie bitte?« Er setzte sich aufrechter hin und starrte mich mit großen Augen an. »Dann sind es vielleicht *wirklich* Geister?«

Ich hätte gern gelächelt, aber mein Gesicht fühlte sich seltsam an, taub. Wir schwiegen beide und lauschten. Ich hörte meinen eigenen Herzschlag und mein Blut, das immer lauter in meinen Ohren rauschte, aber da war noch etwas anderes. Von irgendwoher kam ein Knarren.

Es ist nur das Haus, an dem der Sturm rüttelt. Nichts anderes.

Und doch wurde das Dröhnen in meinen Ohren lauter.

Dann hustete Winston oder Bella, und die Atmosphäre, die James mit dem Wort »Geister« heraufbeschworen hatte, entspannte sich ein bisschen. Kläglich blickten wir einander an.

»Vielleicht. Oder …« Ich hielt inne und überlegte, ob ich ihm noch etwas anvertrauen sollte, das möglicherweise Winston belastete. »Winston hat gesagt, auch er habe etwas gesehen, das mit Ravis Blut auf den Spiegel geschrieben wurde. Er könnte doch …«

»Winston liebt es anscheinend, andere zu manipulieren. Aber auch Bella hätte Gelegenheit dazu gehabt. Warum stand das Wort eigentlich auf *deinem* Spiegel? Weswegen sollst *du* dich schuldig fühlen?«

»Ich finde, die wichtigere Frage ist doch, wer die Nachricht geschrieben hat.«

»Das ist unfair. Ich war gerade offen zu dir.«

Die Bettdecke hatte Zierknöpfe, die an einer Linie des Karomusters entlangliefen. Ich drehte an einem davon, zerrte daran. Es fiel mir schwer zu sprechen.

Schließlich eröffnete James mir einen Ausweg. »Du *musst* es mir nicht sagen, wenn es dir so unangenehm ist, Millie.«

»Nein, du hast ja recht. Du warst ehrlich zu mir. Ich … ich denke nur nicht gerne daran zurück. Und wenn ich es tue, fühlt es sich so ungewohnt an.« Ich riss meinen Blick von dem Knopf los und sah James an. »Es hat mit Penny zu tun.«

Jetzt trat etwas anderes in seine Miene: Misstrauen. Aber vielleicht hatte ich ja ganz ähnlich reagiert, als er mir seine Geschichte erzählte.

»Ich meine natürlich nicht, dass ich sie die Klippen hinuntergestoßen hätte oder so! Es hat nichts mit den letzten Tagen zu tun. Aber du weißt ja, dass wir uns von früher kannten, bevor all das hier passiert ist.«

»Du hast gesagt, ihr wart Arbeitskolleginnen.«

»Ja. Ich habe meinen Job wirklich geliebt. Wir haben für eine Stiftung namens Flights of Fancy gearbeitet. Ein alberner Name, aber die Arbeit war toll – Naturschutz. Wir haben uns für neue Gesetze oder Gesetzesänderungen starkgemacht, zum Schutz von Vögeln und ihren Habitaten.«

»Also genau dein Ding.«

»Absolut. Penny war allerdings nicht wegen der Vögel dabei. Sie hat sich um alles Bürokratische gekümmert. Es war ein guter Arbeitsplatz. Unser Boss war ein leidenschaftlicher Typ; er hat uns mitgerissen, uns das Gefühl vermittelt, dass wir etwas Wichtiges tun. Und wir haben uns alle gut verstanden. Zumindest eine Zeit lang.«

»Was hat sich verändert?«

»Irgendwann verstanden sich manche Leute ein bisschen zu gut.«

»Du und …?«

Ich überlegte, ob ich ihm noch mehr erzählen sollte, zum Beispiel die Sache mit Nick. Aber was gab es da schon zu erzählen? Im Moment nichts. Jedes Wort über Nick würde nur das trüben, was sich gerade zwischen mir und James entwickelte, und das war eine ganze Menge. »Penny und unser Chef.«

»Aha. So etwas hast du schon am ersten Abend angedeutet. Das war der, der gestorben ist? Bei dem Unfall?«

»Ja, mit seiner Frau.«

»Er und Penny hatten also eine Affäre?«

»Und ich wusste davon. Wir waren Freundinnen.«

»Wirklich? Bei unserer Ankunft habt ihr nicht besonders vertraut gewirkt.«

»Zwischen uns ist irgendwann alles einfach nur schiefgelaufen. Größtenteils meine Schuld.«

»Trotzdem kann ich mir eure Freundschaft nur schwer vorstellen. Sie war so ein Mauerblümchen, und du … bist es eben nicht.«

»So schmeichelhaft das ist, ich war nicht immer so ein geselliger Mensch wie heute.« Ich freute mich über James' Worte, wusste aber auch, dass ich im Vergleich mit der unscheinbaren Penny immer vorteilhaft abgeschnitten hatte. Um ganz ehrlich zu sein, war das einer meiner Gründe für unsere Freundschaft gewesen. »Aber vielleicht hast du recht, und wir wären nicht Freundinnen geworden, wenn wir uns zum Beispiel in der Schule kennengelernt hätten. Aber damals waren wir Kolleginnen, ungefähr im gleichen Alter und die beiden einzigen jungen Frauen in der Firma. Drews Frau war zwar auch manchmal da, fand uns beide aber wohl ziemlich langweilig. Deshalb steckten wir häufig zusammen.«

»Hast du gemerkt, was zwischen deinem Boss und Penny lief?«

»Eigentlich hätte ich es spüren müssen, aber nein. Ich war total überrascht. Nie hätte ich es für möglich gehalten, dass Pennys Selbstbewusstsein für eine Affäre ausreichen würde. Sie hatte mir erzählt, sie sei in der Schule gemobbt worden, und ich hatte den Eindruck, dass sie nie darüber hinweggekommen war. Meines Wissens war das einzige Wesen, das sie wirklich liebte, ihre Katze. Das Liebesglück mit unserem Chef hat sie gut verheimlicht.«

»Und als die beiden dann nicht mehr glücklich waren?«

»Ich merkte irgendwann, dass etwas nicht stimmte. Penny kam häufig zu spät zur Arbeit, hatte ständig gerötete Augen und verschwand zu langen Gesprächen in Drews Büro, bei geschlossener Tür. Ich dachte, es sei irgendetwas anderes Schlimmes passiert, und sie versuche, freie Tage auszuhandeln. Jetzt hältst du mich wahrscheinlich für ziemlich begriffsstutzig, wie?«

»Nein, ich denke, du bist blitzgescheit.« Er hatte die Augen wieder geschlossen, lächelte aber.

»Was die Affäre betrifft, war ich das eher nicht. Immerhin wurde mir nach einer Weile klar, dass ich mit meiner Vermutung völlig falschlag, und ich schlug Penny vor, mal auszugehen und über alles zu reden. Aber als wir uns auf einen Drink trafen, sträubte sie sich irgendwie. Sie rückte einfach nicht mit der Sprache heraus. Zuerst wollte sie nicht mal etwas bestellen, aber dann bestand ich darauf, dass sie sich einen Cocktail aussuchte. Ich hab wirklich versucht, sie aufzumuntern; ich fand, ein Cocktail wäre lustiger als ein Glas Wein. Aber als die Kellnerin eine Margarita vor sie hinstellte, brach Penny in Tränen aus. Und dann war es keine Kunst mehr, alles aus ihr herauszukriegen.«

»Über die Affäre?«

»Über die Affäre. Und die Tatsache, dass sie schwanger war.«

James sog scharf Luft ein.

»Das machte alles noch komplizierter. Sie wollte das Baby. Er nicht. Sie stritten jeden Tag darüber, konnten sich aber zu keiner Entscheidung durchringen. Eine verfahrene Situation.«

»Und wie hast du reagiert?«

»Zuerst war ich einfach nur geschockt. Erinnere dich, wie sehr es dich vorhin überrascht hat, dass wir Freundinnen waren. Das ist nichts im Vergleich zu meiner Überraschung, als ich erfuhr, dass die beiden ein Liebespaar waren. Drew war wirklich … Er *leuchtete* irgendwie von innen heraus. Besaß eine unglaublich starke Präsenz.«

»Gegensätze ziehen sich an.«

»Das muss wohl so gewesen sein. Jedenfalls sitzt sie damals heulend da, erzählt mir, was passiert ist, und trinkt geistesabwesend die Margarita, obwohl sie das in ihrem Zustand nicht sollte. Und ich denke auch nicht dran, sondern winke dauernd der Kellnerin, sie soll Nachschub bringen. Für uns beide. Irgendwann waren wir ziemlich betrunken.«

»Zwar nicht ideal, aber im frühen Stadium einer Schwangerschaft auch keine Katastrophe.«

»Das war es ja. Sie war eben in keinem früheren Stadium mehr, sie hatte es nur gut kaschiert. Ich denke, sie war schon im fünften Monat, trug ja immer diese weiten Pullis.«

»Trotzdem ist nicht gesagt, dass dem Baby der Alkohol geschadet hätte.«

»Mag sein. Aber Penny war in einem fürchterlichen Zustand. Sie sah nur noch schwarz. Du weißt schon, man denkt, dass alles, was im Leben schiefgehen kann, auch schiefgehen wird. Und, tja …«

»Was?«

»Jetzt kommt der Teil, weshalb ich mich schuldig fühle. Es fällt mir schwer, es auszusprechen.«

»Wie gesagt, ich war ganz offen zu dir.«

»Also gut. Wir standen in der Arbeit an einem heiklen Punkt. Wir bereiteten uns darauf vor, ein Gesetz mit durchzubringen; es ging um Land für Renaturierungsprojekte und hätte zahlreiche Vogelhabitate geschützt. Das war kein guter

Zeitpunkt, um abgelenkt zu werden. Und vielleicht habe ich das etwas zu sehr ... betont. So in der Art: *Du hast da so viel Arbeit reingesteckt, das soll doch nicht alles umsonst gewesen sein. Und wer weiß, vielleicht ist das Baby jetzt durch den Alkohol sowieso geschädigt* ...«

»Du hast sie zu einer Abtreibung gedrängt?«

»Ich weiß nicht, ob ich das Wort benutzt habe. Penny rang um eine Entscheidung, und ich hab ihr meine Meinung gesagt. Nämlich dass mehr für diese Lösung spricht.«

»So wie Winston es gemacht hätte.«

»Ja.«

»Trotzdem war es immer noch ihre Entscheidung.«

»Wahrscheinlich. Aber wäre ich ihr eine bessere Freundin gewesen, dann hätte sie mir mehr bedeutet als das Projekt. Und nach allem, was geschehen ist, lässt sich mit der Erinnerung daran nur schwer leben. Zudem lief in ihrem Leben dann alles schief. Ich weiß nicht genau, was zwischen ihr und den Strangs passiert ist, aber kurz nach unserem gemeinsamen Abend verließ sie die Stiftung. Und dann ging alles den Bach runter: Das Gesetz kam nicht durch, Pennys Weggang vergiftete die Atmosphäre, und irgendwann wurde beschlossen, Flights aufzulösen, und ich habe meinen Job verloren.«

»Ich würde es so sehen, dass du den Preis für dein Verhalten bezahlt hast. Es gibt keinen Grund, dich schuldig zu fühlen – es sei denn, du hast Penny noch mal getroffen und etwas getan, das du mir beichten möchtest?«

»Nein, ich bin ihr nie mehr begegnet. Zum letzten Mal auf der Silvesterparty der Firma, vor genau einem Jahr.«

»Apropos Silvesterparty ...«

James hievte sich vom Bett hoch, ging zur Tür und rief den

andern beiden etwas zu. Als Entwarnung kam, kehrte er zurück und ließ sich wieder aufs Bett fallen. Aber diesmal schloss er nicht die Augen. Er stützte sich auf einen Ellbogen und starrte mich an.

»Was denkst du jetzt?«, fragte ich und drehte mit gesenktem Blick an meinem Lieblingsknopf der Bettdecke. »War mein Verhalten total daneben?«

»Es steht mir nicht zu, das zu beurteilen.«

Rasch sah ich ihn an. »Wirklich? Ich hatte schon den Eindruck, als ... als hättest du mich nach Pennys Tod kritisch gemustert.«

»Überhaupt nicht! Vielmehr habe ich dich bedauert, weil du eine Freundin verloren hast. Und falls ich distanziert gewirkt haben sollte, dann nur, weil mir nicht die richtigen Worte eingefallen sind.«

»Dann wirst du in nächster Zeit also nicht das Wort ›schuldig‹ auf meinen beschlagenen Spiegel schreiben?«

»Wenn ich mich in dem Badezimmer befände, in dem du duschst, würden mir ganz sicher andere Dinge einfallen.«

Ich errötete mal wieder und wusste nicht, was ich sagen sollte.

In dem Moment rief Winston laut über den Flur: »Hallo, alle! Es ist Mitternacht!«

Und Bella begann mit immer noch schwerer Zunge zu singen: »*Auf die alten Zeiten, mein Freund, auf die alten Zeiten...*«

James lächelte. »Millie?«

»Ja?«

»Weißt du, was man Silvester um Mitternacht tut?«

»Ich glaube, es hat etwas mit ...«

Er legte seine breite, warme Hand an meinen Hinterkopf

und zog mich zu sich. Ich schloss die Augen, als sich unsere Lippen trafen. Es war ein guter Kuss, innig und sanft, aber auch ein bisschen drängend, ein bisschen hungrig. So einen hatte ich seit einem Jahr nicht mehr erlebt. James lehnte sich zurück.

»Ein glückliches neues Jahr«, sagte er.

»Weißt du was?«, erwiderte ich und grinste wie ein Honigkuchenpferd. »Trotz allem könnte ich mir das jetzt wirklich vorstellen.«

Neujahrstag

Kapitel 21

Ich wachte abrupt auf. Und langsam fiel mir alles wieder ein: Wo ich mich befand, warum dieser Raum komplett mit Tartanstoff ausgestattet war. Und wie viel ich getrunken haben musste, dass ich diesen Geschmack im Mund hatte. Und dann begann mein Herz zu hämmern, und die letzten angenehm wattigen Schlafreste zerstoben, als mir einfiel, wie viel Schreckliches am Vortag passiert war.

Penny tot. Mrs Flyte tot. Und Ravi wirklich tot.

Mir wurde schlecht, und nicht nur vom Kater.

Doch als ich mich auf die andere Seite drehte, um aufzustehen, sah ich James neben mir. Und mir fiel noch etwas ein. Und dieses Etwas bedeutete, dass ich zum ersten Mal seit über einem Jahr nicht mit einem Gefühl von Enttäuschung erwachte. Dass dieser Tag Hoffnung barg, trotz allem, was hinter uns lag.

In meinem Bauch herrschte ein großes Durcheinander: Erregung, Angst, die Nachwirkungen des Alkohols und Hunger, alles kämpfte miteinander. Doch worum ich mich am dringendsten kümmern musste, bevor James aufwachte, war mein Atem.

Leise und behutsam glitt ich unter der Bettdecke hervor und tappte über den karierten Teppich ins Bad. Hektisch rieb ich mir Zahnpasta über Zähne und Zunge und spülte mir so lange den Mund aus, bis ich die vage Hoffnung hatte, wenigstens wie ein Kadaver zu riechen, der Mentholkaugummi gekaut hat, und nicht mehr nur wie ein Kadaver. Mein Gesicht im Spiegel war bleich und aufgedunsen; kaltes Wasser half da nur begrenzt. Ich versuchte, mich ermutigend anzulächeln und James' T-Shirt so verführerisch wie möglich über meine Schultern zu ziehen – vergebliche Liebesmüh in beiden Fällen –, und schlich schließlich auf Zehenspitzen in der Hoffnung zurück, dass er noch ein Weilchen weiterschlafen würde.

Doch als ich neben ihn unter die Decke glitt, bewegte er sich leicht, und ich beobachtete an ihm den gleichen schmerzhaften Prozess des Erwachens, den ich gerade selbst durchgemacht hatte. Erst hielt James sich den Kopf und stöhnte leise, dann legte sich ein Lächeln auf seine Lippen, und er streckte den Arm nach mir aus. Doch mitten in der Bewegung sah ich, wie die Erinnerung zurückkehrte. Sein Arm verharrte an Ort und Stelle, und das humorvolle Funkeln in seinen Augen erlosch. Er setzte sich auf, mit angezogenen Knien, die die Bettdecke ausbeulten. Dann barg er sein Gesicht in den Händen. Ich war erleichtert, als kurz darauf eine dieser Hände über die Bettdecke zu mir herüberwanderte.

»Mein Gott, Millie. Ich kann gar nicht glauben, dass das alles passiert ist.«

»Aber es ist passiert.«

»Und … wie geht es jetzt weiter?«

»Na ja, wenn die Polizei eintrifft, erzählen wir unsere Geschichte, und dann …«

»Klar. Aber ich meinte auch …« Er räusperte sich, zögerte plötzlich und begann, mit meinen Fingern zu spielen, die in seiner Hand lagen.

»Du meinst, mit dir und mir?«

»Ja, mit uns.«

Bei seinem letzten Wort unterdrückte ich ein verzücktes Lächeln. »Nun, die Rückfahrt mit der Fähre oder dem Polizeiboot dauert ein bisschen. Ich werde jemanden brauchen, mit dem ich mich unterhalten kann.«

»Und danach?«

»Die Zugfahrt ist auch ewig lang.«

Wir sahen uns lächelnd in die Augen. Dann verdunkelte sich sein Blick, weil ihm etwas eingefallen war.

»Wir sind eingeschlafen, obwohl wir doch Wache halten sollten. Meinst du, den anderen ist es genauso ergangen?«

»Wahrscheinlich. Wir haben gestern ja alle reichlich dem Whisky zugesprochen. Es wäre ziemlich heroisch gewesen, dann noch wach zu bleiben.«

»Wir sollten mal nach ihnen sehen.«

Aber keiner von uns machte Anstalten, in den Flur hinauszurufen. Ich verkniff es mir, über den Grund nachzudenken, und wechselte das Thema.

»Ich glaube – ich brauche etwas zum Anziehen.« Ich deutete auf meine nackten Beine und das riesige T-Shirt.

»Kann ich dir ein Paar Jeans leihen?« James stand sofort auf.

Auch die Jeans waren mir zu groß. Sie hingen tief auf der Hüfte, passten gerade so, und ich musste den Saum unten zweimal umkrempeln, damit meine Füße herausschauten. Aber James schien meinen Anblick bezaubernd zu finden.

»Hinreißend«, sagte er und half mir in eines seiner Flanellhemden, das ich offen über dem T-Shirt trug. Ich hielt den Arm neben die Stuhllehne: Karo neben Karo.

»Tarnung ist jetzt vielleicht gar nicht das Schlechteste«, sagte er. »Immerhin ist die Gefahr noch nicht gebannt.«

Unsere Stimmung war lockerer geworden, während er mich

anzog, aber diese Bemerkung, mit der er ja leider recht hatte, erinnerte uns an unsere Pflicht.

»Lass uns nachsehen, ob sie wach sind.«

Im Gang lagen Bellas Decken und Kissen in einem wilden Haufen auf dem Boden. Von ihr keine Spur. Winstons Zimmertür auf der gegenüberliegenden Flurseite stand offen, doch als wir riefen, bekamen wir keine Antwort. Ich hatte nicht auf die Uhr gesehen, und bei dem trüben Licht, das durch das Fenster am Gangende drang, war es schwer, die Zeit zu schätzen. Es war nicht mehr ganz dunkel, aber so weit im Norden bricht der Tag mitten im Winter auch nicht besonders früh an.

Nachdem wir mehrere Male vergeblich Bellas und Winstons Namen gerufen hatten, nickten wir uns zu und gingen durch die offene Tür. In Winstons Zimmer wurde mir mulmig zumute – vielmehr noch mulmiger, als mir ohnehin schon seit Ankunft in diesem Haus zumute war. Niemand lag im Bett, niemand war im Bad. Das Zimmer war dunkel und verlassen.

»Wo sind sie?« Bisher hatten wir normal gesprochen, aber jetzt merkte ich, dass ich flüsterte.

»Wir müssen sie suchen.« Auch James flüsterte, versuchte aber zu lächeln. »Vermutlich werden wir gerade ganz umsonst panisch. Sie sind garantiert in der Küche, wo sie aus irgendwelchen Garnelen aus der Dose ein Frühstück improvisieren.«

Aber dort waren sie nicht.

Zuerst entdeckten wir Bella. Als wir auf dem Weg zur Treppe um die Flurbiegung kamen, sah ich ihren Umriss.

Eigentlich überraschte es mich nicht. Nicht nach all dem, was bereits passiert war. Und trotzdem, Instinkt ist Instinkt, hielt ich abrupt inne. Mein Herz raste, in meiner Lunge war nicht mehr genug Luft, um James zu warnen. Er brauchte einen Moment länger, bis er es bemerkte, weil er mich angesehen hatte. Er machte noch einen Schritt, sah meine erstarrte Pose und folgte meinem Blick zu dem großen Spiegel. Oder zu dem, was einmal der Spiegel gewesen war.

Jetzt war davon nur noch ein Ring aus trübem Glas übrig, ein zersplittertes Mosaik, das die Leiche umgab und in dem sich Teile von ihr widerspiegelten.

Bella war durch den Spiegel gestoßen worden, mit dem Gesicht zuerst; das Glas hatte ihre Kehle durchtrennt. Blut lief aus den Wunden und bildete auf dem Teppich eine Pfütze. Ihre Stirn schien an der Wand hinter dem Spiegel zu ruhen; ihr Blick war auf die Blutpfütze gerichtet, mit der Kehle steckte sie immer noch in dem zerbrochenen Spiegel. Ihr Körper war über das Tischchen gesunken, auf dem der Spiegel gestanden hatte, und ein ferner, ruhiger, pragmatischer Teil meines Gehirns wunderte sich, dass die spindeldürren Tischbeinchen nicht unter dem Gewicht des Spiegelrahmens und der Frauenleiche nachgegeben hatten.

Bellas Schuhe lagen neben ihr auf dem Boden. Sie musste auf dem Weg in ihr Zimmer stehen geblieben sein, um einen Blick in den Spiegel zu werfen, und dann …

»Mein Gott«, hauchte James. Und kurz darauf: »Jetzt wissen wir, wer es war.«

»Bleibt nur die Frage: Wo steckt er?«

»Ich bin hier. Und ich habe es garantiert *nicht* getan.« Winston hatte von uns unbemerkt hinter dem Geländer oben an der Treppe gesessen, während wir Bellas Leiche betrachteten, und erhob sich jetzt. »Millie, Sie sollten jetzt zu mir kommen. James, lassen Sie sie gehen!«

»Sind Sie verrückt?« James stellte sich schützend vor mich. »Ich lasse sie nicht in Ihre Nähe. Sie sind ein Mörder!«

Bei dem letzten Wort zuckte Winston leicht zusammen, wie von einem Schlag getroffen. Alle Kraft wich aus ihm, und er hielt sich am Geländer fest. Ich starrte ihn über James' Schulter an, unwillkürlich fasziniert. Er hatte Bella getötet; er musste auch Ravi getötet haben, auf die denkbar grausamste Weise. Und doch sah Winston keineswegs so aus, wie ich mir einen wahnsinnigen Axtmörder vorstellte. Er wirkte ausgelaugt, abgekämpft, verängstigt, weniger selbstbewusst als bisher. Aber der Moment war schnell vorbei, dann richtete er sich wieder auf und blickte mich direkt an, an James vorbei.

»Ich weiß, alles scheint gegen mich zu sprechen, meine Liebe, aber bitte, glauben Sie mir! Nur so können Sie sich selber schützen!«

»James kann es nicht getan haben. Er war die ganze Nacht bei mir.«

»Und Sie sind nie eingeschlafen? Sie haben ihn keine Sekunde aus den Augen gelassen?«

Ich spürte, wie James erstarrte. Natürlich hatte ich geschlafen. Sofort flackerten in meinem ohnehin aufgewühlten Gemüt düstere Zweifel auf. Aber nein, er hatte schlafend neben mir gelegen, als ich erwachte, und sich beim Einschlummern mit wesentlich schöneren Dingen beschäftigt als mit Mordgedanken.

Als ich Bellas Leiche erneut ansah, bemerkte ich auf den blutbesudelten Spiegelscherben das hingeschmierte Wort, das ich schon auf meinem Badspiegel erblickt hatte.

»Winston.« Ich deutete in die entsprechende Richtung. »Sie haben mir erzählt, auf Ravis Spiegel hätte etwas gestanden.

Das Gleiche haben Sie auch auf unsere Spiegel geschrieben, nicht wahr? Und als Sie hörten, wie Bella wach wurde und aufstand, sind Sie ihr gefolgt und haben das hier angerichtet.«

»Ich war das nicht! Weiß Gott, ich habe in meinem Leben genug Sünden begangen, aber doch nicht so etwas! Wenn wir von meinen Verfehlungen sprechen, würde die Bezeichnung ›Liebhaber‹ auf mich mehr zutreffen als ›Kämpfer‹. Rausch und Sex, dafür bin ich zu haben. Aber warum sollte ich jemanden umbringen?«

»Ravi … Ihr Geld …«

»Er hat mir ja keinen finanziellen Schaden zugefügt. Nur ein falsches Spiel mit mir getrieben. Und selbst wenn ich rachsüchtig genug gewesen wäre, ihn deswegen zu töten, warum hätte ich diese junge Frau umbringen sollen? Und die andere? Oder die alte? Und warum hätte ich *Sie* beide auf diese Insel locken sollen? Von den Strangs ganz zu schweigen.«

Er hatte recht. Mir fiel wirklich kein Grund ein, warum er es getan haben sollte. Doch James nannte einen.

»Sie haben Bella getötet, weil sie Sie nicht ungestraft davonkommen lassen wollte. Aber jetzt werden wir das zu verhindern wissen.«

»Ich wünschte, Millie, Sie würden mir glauben. Vor *mir* brauchen Sie keine Angst zu haben. Ich bin nur …« Winston stieß einen erstickten Laut der Frustration aus und vergrub sein Gesicht in den Händen. Ich hörte, wie James scharf Luft einsog.

»Schau mal, die Kratzer«, sagte er dann leise zu mir.

Und ich sah sie: dünne Striemen getrockneten Bluts auf Winstons Handrücken. Die Schnitte stammten von den Spiegelscherben und waren unschwer zu erkennen, weil es in der

Halle immer heller wurde. Er hatte sie sich zugezogen, als er Bella in den Spiegel gestoßen und getötet hatte.

»Winston«, sagte ich. »Ihre Hände.«

Er hob den Kopf, betrachtete sie verdutzt und sah mich dann mit bestürzter Miene an. »Nein, nein, es ist nicht so, wie Sie denken. Der verdammte Kater! Ich habe ihm eine Dose geöffnet, und er ist an mir hochgesprungen, bevor ich sie ihm hinstellen konnte. Und als ich in mein Zimmer zurückgehen wollte, lag Bella da. Ich hab ihr das nicht angetan. Ich habe das nicht getan!«

Erneut verblüfften mich die Verzweiflung und Unsicherheit in der Stimme dieses Mannes, der sich normalerweise hinter unerschütterlicher Arroganz verschanzte. Aber ich konnte ihm unmöglich glauben. James hatte neben mir gelegen, und ich hatte geschlafen. Wenn ich Bella also nicht in einem somnambulen Zustand ermordet hatte, blieb nur eine Möglichkeit.

Winston war der Mörder.

»Haben *Sie* Penny von den Klippen gestoßen?«

Ich hätte ihm auch andere Fragen stellen können, aber diese – das wurde mir klar, als ich sie aussprach – war die wichtigste für mich. Worüber hatten sie sich wirklich unterhalten, als sie spätnachts in der Bibliothek zusammen getrunken hatten? War Penny wirklich so verzweifelt gewesen, dass sie sich selbst umbringen wollte? Verdiente ich wirklich jenes Wort, das wie von Geisterhand auf meinen beschlagenen Spiegel geschrieben worden war?

»Natürlich nicht. Die junge Frau – sie hat sich zu mir umgedreht, bevor sie sprang, mit so einem Gesicht … Haben Sie nicht gesehen, wie erschüttert ich bei meiner Rückkehr war?«

»Jemand, der gerade einen Mord begangen hat, könnte auch erschüttert sein.«

»Im Rahmen meiner beruflichen Tätigkeit habe ich eine ganze Reihe von Mördern kennengelernt«, erwiderte Winston. »Sie können ebenso erleichtert und unbeschwert wirken wie reuig und zerknirscht.«

»Auf Sie scheint nichts davon zuzutreffen«, meinte James.

»Eben *weil* ich niemanden umgebracht habe!«

»Aber wenn Sie Bella und Ravi nicht umgebracht haben, wer dann?«, provozierte James ihn.

»Sie! Und wenn ich die junge Dame nicht überreden kann, zu mir herüberzukommen, werden Sie wieder morden, bevor die Polizei eintrifft.«

»Glauben Sie allen Ernstes, dass ich Millie Ihnen anvertraue?«

»Diese Entscheidung muss ich schon selber treffen!« Beide schauten überrascht drein und warteten, dass ich weitersprach. »Winston, ich sehe nicht, wer außer Ihnen es getan haben könnte. Ich vertraue James und werde an seiner Seite bleiben.« Meine Stimme klang jetzt viel stärker und selbstsicherer, als ich mich in Wirklichkeit fühlte. Ich klammerte mich an den Glauben, dass ich James vertrauen konnte.

Winston zuckte die Achseln und seufzte. »Ich war noch nie der große Retter und fange jetzt auch nicht mehr damit an. Ich bitte aber um einen markerschütternden Schrei, sollten Sie bemerken, dass Ihre Entscheidung die falsche war.«

Und damit wandte er sich ab, ging die Treppe hinunter und war verschwunden.

Kapitel 22

»Verdammt.«

Ich sah James fragend an.

»Er ist in die Küche gegangen. Jetzt können wir uns nicht mal mehr eine Tasse Tee holen.«

Spontan missbilligte ich seine Bemerkung. Wir waren nur wenige Meter von Bellas Leiche entfernt, und der süßlich-metallische Blutgeruch hing schwer in der Luft. Wie konnte er da ans Frühstücken denken? Aber das beharrliche Knurren meines eigenen Magens belehrte mich eines Besseren. Wir hatten seit gestern Nachmittag nichts mehr gegessen, aber viel Alkohol getrunken. In meinem Magen herrschte übersäuerte Leere, und ich konnte vor Hunger allmählich nicht mehr klar denken. Dennoch kam mir plötzlich die Erleuchtung.

»Mein Reiseproviant! Ich hatte ein paar Schokoriegel eingepackt, aber auf der Fähre war mir ein bisschen schlecht, also hab ich sie nicht gegessen.«

James sah mich an, als hätte ich auf einmal längere Beine oder eine größere Oberweite bekommen – oder was auch immer ihn anmachte, denn das wusste ich noch gar nicht.

»Schokoriegel?«

»Korrekt.«

»Die leckeren? Mit Nüssen?«

»Korrekt.«

»Wenn ich dich nicht sowieso schon geküsst hätte, wäre jetzt der Moment für den ersten Kuss.«

Ich lachte und ging mit James im Schlepptau zu meinem Zimmer. Ich sah mich nicht um, aber als ich wieder daran dachte, was hinter uns im Flur geschehen war, erlosch mein Lächeln. Bella. Diese attraktive Frau, die sich ihrer Schönheit und dem, was man ihr dafür schuldete, so extrem bewusst gewesen war; die Frau, die Ravi gegenüber so loyal gewesen war – jetzt lag sie dort, das perfekte Gesicht zerschnitten, die Augen erloschen, ihr Blick fixiert auf die Pfütze ihres eigenen Bluts.

In der Pfirsichhölle, wie James mein Zimmer getauft hatte, gab ich ihm einen Schokoriegel und schnappte mir auch einen, dann durchwühlte ich hektisch meine Tasche nach zwei zusammenpassenden Socken.

»Und was machen wir jetzt?«, fragte er, den Mund voller Schokolade.

»Können wir denn irgendetwas tun? Außer uns in einem der Zimmer zu verbarrikadieren und auf die Polizei zu warten?«

»Ich weiß nicht, warum, aber ich habe das Gefühl, wir müssen aktiv werden und uns irgendwie gegen das wehren, was hier passiert.«

Ich setzte mich hin, um meine Socken anzuziehen, und stopfte dann die Schokolade in mich hinein, wobei ich mich ganz dem sinnlichen Genuss meiner warmen Füße und des süßen Geschmacks hingab, um nicht mehr nach Antworten suchen zu müssen. Ich bewunderte James' Hang zum Aktionismus, tendierte selbst jedoch eher dazu, mich unter der Bettdecke zu verkriechen und so lange dort zu warten, bis sich das Problem von selbst gelöst haben würde. Ich war sicher nicht die Richtige, um uns vor einem verrückten Killer zu schützen.

»Wir könnten ein Signalfeuer machen«, meinte James.

Die Schokolade beruhigte meine Nerven, James hingegen

kam mir immer aufgeregter vor. Seine Augen leuchteten, er sprang auf, tigerte hin und her, schlang das letzte Stück des Schokoriegels hinunter und redete mit vollem Mund.

»Wenn das Feuer groß genug wäre, könnte es von der nächsten Insel aus gesehen werden. Wir könnten in den Nebengebäuden nach Holz suchen. Irgendwo hier muss es Vorräte geben; in diesem Haus wimmelt es ja nur so von Kaminen.«

»Aber ist die Polizei nicht sowieso schon auf dem Weg?«, warf ich ein. »Würde es jemand anders früher zu uns schaffen?«

»Vielleicht nicht«, murmelte er, »vielleicht nicht.« Es klang, als gäbe er mir in diesem Punkt recht, allerdings hatte ich den Eindruck, dass er mir gar nicht richtig zuhörte. Er lief weiter auf und ab und leckte sich die letzte geschmolzene Schokolade von den Fingern. »Trotzdem müssen wir etwas tun. Das Feuer muss groß sein und sehr hell. Der Sturm hat sich gelegt, hast du das nicht bemerkt? Das Licht wird jetzt weithin zu sehen sein. Einen Versuch ist es wert.«

»Hm ... Ich will ja keine Spielverderberin sein, aber da ist noch etwas. Heute ist Neujahr. Würden die Leute, die das Feuer sehen, nicht denken, dass es einfach ein verspätetes Silvesterfeuer ist? Dass Hogmanay hier auf der Insel noch nicht vorbei ist?«

»Du kannst im Leben nicht immer vom Schlimmsten ausgehen, Millie. Manchmal muss man auch etwas ausprobieren, den Sprung wagen und schauen, wo man landet.«

Er stand jetzt vor dem Fenster, wippte auf den Füßen vor und zurück, sah hinaus und rieb sich erwartungsvoll die Hände. Sein plötzlicher Energieschub machte mich nervös, und ich fragte mich, ob der Anblick von Bellas Leiche ihn in eine Art Schockzustand versetzt hatte. Oder hatte er vor Angst und Schreck auf seine Partyvorräte zurückgegriffen?

»In einer solchen Situation dürfte es wohl sinnvoller sein, erst mal zu schauen, wohin man springt, beziehungsweise sich vorher zu orientieren.«

»Was? O ja, sehr klug. Aber man kann auch nicht einfach warten, bis das Schicksal zuschlägt. Wir sitzen hier wie auf dem Präsentierteller, Millie, wie Enten, die zum Abschuss freigegeben sind, während im Haus dieser Killer herumläuft. Wir müssen etwas unternehmen; wir müssen Widerstand leisten.«

Ich hätte James sagen können, dass Enten schwer zu jagen sind, aber angesichts seines wilden Blicks und seines Ungestüms hatte ich plötzlich Angst, ihm zu widersprechen. Deshalb beschloss ich, ihm einfach zuzustimmen. Draußen einen Holzstoß für ein Feuer zu errichten, würde ein frostiges und, wie ich das einschätzte, sinnloses Unterfangen sein, aber vermutlich auch keinen Schaden anrichten. Auf jeden Fall wäre es abwechslungsreicher, als hier im Zimmer zu hocken und zu warten, dass die Polizei kam oder Winston auf uns losging.

»Gut, aber vorher würde ich mir gerne noch richtig die Zähne putzen. Ich hab immer noch den Geschmack von gestern Nacht im Mund.«

Auf dem Weg ins Bad schnappte ich mir mein Fernglas und hoffte aus irgendeinem Grund, dass James es nicht bemerken würde. Einerseits wollte ich mir tatsächlich die Zähne putzen – und auch mein Gesicht waschen, das mir im Spiegel nach der unruhigen Nacht und dem Alkohol blass glänzend wie ein Kloß entgegenblickte. Andererseits wollte ich das Meer nach Schiffen absuchen. Jetzt, wo auch Bella tot war, wuchs meine Panik noch mehr.

Ich schnipste die Objektivdeckel weg und stellte das Fernglas scharf. Es war noch immer dämmrig, im blassen Grau konnte ich sehen, dass der Sturm draußen ebenso viel Chaos angerichtet hatte wie der Whisky unter uns. *Bitte mach, dass bald Lichter auftauchen und näher kommen. Rote und blaue Lichter.* Mein Blick schweifte voll verzweifelter Hoffnung den Horizont entlang – aber da war nichts. Selbst die Vögel schienen sich an diesem Morgen zu verstecken, am dämmrigen Himmel war keine einzige flügelschlagende dunkle Silhouette zu entdecken.

»Beeil dich, Millie!« James hämmerte gegen die Badtür. »In der Dämmerung ist das Feuer noch gut zu sehen; wir dürfen nicht warten, bis es ganz hell ist!«

»Moment.« Ich putzte mir noch ein paar Sekunden lang die Zähne und klatschte mir schnell etwas Wasser ins Gesicht. *Macht's auch nicht besser*, sagte der Spiegel. Nachdem ich mir selbst eine Grimasse geschnitten hatte, ging ich hinaus. James tigerte vor der Tür auf und ab, immer noch furchtbar nervös und voller Tatendrang. Ich warf mir meine Jacke über. »Hast du irgendwas von unten gehört?«

»Nein, und das gefällt mir absolut nicht. Je mehr ich darüber nachdenke, Millie, desto klarer wird mir, dass Winston uns aus irgendeinem Grund hierhergelockt hat. Es war alles so … inszeniert.«

»Du meinst, es waren keine Morde im Affekt?«

»Vor allem waren es Morde aus Leidenschaft. Erinnere dich an das Theater, das er am ersten Abend wegen der doppelten Buchung veranstaltet hat. Er hat die ganze Zeit mit uns gespielt. Aber hör mir zu.« Er legte mir seine Hände auf die Schultern, stand jetzt endlich still und sah mir konzentriert ins

Gesicht. »Wir lassen ihn nicht gewinnen. Du und ich, wir werden diese Insel verlassen. Gemeinsam.« Er zog mich an seine Brust, umarmte mich so fest, dass ich kaum noch Luft bekam.

James wollte in den Nebengebäuden nach Feuerholz und anderen brennbaren Materialien suchen, die sich für ein Signalfeuer eigneten.

»Aber ganz ehrlich«, bemerkte er, als wir auf dem Weg nach draußen an der Bibliothekstür vorbeikamen, »die Möbel hier taugen größtenteils auch nur noch zum Verbrennen.«

Als wir ums Haus herumgingen, passierten wir das Küchenfenster. Winston stand dahinter, und ich dachte an das letzte Mal, als ich durch das Fenster in die Küche gespäht hatte, am Abend unserer Ankunft. Auch damals war James bei mir gewesen, und genau wie heute hatte die Person in der Küche ängstlich gewirkt. Aber Mrs Flyte hatte Angst um sich selbst gehabt, wohingegen ich an Winstons tiefer Stirnfalte ablesen konnte, dass er sich um *mich* sorgte. Oder zumindest, dass er den Anschein erwecken wollte. Als wir vorbeigingen, schüttelte er langsam den Kopf, als könnte er meine Dummheit nicht fassen.

»Ignoriere ihn einfach. Er hat von Anfang an seine Spielchen mit uns getrieben. Gönn ihm nicht die Befriedigung, dass du ihn beachtest.«

Wenn man wusste, wie viel Platz auf dieser Insel war, drängten sich die Nebengebäude seltsam dicht aneinander. Doch als wir die labyrinthartigen Pfade zwischen ihnen entlanggingen, wurde mir klar, dass die Hütten auf diese Weise vor dem Wind geschützt waren. Ich war ja schon einmal hier draußen gewesen, als ich im aufziehenden Sturm spazieren gegangen war. Obwohl das erst am Nachmittag des Vortags gewesen war, fühlte es sich an, als läge es mehrere Menschenleben zurück. Und in gewisser Weise traf das ja auch zu – zwei Menschen hatten seitdem ihr Leben verloren. Und jetzt fürchtete ich um mein eigenes.

Gestern hatte ich nicht auf die Schuppen geachtet. Auf meinem Sturmspaziergang war ich zu sehr mit meinen eigenen Gedanken und der elend nassen Kälte beschäftigt gewesen. Jetzt, in der Morgendämmerung, war es noch so dunkel, dass man die Nebengebäude kaum ausmachen konnte. Ich rüttelte an ein paar Klinken, aber alle Türen waren verschlossen.

»Hier drüben! Ich hab einen offenen Schuppen gefunden!« James duckte sich wenige Meter vor mir in einen dunklen Eingang. »Hast du dein Handy dabei? Ich seh nicht mal meine eigenen Füße.«

Ich erreichte die Tür und spähte hinein. Tatsächlich war es drinnen ziemlich dunkel, und ich gewann nur einen schattenhaften Eindruck vom Inneren des Schuppens; graue Umrisse im Dämmerlicht.

»Da ist etwas! Schau mal.« James kroch über den Boden, und als er sich wieder aufrichtete und zur Tür zurückkam, sah ich, dass er einen Papierstapel in den Händen hielt. »Was ist das?«

Zu meiner Überraschung und meinem Schrecken konnte ich seine Frage tatsächlich beantworten. »Das kommt mir bekannt vor. Das sind Profile von uns, Mrs Flytes Gästen.«

»Was? Quasi Dossiers über uns?«

»Ja, total gruselig. Aber das letzte Mal, als ich die gesehen habe, lagen sie nicht hier, sondern auf Mrs Flytes Schreibtisch.«

»Warum hast du mir nichts davon erzählt?«

Ich zuckte die Achseln. »Die ganzen Todesfälle. Und dann ... Ich war einfach zu abgelenkt. Ich hab es irgendwie vergessen.«

»Mein Gott, Millie! Wie kann man so etwas vergessen?« Er schrie mich fast an, atmete schwer und blätterte durch die Papiere. »Wenn ich davon gewusst hätte, wenn ich das vorher ...«

»Was dann? Wärst du zum Festland rübergeschwommen? Hättest du Bella retten können? Welchen Unterschied hätte es gemacht?«

»Keine Ahnung. Aber das bedeutet, dass hinter unserer Anwesenheit hier ein Plan steckt, und ich werde nicht zulassen, dass er bis zum Schluss in die Tat umgesetzt wird. Wenn du dich nicht traust, dein Leben zu retten, dann bleib eben hier.« Mit diesen Worten stürmte er davon, Kieselsteine vom Weg spritzten unter seinen Füßen auf.

»Mist!«

Ich lehnte mich an die nächstliegende Wand und rutschte daran hinunter, bis ich am Boden saß. In derselben Position wie am Tag zuvor kauerte ich weinend an der Schuppenwand. Wie konnte das sein? Und warum hatte sich das Verhältnis zwischen James und mir so plötzlich verschlechtert? Meine Schultern zitterten, und heiße Tränen liefen mir übers Gesicht, als ich an letzte Nacht dachte, an diese Insel der Zweisamkeit, auf die wir uns für kurze Zeit gerettet hatten. Jetzt trieb ich wieder im Meer. Allein.

Ich versuchte, tief durchzuatmen und die Tränen zu unterdrücken. *Es ist alles nicht so schlimm,* redete ich mir ein. Aber sofort meldete sich eine andere Stimme: *Machst du Witze? Da liegen drei Leichen im Haus! Es ist total schlimm!* Auf seltsame Weise tröstete mich der Gedanke, was meinen Streit mit James betraf. Es war ja ganz *logisch,* dass wir uns angeschrien hatten;

wir befanden uns in einer völlig verrückten Ausnahmesituation, und unsere Nerven lagen blank.

Sollte ein neuer Partner auf deiner Prioritätenliste jetzt wirklich ganz oben stehen?, nörgelte die innere Stimme weiter, aber ich hatte es satt, auf sie zu hören. Ich hatte Angst um mein Leben. Jemand auf dieser Insel brachte Menschen um; das war natürlich eine konkretere Bedrohung als früher, aber dennoch war ich ja schon seit einem Jahr einen langsamen Tod gestorben. Den Tod durch Isolation. Der Gedanke, in mein einsames Leben zurückzukehren, in meine chaotische Wohnung mit dem grauen Licht der Stadt und der immer gleichen Aussicht auf das hässliche Gebäude gegenüber, auf das ich viel zu lange täglich starrte, seit ich meinen Job verloren hatte – der Gedanke machte mir ebenso viel Angst wie alles, was hier im Haus und auf der Insel auf mich warten mochte. Ich wollte leben, aber dieses Leben, das ich momentan führte, war unerträglich. Ich brauchte jemanden. Und deshalb würde ich jetzt hineingehen und mich mit James versöhnen, und wenn er irgendetwas Durchgeknalltes plante – zum Beispiel, Holz für ein Signalfeuer aufzuschichten oder Winston in seinem Zimmer einzuschließen –, dann würde ich ihn unterstützen. Ohne Fragen zu stellen.

Ich sammelte die Papiere vom Boden des Schuppens auf und ordnete sie zu einem Stapel: Den würde ich als Friedensangebot mit zurücknehmen. Ich wischte mir über die Augen und trug die Dossiers vor mir her zum Haus.

Auf dem Rückweg stolperte ich fast, als mir ein furchtbarer Gedanke durch den Kopf schoss: Würde James noch leben, wenn ich das Haus betrat? Während ich über mein einsames Los geweint und überlegt hatte, ob ich mich mit ihm versöhnen sollte oder nicht, war er auf eine Konfrontation mit einem Doppel-, möglicherweise sogar Dreifach- oder Vierfach-Mörder zugestürmt. Einem Serienmörder. Meine Schritte und mein Herzschlag beschleunigten sich immer mehr, bis ich schließlich den Pfad zur Treppe hinaufrannte. Aber meine Befürchtungen wurden schnell zerstreut. James öffnete die Tür in dem Moment, wo ich sie erreichte. Er sah überrascht aus; vielleicht bedauerte ja auch er unseren Streit.

»Millie ...«

»Nein, lass mich zuerst etwas sagen. Es tut mir leid, dass ich dich nicht über meine Entdeckung informiert habe. Das war dumm von mir, aber ich war misstrauisch. Ich wünschte, ich könnte die Zeit zurückdrehen und alles anders machen. Denn ich vertraue dir. Ich glaube, ich habe dir schon seit unserer Begegnung auf der Fähre vertraut. Und ich möchte nicht, dass die letzten Minuten alles zerstören, was davor zwischen uns war. Das hat mir sehr viel bedeutet. *Du* bedeutest mir sehr viel.«

»Oh, Millie.« Er sah mich unendlich traurig an, und mir wurde ganz flau im Magen.

»Jetzt müsstest du eigentlich sagen: ›Auch du bedeutest mir sehr viel.‹« Ich lachte nervös.

»Das tust du, das tust du. Aber es ist ...« Er schien einen Moment lang um Worte zu ringen, dann kapitulierte er, öffnete die Tür ein bisschen weiter und trat zur Seite, damit ich ins Haus sehen konnte.

Hinter ihn.

Ich sah Winston, der von dem Hirschgeweihleuchter hing.

Tot.

Und nur James konnte ihn umgebracht haben.

Kapitel 23

Wir standen lange reglos da. Das heißt, James und ich. Winston schwang im mittlerweile abgeflauten Wind, der zur Tür hereinwehte, sanft hin und her.

Seine Leiche wirkte irgendwie toter als die anderen Leichen, die ich in den letzten vierundzwanzig Stunden zu Gesicht bekommen hatte. Zwar waren die Morde an Bella und Ravi blutiger gewesen, aber Winston wirkte geradezu erschreckend leblos, wie er da mitten in der Halle am Kronleuchter baumelte.

Die Spitzen der schartigen Geweihe zeigten nach oben, während Winstons Gewicht das über die Geweihenden geführte Seil nach unten zog. Sein Gesicht über der Schlinge war durch die Strangulation angeschwollen, die Zunge quoll ihm rosa aus dem Mund. Auf grauenhafte Weise krallte sich eine seiner Hände immer noch ins Seil, weil er im Sterben versucht haben musste, den Druck auf seinen Hals zu lockern. Als sein Körper sich im Luftzug drehte, sah ich, dass das schneeweiße Haar an seinem Hinterkopf rot von Blut war.

»Hast du ihn auf den Hinterkopf geschlagen, damit er das Bewusstsein verliert? Und ihm dann die Schlinge um den Hals gelegt?«

Ich war nicht sicher, warum ich das Schweigen mit dieser Bemerkung brach. Hätte ich nicht eigentlich schreiend davonlaufen müssen? Aber meine Beine hätten mir nicht gehorcht, und nach wem hätte ich überhaupt schreien sollen? Von sieben Menschen, die sich bei meiner Ankunft auf dieser Insel befunden hatten, war ich als Einzige übrig geblieben. Mit James. Dem Mörder.

Das ergab Sinn; natürlich tat es das. Mein Männergeschmack hatte mich schon früher in Schwierigkeiten gebracht. Und James war die ganze Zeit die eine oder andere Erklärung schuldig geblieben. Ich dachte an unser Küchentreffen nach Ravis Tod. Wir anderen hatten Verbindungen zueinander, die sich nachverfolgen ließen. Nur er nicht. Er hatte immer abseitsgestanden.

Doch obwohl die Wahrheit so klar auf der Hand lag, stritt er immer noch alles ab.

»Nein, Millie. Ich habe es nicht getan! Bitte ...« Mit schreckgeweiteten Augen streckte er die Hand nach mir aus, ließ sie aber fallen, da etwas in meinem Blick ihn warnte. »Ich weiß, wonach das aussieht, aber ich schwöre dir, ich habe ihn so gefunden, als ich ins Haus kam. Ich habe ihn nicht getötet.«

»Es hat keinen Zweck, James.« Immer noch konnte ich meine Füße nicht zum Laufen überreden. Meine Stimme klang ruhig und ausdruckslos, eher enttäuscht als verängstigt. »Außer dir kann es niemand gewesen sein. Alle anderen sind tot. Alle.«

»Ich hab ja auch keine Erklärung dafür! Auch mir erscheint es unmöglich. Vielleicht hatte Bella doch recht mit den rachsüchtigen Geistern?« Er lächelte mich unterwürfig und verzweifelt an, als schämte er sich für diese lahme Ausrede.

Zu meiner eigenen Überraschung erwiderte ich sein Lächeln. »Klar, und der Hund hat deine Hausaufgaben gefressen, stimmt's?«

Was tust du da?, fragte ich mich. Und erhielt die Antwort überraschend schnell, als ich wieder klar denken konnte. *Stell dich gut mit ihm. Du möchtest hier doch lebend rauskommen, oder?*

Meine instinktive Reaktion war absolut richtig. Ich musste ihn bei Laune halten, bis die Polizei eintraf. James mochte eine Beinprothese haben, war aber größer, fitter und stärker als ich. Es sei denn … Das Bein. Ich dachte an sein Hinken, als wir den Pfad vom Anlegesteg hinaufgestiegen waren, an sein Stolpern in der Küche, als das Rührei auf dem Tisch gelandet war.

»Wir sollten jetzt das Feuer machen, wie du es vorgeschlagen hast.« Ob des abrupten Themenwechsels sah er mich verwirrt an. »Der Sturm hat sich gelegt. Und der Regen auch. Es wird großartig brennen, und wir wollen diese Insel doch verlassen, nicht wahr?«

»Klar, aber bist du nicht …? Ich meine …?« Er wies auf die Leiche, die sich hinter ihm leicht in der Zugluft drehte.

»Wie du sagtest, vielleicht waren es doch rachsüchtige Geister.«

»Millie, ich bin froh, dass du mich nicht für den Täter hältst, aber das war nicht ernst gemeint. Ich begreife zwar nicht, wie, aber irgendjemand muss sich auf dieser Insel verstecken. Wir sind immer noch in Gefahr.«

»Ein Grund mehr, ein Feuer zu machen. Komm, hol Holz vom Kamin. Hiermit können wir es entzünden.« Ich wies auf die Papiere, die ich nach wie vor in den Händen hielt.

Er sah mich immer noch etwas verdutzt an, aber ging dann Richtung Bibliothek, wobei er sein Gesicht konsequent von Winstons Leiche wegdrehte.

Ich hingegen starrte sie an und fand es schier unglaublich, dass James mich dazu bringen wollte, ihm sein unschuldiges

Getue abzukaufen, und vielleicht noch unglaublicher, dass ich sein Spiel mitmachte. Einfach widerlich, dass er sich weigerte, den Mann anzusehen, dem er das Leben genommen hatte. Ich wappnete mich gegen ihn. Um meinen Plan in die Tat umzusetzen, durfte ich nur an diesen James denken. Nicht an den von letzter Nacht. Nicht an den, der klaglos für uns alle gekocht hatte. Der mich auf der Fähre angelächelt und ein freundliches Gespräch mit mir begonnen hatte. Dessen kuschliges Flanellhemd mich immer noch vor der Kälte schützte. Seine Wärme und Herzlichkeit – alles war nur Show gewesen. Um uns einzuwickeln, einzulullen, bis wir ihm blindlings vertrauten. Doch als ich die letzten Tage rekapitulierte, spürte ich wieder die Faszination seines Charmes.

Mein Gott, ich kam mir so bescheuert vor. Im Grunde genommen hatte er mich ja selbst gewarnt, als er mir von seinen Aktivitäten im Dark Web erzählte! Er hatte behauptet, das alles aus Empathie mit schmerzleidenden Menschen zu tun, aber wer wusste schon, wofür diese Pillen letztlich verwendet wurden? Vielleicht hatte er schon bei vielen Morden mitgeholfen. Und die Menschen auf dieser Insel, die Menschen, die er hier umgebracht hatte, waren einfach nur die nächste Sprosse auf seiner Karriereleiter als Mörder.

Plötzlich fielen mir bestimmte Anzeichen ein, Hinweise, denen ich mehr Aufmerksamkeit hätte schenken sollen. Der im Besenschrank eingeschlossene Kater: James hatte gleich behauptet, der Schnapper sei so leichtgängig, dass sich die Tür von alleine öffnete und schloss, als wollte er nicht, dass wir das Schloss genauer untersuchten; als wäre er mit dem Besenschrank bereits vertraut gewesen.

Mein Gott. Ravi. Winston hatte mich darauf hingewiesen,

und ich hätte ihm glauben sollen: Wer auch immer Ravi getötet hatte, hätte auf dem Weg zum Zimmer an Bella vorbeikommen müssen. Sie musste die Wahrheit gesagt haben, als sie erzählte, dass sie auf dem Stuhl gesessen hatte, bis ihre Wut nachließ. James musste die Waffe, während Winston schlief, von der Wand genommen und sich im Besenschrank versteckt haben, hatte diesen dann verlassen, um Ravi zu töten, und hatte sich anschließend erneut so lange dort versteckt, bis Bella in ihr und Ravis Zimmer ging und er sich unbemerkt nach unten schleichen konnte. Um wenige Minuten später als personifizierte Unschuld in der Halle zu erscheinen.

Jetzt kam er zurück, die Arme voller Holzscheite, und blickte mich argwöhnisch an. Und er hatte ja auch allen Grund, auf der Hut zu sein.

»Wir sollten zu den Klippen gehen, näher ans Wasser«, schlug ich vor. »Damit vorbeifahrende Schiffe das Feuer auch sehen können.«

»An welche Stelle dachtest du?«

»An die, wo Penny gesprungen ist. Passt doch irgendwie.«

»Und sie eignet sich für unsere Zwecke, weil auf dieser Inselseite die Schiffe vorbeikommen. Also los.«

Er ging vor mir den Pfad hinauf. Ich wartete auf ein Stolpern wie auf ein Zeichen. Jetzt hieß es: er oder ich. Doch ich war unschlüssig, ob ich das, was getan werden musste, auch wirklich tun würde. Ich brauchte noch einen kleinen Schubs, etwas, das bei mir den Schalter umlegte.

Auf dem Scheitelpunkt des Hügels, wo wir das Bündel mit Pennys Kleidern gefunden hatten, direkt am Rand der Klippe, gingen wir auf die Knie und begannen, den Holzstoß zu errichten. Ich blickte nicht über den Klippenrand. Pennys Leiche war entweder weggespült worden oder so zugerichtet, dass ich ihren Anblick nicht ertragen hätte. Außerdem wollte ich nicht daran erinnert werden, wie steil die Klippe abfiel.

»Sollen wir die wirklich verbrennen?«

Ich hatte mechanisch ein Scheit aufs andere geschichtet und hielt bei James' Worten inne.

»Sind das nicht quasi Beweisstücke?«, fragte er.

»Du hast recht.« Ich hatte bereits die Hälfte der Dokumente zusammengeknüllt, um damit das Feuer in Gang zu bringen. Nun strich ich die meisten Blätter wieder glatt. »Ein Teil davon ist einfach nur Schmierpapier. Das sortiere ich aus. Hol noch mehr Holz. Das Feuer soll doch von Weitem zu sehen sein.«

Er stand auf und setzte sich in Bewegung.

Doch bevor er den Hang hinab aus meinem Blickfeld verschwand, rief ich: »Warte!«

Er war der Einzige, der die anderen getötet haben konnte. Das wusste ich, und doch war in dem Moment, als er mich daran hinderte, die Dossiers zu verbrennen, ein winziges Fünkchen Hoffnung in meinem Herzen aufgeflackert. Ein Mörder hätte doch lieber sämtliche Beweisstücke seiner Taten vernichtet gesehen. Aber es gab keine andere Möglichkeit – jedenfalls keine, die mir einfiel: Er musste der Killer sein.

Jetzt konnte ich nur noch eine Frage stellen, die ihn vielleicht aus dem Gleichgewicht brachte, ihm die Maske herunterriss, die er trug. Ich dachte an die, die ich Winston gestellt hatte, als ich noch glaubte, dass er Bella ermordet hatte. Die einzige Frage, die mir damals eingefallen und mir wirklich wichtig gewesen war. Ich sah James an und hoffte, es würde mir gelingen, in seinem Gesicht die Wahrheit lesen zu können. Egal, ob es die war, die ich mir wünschte oder nicht.

»Als Penny starb, hier auf der Klippe … Hast du sie hinuntergestoßen?«

»Ach, Millie.«

Er kam zurück, streckte die Hand nach mir aus und wirkte tieftraurig und verletzt.

Er hat es nicht getan, dachte ich. Er kann es einfach nicht getan haben. Mir ging das Herz auf, und auch ich streckte meine Hand nach ihm aus.

Doch bevor unsere Hände sich trafen – *PENG!*

Kapitel 24

Blut und Hirn und Knochen. Sein Kopf explodierte in sämtliche Richtungen. Der Schuss war ohrenbetäubend.

James hatte es nicht getan. Er war nicht der Mörder gewesen. Innerlich hatte ich mich darauf vorbereitet, ihn vom Klippenrand zu stoßen, seine leichte Instabilität durch die Beinprothese auszunutzen. Aber es hätte keinen Grund dafür gegeben. Er war nicht der Killer.

Er war tot.

Jetzt lag James' hinter mir, dort, wo er ins Heidekraut gefallen war. Ich rannte und wusste, dass er tot war. Von meiner Umgebung nahm ich nichts wahr, sah nur seinen explodierenden Kopf vor mir, Blut und Hirn und Knochen.

Den Mörder hatte ich nicht gesehen. James hatte etwas erhöht gestanden und auf mich, die ich immer noch am Klippenrand kniete, zurückgeblickt. Der Schuss war aus der Richtung hinter ihm gekommen, die Person, die geschossen hatte, hatte der Hang geschützt. Und dennoch kannte ich den Täter, obwohl es unmöglich schien.

Denn als ich schließlich aufgestanden und verzweifelt schluchzend an James' Leiche vorbeigerannt war, hatte ich in der Ferne Winstons wehenden Mantel gesehen.

Winston war zum Haus zurückgerannt, sogar auf die Entfernung eindeutig an seinem langen Kamelhaarmantel zu erkennen, den ich so bewundert hatte, kurz bevor Winston uns von Pennys Selbstmord berichtete. Jetzt folgte ich ihm, nicht mehr hysterisch schluchzend, obwohl mir immer noch Tränen aus den Augen liefen, die sofort der Wind abpflückte.

Warum rannte ich hinter ihm her? Eigentlich hätte ich doch so viel Abstand wie möglich zwischen ihn und mich bringen müssen.

Aber James war tot. Und er war nicht der Mörder gewesen. Was hieß, dass ich mich nicht geirrt hatte, als ich mich in ihn verliebte.

Und das hieß, dass es vielleicht eine gemeinsame Zukunft für uns gegeben hätte.

Ich blieb eine Sekunde lang stehen und beugte mich keuchend vor. Ich war vom Laufen außer Atem, aber diese Erkenntnis hatte mich wie ein Fausthieb in den Magen getroffen. Wie auch immer die gemeinsame Zukunft ausgesehen hätte, sie war gerade zerstört worden.

Und wenn ich nicht aufpasste, würde dies auch für meine eigene Zukunft gelten. Ich war die einzige Überlebende auf dieser Insel. Es gab nur noch mich und Winston. Und ich musste davon ausgehen, dass er auch mich töten wollte.

Ich hatte keine Ahnung, wie ich dem entgehen sollte. Zum zehnten Mal in den vergangenen beiden Tagen – zum tausendsten, wenn ich das letzte Jahr dazunahm – war mir nach Heulen zumute. Ich war auf dieser Insel gefangen, allein mit einem wahnsinnigen Mörder, und hatte keinen Schimmer, wie mir die Flucht gelingen sollte. Ein Horrorwochenende als Krönung eines Lebens voller Enttäuschungen.

Aber ich brach nicht zusammen. Ich stand auf und rannte wieder Richtung Haus. Winston war nicht zu sehen, doch auf dieser kahlen kleinen Felseninsel gab es kein anderes Versteck. Und ich würde den Teufel tun, mich von ihm wie die anderen umbringen zu lassen. Wir hatten von Anfang an nach seiner Pfeife getanzt. Jetzt war Schluss damit und höchste Zeit, ihn aus der Deckung zu locken.

Von der Eingangstreppe aus sah ich, dass Winstons Leiche nicht mehr am Kronleuchter hing. Klar, wie hätte er uns sonst auch verfolgen und James töten können? Und doch hatte er mausetot gewirkt! Fast hatte ich damit gerechnet, dass Winston noch immer dort hing, obwohl ich ihn nach James' Ermordung mit dramatisch wehenden Mantelschößen hatte fliehen sehen.

Wie auch immer er es geschafft hatte, vom Kronleuchter zu baumeln, um uns seinen Tod vorzuspielen, es war offenbar komplizierter gewesen, wieder herunterzukommen. Der Hirschgeweihleuchter lag auf den Bodenfliesen der Halle, aufgrund seines Alters und durch den Aufprall in spitze Fragmente zersplittert. Einen Moment lang stand ich in der Tür, dann noch einen, betrachtete die Überreste und lauschte meinem Herzschlag, der sich allmählich beruhigte. Als mein Atem wieder normal ging – so normal, wie ich das beim Betreten eines Hauses erwarten konnte, in dem mir voraussichtlich mein Mörder auflauerte –, trat ich zögernd über die Schwelle.

Nach jedem Schritt blieb ich stehen und lauschte angestrengt, ob sich in den anderen Räumen etwas regte. Dann dachte ich an meinen Impuls, den Spieß umzudrehen, und ging rasch zu dem Gong hinüber, mit dem uns der Kater so erschreckt hatte. Bevor ich mich's versah, hatte ich den Schlägel in der Hand und schlug mit aller Kraft zu.

Das donnernde Dröhnen war noch nicht ganz verhallt, da hörte ich im Obergeschoss hektische Schritte.

»Da steckst du also?«, schrie ich. »Ich komme!«

Mein Mut reichte gerade so lange, bis ich die Treppe hinaufgestürmt war. Oben angekommen fiel mir wieder ein: Er hatte eine Waffe. *Shit.* Instinktiv ließ ich mich auf alle viere fallen und hielt mich dicht am Geländer.

Plötzlich fand ich es keine so gute Idee mehr, meinen Feind aus der Deckung zu locken.

Da die Schritte geklungen hatten, als kämen sie vom nördlichen Ende des Flurs, bog ich in den Teil ab, der nach Süden ging. Während ich an der Wand entlangrobbte, blickte ich ständig über die Schulter nach hinten. Als ich um eine Ecke kroch und mich vor einer Tür wiederfand, griff ich nach oben, drehte an dem Knauf und fiel fast über die Schwelle ins Zimmer. Ich betete inständig, Winston möge dort nicht schon auf mich warten.

Einen Moment lang hielt ich mich nahe der Tür, kauerte mich mit zugekniffenen Augen zusammen. Ich hörte nichts außer meinem eigenen schweren Atem. Schließlich wagte ich es, ein Auge zu öffnen, dann das andere. Ich sah mich um.

Zuerst dachte ich, ich sei allein. In dem Raum war nur das Geräusch meines eigenen Atems zu hören. Um mich herum ein Wust aus Kleidung, Papieren, Krimskrams und Büchern. Ich war in Mrs Flytes Zimmer, und ihre Leiche lag noch immer auf dem Bett.

Als mir das klar wurde, stöhnte ich erschrocken auf, schlug mir aber gleich die Hand vor den Mund und lauschte auf Schritte im Flur. Nichts. Ich hoffte, Winston war zu weit entfernt, um meine Reaktion gehört zu haben.

Ich versuchte, mich zusammenzureißen. Ich musste zu dem Mut zurückfinden, mit dem ich den Gong geschlagen hatte und die Treppe hochgestürmt war. Aber der Mut war verflogen. Zitternd kauerte ich an der Tür, versuchte, möglichst leise zu atmen und nicht zum Bett zu schauen, auf dem die vom Laken verhüllte Gestalt lag.

Trotz meiner Angst musste ich klar denken. Was hatte ich Winston entgegenzusetzen? Sehr wenig. Immerhin wusste ich, dass die Polizei unterwegs war. In meiner aktuellen Situation nur eine schwache Hoffnung, aber die einzige, die mir geblieben war. Um zu überleben, musste ich auf Zeit spielen, damit er mich nicht umbrachte, bevor das Boot eintraf.

Wie konnte ich ihn hinhalten? Das Problem war, dass Winston schlauer war als ich. Im Rückblick war mir völlig klar, dass er der Killer sein musste. Er war der Intelligenteste von uns, der mit der schärfsten Beobachtungsgabe. Außerdem hatte er durch seine galligen Bemerkungen und strengen Verhöre aus seiner Feindseligkeit von Anfang an keinen Hehl gemacht. Und sein eigenes Motiv eingestanden, zumindest, was Ravi betraf. Jetzt wurde mir bewusst, dass er, mit Ausnahme Mrs Flytes, der Einzige von uns gewesen war, den kein mysteriöser Dritter eingeladen hatte. Trotz der Verschleierungstaktik mit den verwechselten Buchungen hatte er zugegeben, dass er mit voller Absicht hierhergekommen war. Niemand wäre besser in der Lage oder fähiger als er gewesen, den Rest der Gruppe zu manipulieren und umzubringen.

Allerdings begriff ich immer noch nicht, warum er uns überhaupt umbringen wollte. Wobei, Ravi, okay. Und Bella und Mrs Flyte waren vielleicht Kollateralschäden, Menschen, die ihm einfach in die Quere gekommen waren, Bauernopfer. Aber warum wir anderen? Und warum der so brutale Mord an Bella, wenn sie eigentlich gar nicht sein Ziel gewesen war? Beim Kriechen durch den Flur war ich an ihrer auf dem Beistelltisch liegenden Gestalt vorbeigekommen und hatte krampfhaft den Blick gesenkt, um nicht mehr sehen zu müssen als ihre merkwürdig verdrehten Füße. Warum James? Warum ich? Was auch immer Winstons Motiv war, er wollte uns offenbar leiden lassen. Denn dafür, dass er sich immer noch versteckte, konnte es keinen anderen Grund geben, als dass er meine Qualen in die Länge ziehen wollte.

Plötzlich bewegte sich etwas in dem mich umgebenden Chaos. Mir blieb fast das Herz stehen. Aber dann sah ich, dass es wieder der verdammte Kater war, der zusammengerollt in einem Kleiderhaufen gelegen hatte. Jetzt erhob er sich und trat mit den Vorderpfoten auf der Stelle. Ein Zucken lief durch seinen gesamten Körper bis zur Schwanzspitze, dann bahnte er sich vorsichtig einen Weg durch das viele Zeug am Boden zu mir.

Vielleicht will er einfach nur gestreichelt werden. Leise, ohne dabei ein Geräusch zu machen. Aber natürlich wollte er raus. Und nachdem er erst mich und dann die Tür mit den Pfoten bearbeitet hatte und zu seiner Überraschung in beiden Fällen auf Widerstand gestoßen war, begann er zu miauen.

»Schschsch! Du willst doch nicht, dass er mich umbringt«, zischte ich.

»*Miiiaaaaaauuuuuu!*«, beschwerte er sich schon etwas lauter.

Dann hörte ich Schritte. Zumindest bildete ich mir ein, von weiter hinten im Korridor ganz leise etwas zu hören. Doch kurz darauf übertönte das Maunzen des Katers wieder alles andere, als er auch noch versuchte, sich an mir vorbei durch die Tür zu quetschen.

Ich stieß ihn energisch weg. »Still!« Er verstummte, stelzte mit hochgerecktem Schwanz davon und tat so, als hätte ihn die Tür noch nie im Leben interessiert.

Jetzt hörte ich definitiv einen Schritt. Und noch einen. Jemand schlich vorsichtig näher, Schritt für Schritt, mit kurzen Pausen dazwischen. Ich kauerte mich an der Tür zusammen. Fixierte den Kater, der sich mit herzloser Nonchalance die Pfote leckte. Als er aufblickte, sah er mich direkt an, und seine grünen Augen leuchteten in dem dämmrigen Zimmer. Etwas Grausames lag in diesem Blick. Als hätte er absichtlich laut miaut, damit man mich entdeckte.

Und die Schritte kamen näher und näher.

Jetzt waren sie da. Draußen. Ich biss mir so fest in die Faust, dass ich mich verletzte, und musste mich zusammenreißen, um nicht laut aufzuschreien. Jenseits der Tür hörte ich, wie jemand von einem Fuß auf den anderen trat und laut und seltsam hoch atmete. Jeden Moment würde er hereinkommen und mich töten.

Hinter meinen fest zusammengekniffenen Augenlidern flackerten Bilder auf: James, wie er sich gestern Nacht vorgebeugt hatte, um mich zu küssen; unser Flights-Team, das die Champagnerkorken knallen ließ, wenn wir einen Erfolg für den Vogelschutz errungen hatten; mein Dad, der schweigend zum Himmel wies. Ich dachte an alles, was in meinem Leben gut gewesen war, damit mein letztes Bild, bevor die Tür aufging und ich sterben würde, kein feindseliger Kater war, der sich neben einer zugedeckten Leiche das Fell putzte.

Aber der Türknauf drehte sich nicht. Die Schritte entfernten sich wieder, Winston schien zielgerichtet den Korridor entlangzugehen. Doch plötzlich hielt er inne und rannte einen Moment später wieder an meinem Versteck vorbei. Ich hörte ihn die Treppen hinunterpoltern, zum Haus hinaus, dann herrschte Stille.

Wieder stolzierte der Kater auf mich zu, und diesmal ließ ich ihn aus dem Zimmer.

»Na, dann viel Glück.«

Er stakste davon, unbeeindruckt von meinem gehässigen Tonfall.

Winston musste mich jenseits der Tür atmen gehört haben, oder? Ich hatte ihn ja auch gehört. Und wenn, warum hatte er das Haus verlassen, obwohl ich in der Falle saß?

Ich musste herausfinden, was er gesehen hatte, und ging den Korridor entlang, in die Richtung, die er zuerst genommen hatte, nachdem er vor meiner Tür stehen geblieben war. Ich passierte den Sessel, in dem Bella angeblich gesessen hatte, ohne zu merken, wer ihr Zimmer betrat, um Ravi zu töten. Ich passierte die Tür von Winstons Zimmer, die von James' und all die anderen Türen, hinter die ich noch nie geblickt hatte. Am Ende des Korridors befand sich ein Fenster, auf dessen tiefem Sims mein Fernglas lag.

Wie konnte er es wagen, es aus meinem Zimmer zu holen?, war mein erster Gedanke, doch dann fragte ich mich, was er wohl durch dieses Fernglas gesehen hatte. Etwas hatte ihn veranlasst, mich nicht in meinem Versteck aufzuscheuchen und stattdessen aus dem Haus zu laufen. Ich schnappte mir das Fernglas. Das Herz schlug mir bis zum Hals, meine Finger zitterten anfangs zu sehr, um es scharf zu stellen. Dann gelang es mir, ich richtete den Blick auf den Horizont, und ja – unglaublicherweise hatte sich meine Hoffnung erfüllt.

Ich erspähte, erst schwach, dann immer deutlicher, pulsierende rote und weiße Lichter.

Das Polizeiboot war unterwegs.

Ich ließ das Fernglas sinken, weil ich nichts mehr sah; Tränen der Erleichterung verschleierten meinen Blick. Doch dann nahm ich durch das Fenster eine rasche Bewegung wahr, sie war viel näher als das Boot.

Es waren Winstons Mantelschöße, die in dem Moment um eine etwas weiter entfernte Hausecke verschwanden. Offenbar rannte er zum Pier hinab, wo das Polizeiboot anlegen würde. Aber wieso lief er dorthin? Wollte er in seinem Wahnsinn etwa auch noch die Polizisten töten?

Nein. Sicher nicht. Aber vielleicht war er verrückt genug, den Versuch zu machen, die ganze Schuld auf mich abzuwälzen. Und, was noch schlimmer war: Vermutlich war er intelligent genug, um damit durchzukommen. Jetzt war ich es, die den Korridor entlangpolterte. Ich rannte die Treppe hinunter, nahm zwei Stufen auf einmal und stürmte durch die geflieste Halle zur Tür. Bei jedem Schritt erinnerte ich mich an eine Frage, eine Schlussfolgerung, eine hochgezogene Augenbraue – an all die Andeutungen Winstons während der beiden letzten Tage, die darauf hinausliefen, dass ich die Ursache für diese seltsamen Vorgänge war. Jetzt wurde mir klar, dass er die ganze Zeit Brotkrumen gestreut und so eine Spur gelegt hatte, die zu diesem Moment führte. Ich konnte nicht zulassen, dass *er* an der Anlegestelle wartete.

Panisch rannte ich um die Hausecke, ein Stück den Hang hinunter zum Pier und kam auf halbem Weg rutschend zum Stehen, als ich dort niemanden entdeckte. Ich wandte so rasch den Kopf, dass mir schwindlig wurde, und suchte die hügelige Linie der Insel ab. Dann sah ich eine Gestalt – sie winkte mir von weiter oben zu, vor dem bedeckten Himmel im diffusen Licht nur als Silhouette erkennbar. Ich rannte auf sie zu, zwar nicht ganz sicher, welches Spiel Winston spielte, aber hundertprozentig entschlossen, ihn aufzuhalten. Ich musste diejenige sein, die der Polizei berichtete, was passiert war.

Auf der Klippenseite der Insel, vom Anlegesteg nicht sichtbar, hatte ich die Person eingeholt. Ein paar Meter von ihr entfernt blieb ich stehen und beugte mich keuchend nach vorn. Die Verfolgungsjagd war beendet. Jetzt begriff ich auch, wer Winstons Mantel trug und als Nächstes meine Ermordung oder Verhaftung plante. Ich wusste, wer die ganze Zeit hinter diesem Spiel gesteckt hatte. Nicht Nick. Nicht Bella. Nicht James. Nicht Winston.

Sie alle waren unschuldig.

Aber Penny war es nicht.

Kapitel 25

Einen Moment lang starrte ich sie stumm an. Jetzt, da sie vor mir stand, konnte es keinen Zweifel mehr geben, dass sie alles inszeniert hatte. Im Lauf des Wochenendes hatte ich immer wieder jemand anderen beschuldigt und meine missliche Lage immer wieder komplett neu interpretiert, aber jetzt erwartete ich keine überraschende Wendung mehr. Als ich sie vor mir stehen sah, in Winstons Mantel, mit dem Gewehr in der Hand, setzte sich das Puzzle zusammen. Es fiel mir wie Schuppen von den Augen: Wer sonst hätte meine Gefühle für Nick nutzen können, um mich hierherzulocken? Nur Penny. Es war immer nur Penny gewesen.

Und doch hatte ich sie bis vor einer Minute für tot gehalten. Mein Gehirn hatte zwei Tage lang auf Hochtouren gearbeitet; jetzt brauchte es einen Moment, um die Neuigkeit zu verarbeiten.

Penny schien eine andere Reaktion erwartet zu haben. Sie stand heftig atmend da und starrte mich herausfordernd mit bösem Blick an, während ihre Finger mit dem Gewehrlauf spielten. Es würde nicht viel brauchen, damit sie ausrastete. Sie hatte wohl gedacht, ich würde keuchend nach Luft ringen, in Ohnmacht fallen oder ihr theatralisch Anschuldigungen entgegenschleudern; denn nachdem ich eine Minute lang geschwiegen und einfach nur versucht hatte, mich zu beruhigen und gedanklich all die Hinweise zu sammeln, die mir in den letzten Tagen offenbar entgangen waren, beschloss sie, das Schweigen zu brechen.

»Tja, da stehen wir jetzt.«

»Wieder vereint.«

Sie verzog den Mund zu einem bitteren Lächeln. »Zum letzten Mal.«

»Was meinst du mit ›zum letzten Mal‹?« Mir war klar, was sie damit meinte, aber ich versuchte, Zeit zu schinden – besser, wenn sie mir alles wie für Dumme erklärte.

»Na, das hier.« Sie tätschelte das Gewehr. »Du stirbst. Ich renne schreiend zum Pier, wenn das Polizeiboot anlegt, und erkläre den Beamten, dass du alle und zum Schluss dich selbst umgebracht hast.«

»Mein Gott, Penny. Was hab ich dir denn getan?« Wieder kannte ich die Antwort. Ich balancierte auf einem schmalen Grat. Ich musste sie dazu bringen weiterzureden, ohne sie mit meiner Begriffsstutzigkeit noch wütender zu machen, als sie schon war. Für den Moment schien meine Taktik aufzugehen.

»Ja, was hast du mir getan? Was haben die anderen mir getan? Für euch hat es keine Rolle gespielt, dass ihr mein Leben ruiniert habt. Aber für mich hat es eine verdammt große Rolle gespielt.«

Bei diesen Worten wirkte sie tief unglücklich, und einen Moment lang plagten mich Gewissensbisse. Ich empfand die gleiche Reue, die mich erfüllt hatte, als ich James alles gestand. James. Sämtliche Schuldgefühle lösten sich in Luft auf, stattdessen packte mich Wut.

»Okay. Ich gebe zu, dass ich dir keine besonders gute Freundin war. Aber die anderen? Zum Teil hast du sie ja nicht mal gekannt. Und die Strangs sind bei einem Autounfall gestorben. Willst du mir etwa erzählen, dass der auch auf dein Konto geht?« Aber noch während ich sprach, fiel mir ein, dass sie uns ja sogar von ihrem eigenen Tod überzeugt hatte. Also war ihr so etwas wie eine übernatürliche Fernwirkung vielleicht tatsächlich zuzutrauen.

Sie lachte leise. Ihr Lachen beunruhigte mich, da sie ein Gewehr in den Händen hielt, mit dem sie mich umbringen wollte.

»Du hast recht. Die Strangs habe ich nicht getötet. Aber sie haben das alles in Gang gesetzt.«

»Was meinst du damit?«

»Ach, Millie.« Penny wandte sich ab und blickte aufs Meer. Ich bewegte mich ein paar Zentimeter vorwärts, um weiter vom Klippenrand entfernt zu sein als sie. Ich dachte, sie hielte Ausschau nach dem Polizeiboot, doch als sie sich umdrehte, hatte sie Tränen in den Augen. Sie rannen ihr über die Wangen, wurden vom Wind als kleine Perlen fortgeweht und mischten sich unter uns am Meer mit der salzigen Gischt. »Ich war so glücklich bei Flights, eine Zeit lang. Auch wenn ich mich nie so sehr für Vögel begeistert habe wie du.«

»Eher für Katzen.«

»Das stimmt.« Diesmal war ihr Lachen etwas weniger beängstigend. »Aber wir waren ein gutes Team, nicht wahr? Du und ich. Und Nick, trotz seiner idiotischen Streiche. Und die Strangs.«

»Du meinst Drew.«

»Nein, beide. In gewisser Weise habe ich mich in beide verliebt. Geschlafen habe ich natürlich nur mit ihm, aber den Kopf verdreht haben sie mir als Paar. Vermutlich hoffte ich, als seine Geliebte könnte ich irgendwie dazugehören. Erinnerst du dich nicht mehr, Millie, was für ein wunderbares Paar sie waren?«

»Doch. Wie zwei schwarze Schwäne.«

»Genau. Glänzend und stolz. Selbst als ich schwanger wurde, habe ich nicht versucht, die beiden auseinanderzubringen. Aber ich wollte etwas für mich allein haben. Und sie ließen es nicht zu. Haben nur dauernd etwas von Umweltschutz und dem Ruf der Stiftung gefaselt.« Ihre Hände umklammerten den Schaft des Gewehrs. »Sie haben mich ausgeschlossen. Plötzlich war es wieder wie damals in der Schulzeit. Wie mit Ravi und Bella.«

»Du kanntest die beiden aus der Schule?« Eigentlich wusste ich das schon; Bella hatte es erwähnt. Aber in dem blutigen Chaos, das dann folgte, war es mir wieder entfallen.

»O ja. Ich kannte sie. Sehr, sehr gut sogar.« Sie blickte wieder aufs Meer, und ich schob mich noch ein paar Zentimeter weiter landeinwärts. »Aber man wäre nicht darauf gekommen, so wie sie mich bei ihrer Ankunft hier ignoriert haben, nicht wahr?«

»Du hast dir ja auch nichts anmerken lassen.«

»Ich hatte zwölf Jahre lang nicht mit ihnen gesprochen. Nicht seit Ravi mich beim Sex mit ihm gefilmt und Bella das Video gepostet hatte.«

»Als ihr alle zusammen in dieselbe Schule gegangen seid?« Ich konnte mir vorstellen, wie sehr sie das immer noch verletzte. Und dass es vielleicht sogar ihr Leben ruiniert hatte. Und dass Bellas Andeutungen zufolge Penny nicht ihr einziges Opfer war. Für Mobbing in der Schule mochte der Tod eine harte Strafe sein, aber für ein ganzes Leben egoistischer Ausbeutung? Vielleicht gar keine so ungerechte.

»Die beiden waren schon damals sehr attraktiv. Du hast es ja gesehen. Und ich war immer langweilig. Ich wollte einfach nur, dass ein bisschen etwas von ihnen auf mich abfärbt. Und jetzt wirke ich nicht mehr langweilig, oder?«

»Nein. Das kann niemand behaupten.«

»Das damals hat jedenfalls ein bisschen wehgetan. Oder sogar sehr. Und dann, Jahre später, hat sich das Muster mit einem anderen Paar sehr ähnlich wiederholt. Ich dachte, Lorna hätte die Situation akzeptiert. Ich dachte, sie würde ihn gerne mit mir teilen. Ich wollte ihn ja gar nicht ganz für mich. Nur ein kleines Stück von ihm. Aber das Baby, das wollte ich. Als ich schwanger wurde, sagten beide, ich dürfe es nicht behalten, und als ich mich nicht davon trennen wollte, trennten sie sich von mir. An diesem Punkt kommt Winston ins Spiel.«

»Auch bei ihm hatte ich den Eindruck, dass er dich nicht kennt.«

»Er kannte mich nicht persönlich. Nicht mal dem Namen nach. Aber er hat ihnen geholfen, mich loszuwerden.«

»Wie?«

»Eine schwangere Angestellte kann man nicht so einfach feuern, oder? In dem Fall bekommt man jede Menge rechtliche Probleme. Also haben sie sich von jemandem beraten lassen, dem sie vertrauen konnten. Jemandem, der keine Skrupel hatte. Winston und Drew kannten sich schon lange – eine Art alter Seilschaft. Ich hab die E-Mails gesehen, die sie sich schickten und in denen es um legitime Gründe für meine Entlassung ging. Ich wurde nur ›X‹ genannt. Sie waren nicht mal clever genug, die Mails vor mir geheim zu halten.« Sie lächelte selbstzufrieden.

»Aber was war mit James? Er hatte mit Flights doch gar nichts zu tun. Und er kam aus Schottland; mit ihm kannst du nicht zur Schule gegangen sein.«

»Da hast du recht. Mit James verhielt es sich ganz anders. Dass all diese Leute mir wehtaten, gab mir eine Vergangenheit. Aber James … James hat mir meine Zukunft gestohlen.« Sie schwieg, und der Wind wischte ihr weitere Wuttränen vom Gesicht.

Ich rätselte, was sie damit meinte, und plötzlich war mir alles klar. »Das Baby. Er hat dir online etwas verkauft.«

»Und mir nicht erklärt, dass …« Sie verstummte erneut, aber diesmal wartete ich, bis sie von allein weitersprach. »Hast du irgendeine Vorstellung davon, was es heißt, ein Kind zu verlieren? Nicht nur emotional. Auch physisch?«

»Penny, es tut mir leid, dass du das erleben musstest, aber was du jetzt getan hast …« Wieder wurde ich von ihrem leisen Lachen unterbrochen, das angsteinflößender denn je klang.

»Du verstehst mich nicht, Millie. Die Schwangerschaft war schon zu weit fortgeschritten, um noch abtreiben zu können. Du und ich, wir hatten damals den ganzen Abend getrunken, und dann sagtest du, ich müsse es loswerden. Also fand ich James und nahm seine Pillen, aber ich bin ja keine Ärztin. Die Dosis hat nicht gestimmt. Sie haben nicht gewirkt, wie sie sollten. Wenn sie es getan hätten, wäre vielleicht alles …« Sie nahm das Gewehr in die andere Hand und wühlte mit der freien in Winstons Manteltasche. Schließlich hielt sie ein großes weißes Taschentuch hoch. Es war gebügelt. »Ich wusste doch, dass er so etwas dabeihat.« Sie schnäuzte sich und wischte sich die Augen.

Während sie damit beschäftigt war, entfernte ich mich noch ein Stückchen weiter von der Klippe. Penny stand jetzt zwischen mir und der Felskante.

»Schließlich musste ich ins Krankenhaus. Wenn ein Baby

im zweiten Trimester einer Schwangerschaft stirbt, muss man es auf normalem Weg gebären. Das hatte ich nicht bedacht. Ich wollte das zu Hause machen, ohne dass jemand etwas bemerkt. Falls du glaubst, Ravi und Bella hätten viel Blut verloren ...«

Es schüttelte mich, und ich hoffte, Penny würde es dem kalten Januarwind zuschreiben.

»Es ging alles schief, und als ich wieder aufwachte, na ja, man kann sagen, dass ich in meinem Leben nie wieder Wehen haben werde.«

»Ach, Penny, wie schrecklich!«

»Ja, nicht wahr?« Ihr Lächeln wirkte seltsam munter, als würde sie gleich sagen: Na ja, kein Grund, nachtragend zu sein. Stattdessen sagte sie: »Deshalb wollte ich euch auch leiden lassen.«

»Deshalb hast du das getan? Aus Rache?«

»Eigentlich wollte ich gnädiger sein. Ich wollte euch alle hierherbringen, zur Rede stellen und wieder gehen lassen, sobald ihr euch zerknirscht bei mir entschuldigt hättet. Und wenn die Reue ausgeblieben wäre? Na ja, in dem Fall hätte niemand das Gift in Marjories Essen bemerkt, oder?«

»Und warum hast du deinen Plan geändert?«

»Die Strangs. Der dumme Unfall. Die beiden, die es am meisten verdient gehabt hätten zu leiden, die am meisten wiedergutzumachen gehabt hätten, sie waren damit aus der Sache raus, bevor ich sie überhaupt zur Rede stellen konnte. Das fand ich unfair. Und dann haben mich Ravi und Bella einfach ignoriert. Am Abend deiner Ankunft saß ich später noch mit Winston zusammen, und wir unterhielten uns über dich. Ich erwähnte, dass wir ehemalige Kolleginnen sind, aber er hat die

Verbindung zu den Strangs nicht hergestellt. Er hatte nicht das geringste Schuldbewusstsein! Ihr alle habt wieder und wieder bewiesen, dass ihr euch kein bisschen geändert habt und nichts bereut. Du, Millie, hast sogar meine Sachen durchwühlt, als du dachtest, ich sei tot. Ihr musstet sterben.«

Mich überlief ein Schauer, als ich mir vorstellte, wie Penny uns die ganze Zeit beobachtet hatte. Warum hatten wir das Haus nicht gründlicher durchsucht? Vermutlich aus Angst. Angst hatte uns dumm gemacht.

»Na gut, ich gebe zu, dass ich mir deine Sachen angesehen habe, nachdem ich dachte, du seist tot. Aber ich habe dich nicht ignoriert, als ich dich in der Bibliothek gesehen hab.«

»Nein, und diese Liebenswürdigkeit hat dir einen zusätzlichen Lebenstag beschert. Ich habe dich bis zum Schluss verschont.«

»Aber du hast mit mir gespielt. Hast Winstons Leiche verschwinden lassen, seinen Mantel getragen. Dann diese hingekritzelte Suizid-Notiz mit meinem Namen und die Worte auf dem Spiegel.«

Sie grinste. »Nicht übel, was? Aber ihr wart so begriffsstutzig. Dauernd habe ich Essen geklaut, Bilder umgehängt, den Kater eingesperrt ... Man kann mir nicht vorwerfen, ich hätte euch keine Hinweise gegeben.«

»*Du* warst das also alles. Und die Dossiers auf Mrs Flytes Schreibtisch – hast du die auch gefakt, um sie später im Schuppen zu verstreuen und mir damit Angst einzujagen?«

»Oh, die waren echt. Verstehst du, Mrs Flyte hat mir geholfen.«

»Ist sie auch noch am Leben?« Ich war mir nicht sicher, wie viele Auferstehungen ich noch ertragen konnte.

»I wo! Ich habe sie umgebracht. Aber sie hat mich dabei unterstützt, euch herzulocken, und so getan, als ob sie von nichts eine Ahnung hätte.«

»Was meinst du?«

»Nimm zum Beispiel Winston. Auf eine Verwechslung bei der Buchung konnte ich mich nicht verlassen, oder? Und was wäre gewesen, wenn einer von euch die Idee gehabt hätte, eine Mail mit irgendeiner Frage zur Unterbringung oder so zu schreiben? Sie war eingeweiht, um die Illusion der Party aufrechtzuerhalten. Es war so leicht, euch an den Haken zu kriegen. Ich musste mir nur ein paar neue Mailadressen zulegen und den richtigen Köder auswerfen.«

»Nick.« Die Wut, die etwas verebbt war, während Penny ihr Martyrium mit der Totgeburt schilderte, loderte wieder in mir auf. Ich versuchte, ruhig zu bleiben, mir nichts anmerken zu lassen.

»Ja, mit dir ging es am leichtesten. Ich brauchte nur eine plausible falsche Mailadresse. James war ein anderes Kaliber. Am Ende musste ich ihn im Voraus bezahlen – dafür, dass er auf der Party Drogen verteilt hätte.«

»Aber Winston? Es war doch seine eigene Idee hierherzukommen, für sein Silvester-Retreat.«

»Na klar, seine eigene Idee, nachdem ihn auf geheimnisvolle Weise eine Werbemail erreicht hatte. Die Leute sind schon so an personalisierte Werbung gewöhnt, Millie, dass sie gar nicht merken, wenn so eine Mail mal etwas zu persönlich klingt.«

»Aber warum hat Mrs Flyte dir geholfen? Wie sie stellt man sich doch nicht gerade die perfekte Mordkomplizin vor.«

»Das Ausmaß meines Plans hab ich ihr natürlich nicht verraten. Aber sie wusste, dass eine Art Konfrontation stattfinden würde. Marjorie hatte mir gegenüber immer Schuldgefühle.

Sie wusste nicht, wie weit ich gehen würde, war aber bereit, so lange mitzuspielen, wie ich sie brauchte.«

»Schuldgefühle? Dir gegenüber?«

»Eigentlich ist das mein Haus. Es ist an sie gefallen, als sie sich von meinem Vater scheiden ließ.«

Ich dachte an das, was ich von Mrs Flyte über ihre Ehe erfahren hatte. Im Grunde genommen nichts, außer dass sie mit einem Mann verheiratet gewesen war, der ihr bei einer Scheidung ein solches Haus überlassen konnte. Ich dachte an ihr Zimmer und an das Foto des Mannes mit dem Schnurrbart, der sich mit einem Kind knapp außerhalb des Bilderrahmens unterhalten hatte. Wenn Penny seine Tochter war …

»Das heißt, du bist die ganze Zeit, die wir uns kennen … reich gewesen?«

Sie schnaubte.

»Finanziell vielleicht. Aber in anderer Hinsicht bin ich viel ärmer als du.«

Wieder kochte die Wut in mir hoch. Ich dachte daran, dass ich seit einem Jahr versuchte, Arbeit zu finden, während meine Abfindung und meine Ersparnisse dahinschmolzen; und was ich für die Fahrt hierher bezahlt hatte, obwohl ich es mir kaum leisten konnte. Und das nur, weil ich die Hoffnung gehabt hatte, hier ein bisschen Glück zu finden.

»Ich habe auf der Insel meine Kindheitssommer verbracht«, fuhr Penny fort. »Die Nebengebäude, die versteckten Treppen, die alten Kammern der Angestellten. Keiner von euch hat sich wirklich umgeschaut, aber es gibt hier Unmengen an Verstecken, und man kann sich im ganzen Haus bewegen, ohne gesehen zu werden. Ich wusste, wohin ich verschwinden konnte, nach Ravi, nach Bella, nach Winston.«

»Deshalb hast du also zuerst deinen Tod vorgetäuscht. Damit du hier herumschleichen konntest, ohne dass ein Verdacht auf dich fiel.« Sie widersprach mir nicht, und ich merkte, dass sie die Situation genoss. Dass sie stolz auf ihre Cleverness war. Ich musste sie dazu bringen weiterzureden. »Aber wie hast du das angestellt? Der Selbstmord wirkte so echt.«

»Im Grunde war es lächerlich einfach. Direkt unter dem Rand der Klippe gibt es einen schmalen Vorsprung. Ich musste für Winston nur eine kleine Show abziehen, seine Aufmerksamkeit erregen, indem ich meinen Mantel und meine Stiefel auszog. Und dann musste ich springen. Er sah nicht, dass ich auf dem Vorsprung landete und erst anschließend herunterkletterte und mich auf die Felsen legte. Ich spekulierte darauf, dass er nicht in den Abgrund schauen, sondern direkt zu euch zurückrennen würde. Hätte er gleich danach über den Rand der Klippe geschaut, hätte ich ihn vermutlich runtergezogen. Und ihr anderen hättet einfach ein bisschen länger gebraucht, um uns zu finden.«

»Aber du lagst unten auf den Felsen … und dann die stürmische See … Wie kommt es, dass du nicht erfroren oder ertrunken bist?«

»Ich bin eine gute Schwimmerin, schon seit meiner Schulzeit. Und unter meine Kleidung hatte ich mir einen Neoprenanzug gezogen, aber das war eigentlich nur eine Vorsichtsmaßnahme, nur meine Beine sind mit dem Wasser in Kontakt gekommen. Ich musste nur reglos auf den Felsen liegen, bis ihr alle runtergeschaut hattet, und dann wieder raufklettern. Und ihr habt ganz brav die richtigen Schlüsse gezogen, es lief besser, als ich gehofft hatte. Am schwierigsten war, dass ich mir unbemerkt meine Stiefel und meinen Mantel aus dem Haus holen musste. Ihr hättet die Sachen einfach auf der Klippe liegen lassen sollen.«

»Ich wollte fürsorglich sein und hab sie mitgenommen. Ich wollte handeln wie eine Freundin.«

»Stimmt wohl.« Sie überlegte, dann hob sie das Gewehr. »Aber diese Einsicht war definitiv zu wenig und kam viel zu spät.«

»Warte!« Ich zermarterte mir den Kopf. Der Wind dröhnte in meinen Ohren, aber wir standen so nah bei der Anlegestelle, dass ich das Polizeiboot trotzdem hören würde. Doch noch waren die Beamten nicht da, ich musste mehr Zeit gewinnen. Und das bedeutete weitere Fragen. Schließlich fiel mir ein Detail ein, das ich nicht verstand. »Ich begreife nicht, warum du Mrs Flyte umgebracht hast. Obwohl sie dir doch geholfen hat …«

»Sie hat mir geholfen, euch hierherzulocken, aber bei dem hier hätte sie mir nie geholfen. Und ich hatte genug Grund, sauer auf sie zu sein. Sie war meine böse Stiefmutter mit einem ganz besonders ekelhaften Charakterzug. Die Frau hat mir mein Erbe gestohlen! Aber selbst wenn sie in Wirklichkeit so nett gewesen wäre, wie sie tat, hätte sie sterben müssen, damit der Rest funktionierte. Und sie war sowieso schon alt. Sie umzubringen, war leicht. Die größere Herausforderung bestand darin, Winston, nachdem ich ihn erledigt hatte, an den Kronleuchter zu hängen. Bei Marjorie habe ich einfach die Medikamente vertauscht und nach meinem vermeintlichen Selbstmord in ihrem Zimmer auf sie gewartet.«

Ich dachte an Mrs Flytes ausweichende Antworten, als ich sie in der Bibliothek befragt hatte. Sie hatte also nicht gewusst, wie weit Penny gehen würde. Sie hatte an ihren Selbstmord geglaubt und trotzdem nicht mit der Wahrheit rausgerückt, aus Angst, wir könnten sie zur Verantwortung ziehen. Aber Penny war mit ihrer Schilderung noch nicht am Ende.

»Sie erschrak, als sie reinkam. Griff sich an die Brust, brach auf dem Boden zusammen und so weiter. Ein paar Sekunden lang ein Kissen aufs Gesicht, und sie war zu weit weg, um noch mal zurückzukommen, aber gerade noch lebendig genug, damit ihr sie sterben sehen konntet.«

»Wie kannst du nur so über sie reden? So kalt?«

»Weil sie zu mir immer genauso war. Wie ihr alle. Ihr tut einfach etwas, ohne zu bedenken, wen ihr damit verletzt oder welchen Schaden ihr anrichtet!«

Sie schrie jetzt, gestikulierte mit dem Gewehr. Mir blieb nicht mehr viel Zeit, bis sie die Kontrolle verlieren würde. Und mir fielen auch keine Fragen mehr ein.

Also nahm ich Anlauf und stieß sie hinab.

Ich hatte gut fünfzehn Minuten auf der Klippe gesessen, bis ich hörte, wie das Polizeiboot anlegte und der Motor abgestellt wurde. Der Wind hatte mein Haar zerzaust, und meine zu Fäusten geballten Hände waren so kalt, dass ich sie nicht mehr öffnen konnte. Doch im tosenden Sturm fühlte ich mich ganz ruhig. Es war vorbei.

Penny lag nun auf einem anderen Felsvorsprung, der sie nicht gerettet hatte. Sie war auf dem Gewehr gelandet, worauf sich ein tödlicher Schuss gelöst hatte. Mit seitlich ausgestreckten Armen lag sie auf dem Gesicht, während sich um sie herum eine Blutlache bildete. Nichts würde sie mehr zum Leben erwecken.

Jetzt, wo sie dort unten lag und das Boot angelegt hatte, war es bis auf den Wind ganz still. Am Klippenrand über ihr genoss ich den Frieden und wartete. Ich schlenkerte mit den Beinen, bis sie an den Felsen stießen, und dachte darüber nach, was ich getan hatte, was sie getan hatte. Die schwarzen Schwäne tot. Das perfekt frisierte Paar tot. Der scharfzüngige Winston, der es nicht verdient hatte, als Mörder verdächtigt zu werden. Die arme, verängstigte Mrs Flyte, die bei ihrer Stieftochter etwas wiedergutmachen wollte. Und James.

James, mit dem ich vielleicht eine gemeinsame Zukunft gehabt hätte, nach alldem. Wer wusste das schon.

Es war nicht das erste Mal, dass Penny mir einen Mann gestohlen hatte. All das hier hätte sich letztlich vermeiden lassen, wenn Drew sich nicht damals gelangweilt hätte.

Aber das war typisch für ihn gewesen. Immer der Verführer. Penny war nicht etwa attraktiver gewesen als ich. Sie war einfach nur als Nächste an der Reihe gewesen. Aber ich hätte ihn mir zurückgeholt, wenn sie nicht beschlossen hätten, die Stiftung dichtzumachen. Vor einem Jahr, auf unserer Silvesterparty, hatte er mich um Mitternacht geküsst. Nicht seine Frau. Nicht Penny.

Hoffentlich wurde das jetzt nicht zur Regel, dass Männer, die ich an Silvester küsste, kurz darauf starben. Meine Rate diesbezüglich war jetzt schon rekordverdächtig.

Gedankenverloren fragte ich mich, ob Winston möglicherweise *mich* für Drews ausrangierte schwangere Angestellte gehalten hatte. Vermutlich. Am Kamin hatte Penny sicherlich keine allzu klaren Andeutungen gemacht, und ich schmeichelte mir damit, dass ich attraktiver war. Wenn er Pennys Anspielungen und die E-Mails über »X« addierte, hätte er leicht zu dem Ergebnis kommen können, ich sei Drews Geliebte gewesen. Und hätte sich damit nicht einmal getäuscht. Doch obwohl er sich so viel auf seine Intelligenz eingebildet hatte, hätte er mit seiner Vermutung, was die schwangere Angestellte betraf, falschgelegen. Ich fühlte mich rehabilitiert und erlaubte mir ein kleines Lächeln.

Ein starker Windstoß ließ mich dort oben am Klippenrand kurz die Balance verlieren, und plötzlich kehrte die Angst zurück. Gab es genügend Beweise dafür, dass Penny die Mörderin war, sodass ich nicht belastet wurde? Wenn ihr Plan gewesen war, mit dem Finger auf mich zu zeigen, wie gründlich hatte sie ihre falsche Spur gelegt?

Der Entwurf des Abschiedsbriefs steckte in meiner Hosentasche, und ich konnte nur hoffen, dass sie nicht irgendwo eine eindeutigere Anklage hinterlassen hatte. Mir war klar, dass es keinen guten Eindruck machte, dass ich auf dieser Insel die einzige Überlebende war. Andererseits würde mich vielleicht genau das retten; meine Geschichte war die einzige, die erzählt werden konnte. Und die Polizei brauchte ja nicht zu erfahren, was ich Penny ein Jahr zuvor angetan hatte.

Aber ich wusste es. Und würde es nie vergessen; der Schock, die Eifersucht und Wut, als ich begriff, dass Drew mich wegen Penny abserviert hatte – sie hatten sich mir eingebrannt. Dann jener Abend, als sie mir ihre Probleme schilderte. Ich hatte Trost darin gefunden, ihr einen Drink nach dem anderen zu bestellen, sie Schritt für Schritt bis an den Punkt zu bringen, wo auch sie eine Abtreibung als einzige Möglichkeit sah. Dieses Gefühl würde ich nie vergessen.

Doch die Polizei würde nur das Gewehr neben Penny sehen, auf dem allein ihre eigenen Fingerabdrücke zu finden sein würden. Vermutlich wie auf der Axt und auf Mrs Flytes Pillendose, die allerdings auch James und ich angefasst hatten. Aber wir hatten nicht Winstons Leiche berührt, die Penny offenbar samt Geweihleuchter abgeschnitten und dann weggeschleift hatte. Und wir hatten auch nicht mit Bellas Blut das Wort »schuldig« auf die Spiegelscherben geschrieben.

Darüber hinaus gab es noch die Dossiers, die sie über uns alle, außer über sich und Mrs Flyte, angefertigt hatte. Jetzt war ich froh, dass ich sie nicht ins Feuer geworfen hatte. Und die E-Mails, die sie mir geschickt hatte, um mich herzulocken – von einer Mailadresse aus, die der von Nick ähnelte –, befanden sich immer noch in meinem Posteingang und vermutlich auch in den Postfächern der anderen. Eine digitale Datenspur, die zu Penny führte. Und falls das während der Schulzeit aufgenommene Video von ihr und Ravi noch im Netz kursierte, würde es meine Erklärung ihres Motivs nur unterstützen.

Mit ihren vorgetäuschten Einladungen hatte sie ihre eigene Gelegenheit geschaffen, Rache zu nehmen. Und ihr Plan war durchführbar gewesen, weil sie in diesem Haus aufgewachsen war, jede versteckte Nische kannte. Jetzt, wo ich die Beweise für ihre Schuld in aller Ruhe gedanklich aufzählte, war es ein Wunder, dass Penny geglaubt hatte, mit all dem durchkommen zu können. Aber vielleicht hatte sie es ja auch nicht geglaubt. Sie hatte gesagt, es sei ihr bei ihrem Plan nur darum gegangen, uns zur Rede zu stellen, nicht um Mord. Aber dann war alles ein bisschen aus dem Ruder gelaufen. So wie häufig an Silvester.

Hinter mir hörte ich Schritte den Hang heraufkommen. Jeden Moment würden mir die Polizeibeamten Fragen stellen. Ich war so müde. Es würde anstrengend werden, total stressig, aber egal. Ich hatte die Antworten. Es gab jede Menge konkreter Beweise; was Penny den anderen angetan hatte, lag klar auf der Hand. Man würde meiner Aussage glauben. Und dann wäre ich frei. Ich könnte nach Hause gehen, mich der Beobachtung der Vögel widmen. Vielleicht eine neue Vogelschutzorganisation gründen. Ich könnte sie zu Ehren der Umgekommenen *Ein Penny für die Vögel* nennen. Bei dem Gedanken musste ich lächeln.

Und dann, als wollte die Natur meinen Plan absegnen, erspähte ich etwas völlig Unerwartetes: Ein Seeadler glitt tief über die Küstenfelsen der Insel dahin. Er sah herrlich aus und war so nah, dass ich seine gelbe Schnabelspitze erkennen konnte, die gelben Krallen, die weißen Schwanzfedern. Seine ausdrucksvollen Handschwingen mit einem Flor gekrümmter Federn vergrößerten seine Flügelspanne. Dann stieß er auf einen Fisch nieder, und ich verlor ihn aus den Augen.

Ich streckte die Arme in den Wind, die Finger wie Adlerfedern gespreizt, und spürte, wie das vergangene Jahr fortgeweht wurde. Es war Neujahrstag. Der perfekte Zeitpunkt für einen Neubeginn. *Sollt' alte Freundschaft denn vergessen sein, Erinn'rung uns entgleiten.*

Danksagung

Ich habe von vielen Seiten Unterstützung erfahren. Mein Dank gilt Mark Richards und Clare Conville, die sich beide sehr für mich eingesetzt haben. Ebenso Bryan Karetnyk, Alex Billington und Mark Swan, die das Manuskript in ein Buch verwandelt haben. Ich danke all jenen, die den Boden für diesen Roman bereitet haben, insbesondere Agatha Christie, Josephine Tey und Jonesy, der mir die Technik des Cat Scare beigebracht hat. Dank auch an Jack Ramm: Ohne dich kein Roman. Und an Tim Smith-Laing: Ohne dich – nichts.

Unsere Leseempfehlung

512 Seiten
Auch als E-Book
erhältlich

Halb versteckt im Wald und überragt von dunkel drohenden Gipfeln war Le Sommet schon immer ein unheimlicher Ort. Einst diente es als Sanatorium für Tuberkulosepatienten, dann verfiel es mit den Jahren. Nun hat man es zu einem Luxushotel umgebaut, doch seine düstere Vergangenheit ist noch immer spürbar. Als Detective Inspector Elin Warner zur Verlobungsfeier ihres Bruders anreist, beginnt der Albtraum: Erst verschwindet Isaacs Verlobte, dann geschieht ein Mord. Schließlich schneidet auch noch ein Schneesturm das Hotel von der Außenwelt ab, und die Gäste sind mit einem Killer gefangen ...

goldmann-verlag.de

Unsere Leseempfehlung

512 Seiten
Auch als E-Book
erhältlich

Am Ufer eines Sees in Norwegen wird die Leiche einer jungen Frau gefunden. Kriminalkommissar Anton Brekke von der Polizei Oslo beschleicht ein fürchterlicher Verdacht: Hat der flüchtige Serienmörder Stig Hellum sein grausames Werk wiederaufgenommen und bereits sein nächstes Opfer im Visier? Für Brekke beginnt ein Kampf gegen die Zeit und gegen unvorstellbar Böses. Denn der Fall ist mit einem Mann verbunden, der in Texas in der Todeszelle sitzt und nun sein Schweigen über eine verhängnisvolle Nacht vor über zehn Jahren bricht …

goldmann-verlag.de